LA SOMBRA DE ALÍ BEY
(SEGUNDA PARTE)

¡MALDITO MUSULMÁN!
Albert Salvadó

Dedicado a la memoria de Albert Dumortier, "mon vieux Picard", con toda mi gratitut por sus enseñanzas y por su inestimable amistad. Fue más que un maestro, fue un gran amigo.

ISBN: 978-99920-1-927-6
Depósito legal: AND.201-2012

© **Albert Salvadó** ® 2011
www.albertsalvado.com

Diseño de cubierta: Sarabia Photo

ÍNDICE

PRINCIPALES PERSONAJES HISTÓRICOS

Addington, Lord	Político inglés. Primer ministro en sustitución de William Pitt.
Amorós, Francisco	Coronel español. Enviado por Godoy a Tánger
Badía, Domingo	1766-1818. Aventurero, viajero y escritor nacido en Barcelona.
Banks, Joseph	Médico inglés.
Blizard, William	Cirujano inglés.
Brueys, Almirante	Almirante de la flota francesa.
Carlos IV	1748-1819. Rey de España.
Fernando VII	1784-1833. Hijo del rey Carlos IV de España y sucesor suyo.
Fox, Charles James	1749-1806. Político inglés. Defensor de la Revolución Francesa. Partidario de la emancipación de los Estados Unidos de América. Consiguió la abolición de la esclavitud.
Jorge III	1738-1820. Rey de Inglaterra.
Godoy, Manuel de	1767-1851. Estadista extremeño. Primer ministro de Carlos IV.
González Salmón, Antonio	Cónsul español en Tánger.
Goya y Lucientes, Francisco	1746-1828. Pintor aragonés. Uno de los máximos exponentes de la pintura universal.

Gravina, Federico Carlo	1756-1806. Marino siciliano. Dirigió junto al almirante Villeneuve la flota que se enfrentó a Nelson en Trafalgar.
Grenville, William	1759-1834. Barón de Grenville. Ministro de Asuntos Exteriores inglés (1791-1802) Primer ministro (1806-1807).
Guillet, Charles	Cónsul francés en Tánger.
María Luisa	Esposa de Carlos IV y reina de España.
Matra, James	Cónsul inglés en Tánger.
Méchain, Pierre-François A.	1744-1804. Astrónomo francés. Estudió los eclipses de sol.
Mohanna	Esposa blanca de Alí Bey.
Muley Adb-as-Salam	Hermano del sultán de Marruecos. Era ciego.
Muley Addelmelek	Primo hermano del sultán de Marruecos. General de la guardia.
Muley Idris	Sultán conocido con el nombre de Idris I. Fundador de Fez a finales del siglo VIII.
Muley Suleimán	Sultán de Marruecos.
Mungo Park	1771-1806. Explorador y médico escocés. Viajó por África.
Múzquiz, Monseñor	Confesor de la reina María Luisa. Fue obispo de Santiago.
Napoleón Bonaparte	1769-1821. Emperador de los franceses.
Pitt, William	1759-1806. Llamado Pitt el Joven. Primer ministro inglés de 1783 a 1801.
Rennell	Oficial inglés. Cartógrafo.
Rodríguez Sánchez, Antonio	Vicecónsul español en Mogador.
Rojas Clemente, Simón	Compañero de Domingo Badía en su

de	viaje a París y Londres.
Saavedra, Francisco de	1746-1819. Político y militar andaluz. Secretario de estado en sustitución de Godoy.
Sid Abderramán Aschasch	Caíd o gobernador de Tánger.
Sidi Abderramán Mfarrasch	Jefe de doctores de la ley o imán de Tánger.
Sidi Mohamed Salaui	Primer ministro de Marruecos.
Stewart, Robert	1769-1822. Político irlandés. Primer secretario del lugarteniente inglés en Irlanda.
Talleyrand-Périgord, Charles M.	1754-1838. Político y diplomático francés. Príncipe de Benevento y duque de Tayllerand. Obispo de Autun. Excomulgado por Roma.
Tigmu	Esposa negra de Alí Bey.
Turner, Sharon	Científico inglés.
Urquijo, Mariano Luis de	1768-1817. Político español. Fue primer ministro interino. Consiguió la abolición de la esclavitud y se opuso a la Inquisición.
Villeneuve, almirante	Almirante de la flota francesa que, junto con Gravina, se enfrentó a Nelson en Trafalgar.

VIAJES DE ALÍ BEY POR MARRUECOS

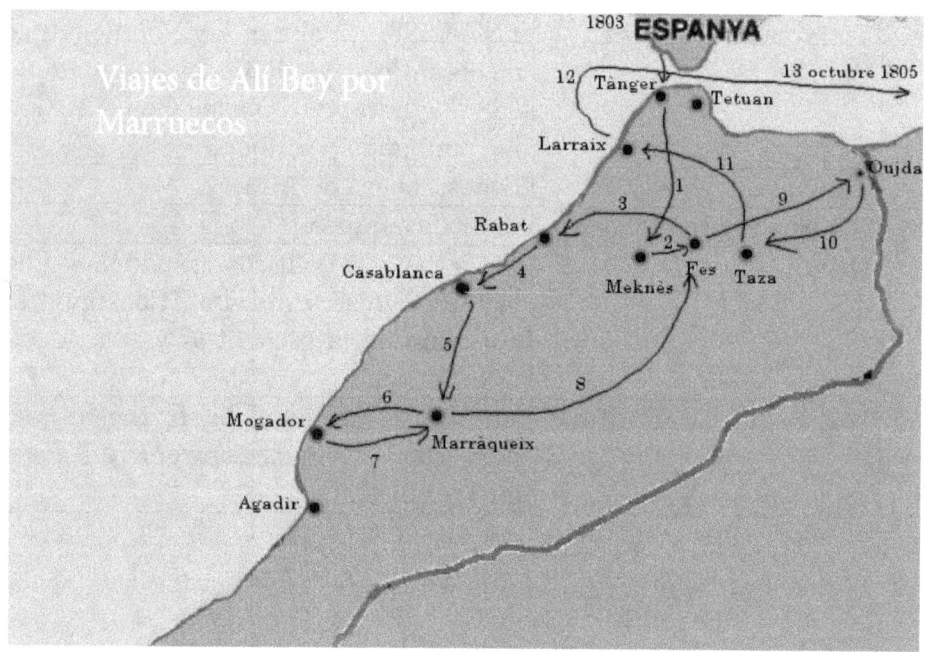

¡MALDITO CATALÁN!

Para quien ha vivido todos sus años en plena actividad, pero que ya ha tomado posesión de lo que llamamos merecido descanso y que parece que lo único que le queda por hacer es aguardar a que los días se agoten, la vida pierde gran parte de su contenido y en muchos casos significa que debe aceptar que su paso por la tierra se dirige hacia el fin y que cuanto podía hacer o dejar de hacer ya pertenece al pasado. Por esta razón, volver a sentirse útil equivale a un nuevo hálito de vida y recuperar la capacidad de tomar decisiones, sentarse de nuevo a la mesa de trabajo, sentirse necesario, sumergirse en el quehacer de los problemas que se acumulan e ir solucionando temas significa la concesión de un período de gracia. Casi puede tomarse en el sentido de que la fecha final ha sido pospuesta.

Alfred Gordon subió las escaleras del ministerio de Asuntos Exteriores con esta sensación prendida del alma y un pensamiento en su cerebro: Helen, su esposa, protestó al enterarse de que había aceptado la oferta del ministro Grenville.

—Tenemos dinero de sobra —dijo—. Te has pasado toda

una vida trabajando y ya es hora de que te tomes un descanso. Los médicos dicen que no te convienen las emociones y yo sé que tú no te limitarás a hacer lo que debes hacer, y eso no es bueno.

«Lo que sucede es que a ella le gusta la vida de campo con todo el romanticismo de los prados, las flores y los pastos, y ya se imagina que la casa de Londres sólo servirá para pasar el invierno», pensó Gordon. Al final habían llegado a un acuerdo: se haría cargo del asunto que le había propuesto lord Grenville y, al acabar, se retiraría definitivamente. Se lo había prometido. Al fin y al cabo, sólo serían unas semanas. Como mucho un par de meses. O, tal vez, tres. Y Helen había aceptado, pero sin demasiado convencimiento.

Cuando alcanzaba el último escalón negó con la cabeza. Acababa de llegar a la conclusión de que Helen no tenía aquella sensación de pérdida de contenido en su vida. ¡Por supuesto que no! El cambio que para ella supuso que él se retirase en realidad no representaba ningún descalabro en su universo particular. Ella seguía gobernando la casa como si no hubiera cambiado nada y tomaba todas las decisiones que afectaban a dicho asunto. ¡Y a otros, naturalmente! No podía olvidar el régimen estricto al que lo sometía. Nada de salsas ni guisos ni de cuanto es bueno al paladar. Y las verduras, con poca sal. Órdenes del médico.

Ésta es una de las ventajas de ser mujer. Las responsabilidades siguen vivas y presentes y la actividad no mengua mientras las fuerzas físicas no desaparecen. Para ella, que su marido no trabajase significaba que le veía más a menudo y que podía ejercer libremente un poder que, hasta entonces, había permanecido agazapado. ¡Claro que no le hacía gracia regresar a la situación anterior! ¡Pues... tendrá que aguantarse!, concluyó. Ahora tenía problemas más urgentes que afectaban a Inglaterra.

Otro detalle sorprendente era que, hasta el momento en que Gordon entró de nuevo en su despacho, nunca había sido consciente del olor que se desprendía de la mesa de madera oscura, que se escapaba del montón de papeles y que impregnaba las paredes. En tantos años, quizás, se le había quedado prendido en la ropa y en la piel y había necesitado apartarse durante un tiempo para descubrir que aquel aroma formaba parte de su personalidad y que su personalidad formaba parte de aquel despacho. Tal vez sería mucho más acertado decir que aquel despacho era una parte importante de su existencia o... incluso sería más adecuado aceptar que constituía el reflejo exacto de su carácter. Quizás sí, porque el primer día se dio cuenta de que algo había cambiado. Benson le había explicado que por allí habían desfilado cuatro, porque sir Blum no daba con el sustituto adecuado. El último de ellos, que parecía que encajaba, había intentado hacerse con los metros cuadrados que le habían asignado, pero, a pesar de que puedes cambiar la mesa de lugar y añadir algún cuadro o detalles personales o pintar de nuevo, cosa que no había hecho porque el ministerio andaba corto de presupuesto, no es fácil limpiar las paredes y borrar todos los sentimientos, recuerdos, discusiones, éxitos, fracasos, buenos y malos momentos que la vehemencia ha escupido sobre los muros con tanta energía que han traspasado la primera capa y se han quedado pegados a la piedra.

Tan fuerte había resultado aquella sensación que, sin proponérselo, había recordado el día en que su esposa y él tomaron posesión de la casa de Londres. De eso hacía largos años, y Helen había dicho:

—Algún día esta casa será nuestra.

Él no entendió sus palabras. La casa ya era suya. La habían pagado. Bien podía jurarlo porque tenía la escritura en su poder, sus cuentas habían quedado exhaustas y contaba con un préstamo que estaba obligado a devolver o los banqueros le arrancarían la piel a tiras. Sin embargo, ahora, en aquel despacho, descubría la gran verdad que se escondía tras las palabras de su esposa. Las casas, si no son nuevas, mantienen el espíritu de quien las ha habitado y los fantasmas tardan en desvanecerse, hasta que los nuevos espíritus se instalan. Es una lucha, a veces cruel, en la que alguien ha de erigirse en vencedor y que, en determinadas ocasiones, acaba perdiendo el nuevo inquilino, que absorbe parte de las virtudes o de los defectos de las propias paredes, de los muebles, de la butaca del anterior dueño o de la decoración. Por esa razón, los ministros, los únicos que tienen potestad para cambiar las cosas, cuando toman posesión de su despacho, decoran de nuevo sus dominios. No permitirán, bajo ningún concepto, que nada de lo que su antecesor hizo pueda condicionarlos. Gordon, evidentemente, no había sentido esa necesidad porque durante años enteros había ocupado la misma mesa en el mismo despacho y se había sentado en la misma silla. Ahora sólo necesitaba recuperar la atmósfera que le permitía desarrollar su trabajo de la forma más adecuada y efectiva, y todo seguiría como si aquellos meses de retiro no hubieran existido. De sobra sabía que el nuevo jefe quiere influir incluso en el entorno de los demás. Y aún mejor lo sabía Benson, que había servido a los que sustituyeron a Gordon durante aquel tiempo y había contemplado con horror, y también con resignación, cómo su pequeño nido sufría los desastres del terremoto que había tenido su epicentro en la mesa del despacho del último comisionado. Por eso sonrió feliz al enterarse del retorno de Alfred Gordon. Sobre todo porque su antiguo jefe había puesto como condición seguir ocupando su despacho y contar con la colaboración de quien durante tantos años había sido su secretario. A Benson no le había gustado que le cambiaran el escritorio de sitio para que su superior, nada más abrir la puerta, se lo encontrase de frente. Trabajar de cara a la pared le permitía concentrarse mejor, manía que Gordon asumió desde el primer día y que ahora, por fin, Benson recuperaría.

—¡Sir Alfred Gordon! —exclamó con una reverencia, al

volver a encontrarse con el antiguo comisionado.

¡Ah! Sir Alfred Gordon. Sonaba bien aquel título junto a su nombre, y Benson lo pronunciaba con énfasis.

Fue un gran día y una gran ceremonia a la que Helen asistió cohibida, recordaba Gordon. Era la primera vez que su esposa se hallaba a tan poca distancia del rey y rodeada de tanta gente importante. ¿Y él? ¡Oh! Se sentía eufórico en compañía de sus hijos, nueras y nietos. Incluso había invitado a Angelines y a Tom, que se encontraban en Reigate y que trajeron a Ana y a Mat, sus hijos. Sonrió al pensar en el hijo de Tom, aquel mozalbete de cuatro años que no cesaba de recordarle que era un hombre gordo y mayor.

—Abuelo *Gordo* —lo llamaba.

—Gordon. Me llamo Gordon —procuraba enmendarlo.

—En Madrid se dice Gordo —replicaba el niño, recordándole que en español «gordo» significa gordo—. Y yo me llamo Mateo. Vos tenéis que llamarme Mat. ¿Lo recordáis?

—De acuerdo —sonreía él—. Yo te llamo Mat si tú me llamas Gordon.

—Pero, vos sois... el abuelo *Gordo* —exclamaba el niño, y abría los brazos para dar una idea del tamaño del cuerpo de aquel hombre.

Ni sus propios nietos se atrevían a recordarle su volumen, pero Mat era un rebelde simpático, como su padre, y vivo como el hambre, capaz de hacerse entender en inglés, lengua que había aprendido de Tom. Desde que arrancó a hablar, lo había llamado abuelo *Gordo*. El abuelo *Gordo*, el abuelo inglés, decía cuando explicaba cosas en Madrid. «Si tenemos una casa en Madrid y otra en Reigate, y tengo un abuelo en Madrid, he de tener otro abuelo en Reigate», razonaba Mat. «Él es de Londres», le recordaba Erquiza, el abuelo de Madrid. «Es igual», se encogía de hombros Mat. «Pero, no tienes una abuela aquí, en Madrid», le replicaba Erquiza. «La abuela está en el cielo», respondía él. «La abuela de Reigate también está en el cielo», seguía Erquiza el mismo razonamiento. «Ahora, Helen es mi abuela de Londres», sonreía Mat. «El abuelo de Reigate también está en el cielo», exclamaba Erquiza. «Sí, pero ha dejado al abuelo *Gordo*», concluía Mat, y de ahí no lo sacaba nadie. Naturalmente, Alfred se sentía feliz porque aquel niño le otorgaba un papel que le iba como anillo al dedo. Sus nietos ya empezaban a ser mayores y Mat lo rejuvenecía.

Gente muy curiosa, los españoles, pensaba Alfred. Sin ir más lejos, Angelines, el primer día que la conoció, ya lo llamó *don* Alfred. Para todos era el señor Gordon, excepto para ella. Si su padre era don Santiago, Gordon no podía ser menos, había razonado la muchacha. Ahora ya era sir Alfred Gordon, pero a ella le permitía que lo continuase llamando *don* Alfred. Lo halagaba mucho.

¡Ay, Angelines! Se había hecho toda una mujer. Ya no era la muchachita tímida que le presentó Tom, sino que se movía con seguridad y con mucha gracia.

Quien no puso muy buena cara por su retorno al ministerio, pero que supo disimular e incluso fingió alegría, fue sir Blum. De todas formas, Gordon ya no dependía de él. ¡Evidentemente! Ahora eran iguales. Incluso, según se mirase, podría decir que ya era más que su antiguo jefe porque contaba con la simpatía del ministro, y sir Blum había sido arrinconado discretamente y cada día con mayor frecuencia le asignaban tareas de segundo orden que le impedían seguir manteniendo el ritmo de ganancias al que se había acostumbrado. En un ministerio los negocios aparecen si ocupas un lugar de responsabilidad, pero nadie mira a quien ya no toma decisiones.

Había sido divertido volver a encontrarse con sir Blum el primer día de su retorno.

16

—¡Gordon! —había exclamado sir Blum al verlo por los pasillos del ministerio.

—¿Qué tal estáis, Blum? —había respondido él sin más.

Entonces, aquel idiota se había quedado mudo. ¿Cómo se atrevía a tratarle con aquella familiaridad?, pensó. Sin embargo, recordó de inmediato su nombramiento de hacía un par de días, aunque se había buscado una excusa para no asistir a la ceremonia.

—Bien... Alfred. Gracias —había cedido sir Blum finalmente. Le costaba reconocer que se habían convertido en iguales.

—Me alegro mucho... Arthur —había replicado Gordon con sorna, y su antiguo jefe había enrojecido.

Ahora, sentado en su antigua silla, que había conseguido rescatar de un despacho donde la habían arrinconado porque era demasiado grande, Gordon apartó sus recuerdos y se centró en el asunto que le había caído entre las manos.

Sobre la mesa tenía todos los documentos que habían arrancado de las garras de sir Blum, incapaz de sacar conclusiones de ellos, aunque en esta ocasión Gordon se mostraba inclinado a darle la razón. Todos los datos contenidos en aquellos papeles parecían apuntar claramente a que el jefe de los servicios de información podía no andar muy lejos de la realidad. Gordon, tras unos días de intensa lectura y de profunda reflexión, había ido a hablar con Grenville y cada vez que recordaba aquella conversación sonreía divertido.

—No encuentro nada extraño en toda esta información —había dicho—. ¿Qué es lo que os hace suponer que hay algo escondido?

—Sir Blum piensa que todo esto no es nada más que una expedición científica —le contestó Grenville.

—¡Oh! —había exclamado Gordon.

No se trataba de ningún argumento sólido, pero la

experiencia demostraba que cuando sir Blum pensaba algo, más valía tener en cuenta lo contrario. El asunto del globo de Córdoba era la prueba más evidente. De manera que Gordon se había puesto manos a la obra.

Según constaba en los informes, Domingo Badía había llegado a Londres acompañado del señor Simón de Rojas Clemente. Al parecer se trataba de alguien que conocía el árabe. Antes de cruzar el canal se habían detenido en París para entrevistarse con Talleyrand-Périgord, con Méchain y con Beautemps-Beaupré. Muy interesante, había pensado Gordon. Tenía referencias de dos de ellos. Charles Maurice de Talleyrand-Périgord era un obispo renegado que había sido ministro de Asuntos Exteriores de Francia entre los años 1797 y 1799 y ahora se había destapado como colaborador de Napoleón. Por otro lado, Pierre-François André Méchain era un reconocido astrónomo. Para ser, tal como decía sir Blum, un exaltado y un aficionado, Domingo Badía frecuentaba gente muy importante. A Beautemps-Beaupré no acababa de situarlo.

—Puedo recabar información sobre Beautemps-Beaupré —había apuntado Benson.

—No perdamos el tiempo. Ya sabemos por dónde va —había respondido Gordon.

Y era cierto. Que Badía visitase a un astrónomo era algo normal si es que la expedición tenía un carácter científico. Y que se hubiese entrevistado con un antiguo ministro de Asuntos Exteriores francés hacía suponer que buscaba apoyo en las embajadas y en los consulados, cosa también muy normal en alguien que tiene previsto viajar a tierras desconocidas.

A todos esos hechos había que sumar que Badía no se escondía y que, además, la noticia de su viaje había salido publicada en el *Diario de Madrid* del 28 de noviembre de 1801. El único detalle que le sorprendía era que, según los informes de su gente de Madrid, el proyecto había sido sometido a la opinión de la Real Academia de la Historia de España, que consideró que Domingo Badía era un aficionado sin conocimientos sólidos y que, siguiendo la máxima española de que inventen los demás, recomendaba que dejaran las expediciones en manos de franceses e ingleses. No obstante, Godoy, en contra de todas las opiniones, presentó el proyecto al rey Carlos IV de España y, contra de todo pronóstico, consiguió su aprobación.

Teniendo en cuenta que el famoso proyecto del globo aerostático podía esconder intereses bélicos, Gordon suponía que, detrás de toda aquella historia, también podían esconderse otros proyectos. Por esta razón ordenó seguir los pasos de Badía durante su estancia en Londres. Sin embargo, poca cosa había sacado, como no fuese que sir Blum, por una vez, podía haber acertado. Por lo menos eso era lo que se desprendía de todos los informes que cada día le pasaba Benson.

Badía se había entrevistado con sir Joseph Banks, con el doctor Maskelyne, con Sharon Turner y con el mayor Rennell. A todos ellos los había puesto al corriente de sus planes científicos. Con el primero había hablado de enfermedades, con el segundo de aspectos científicos, y con el mayor Rennell de localizaciones geográficas porque el militar había explorado parte de aquellas tierras y había hecho algunos mapas. Evidentemente quería saber lo que podía encontrarse y todos los detalles que hay que conocer para realizar una expedición de esas características. En resumen: nada anormal.

Gordon apoyó la espalda en el respaldo de la silla y respiró hondo. No había dormido demasiado bien y se había levantado cansado.

—De toda esta historia sólo sacarás disgustos —no cesaba de repetirle Helen—. Ayer volvía a dolerte la pierna.

—Me siento un poco cansado. Eso es todo —había respondido él.

—Deberías estar retirado —lo regañaba su esposa—. ¿Acaso el título de sir es más importante que la salud?

¡Ay, las mujeres! Siempre ven el peor lado de cualquier situación. ¡En fin, mejor es que no toquemos el tema!, exclamó, y se concentró de nuevo en su trabajo.

Consultó la lista de todo el material que Badía había encargado a diferentes proveedores. A Troughton le había pedido un círculo enteramente reflectante de 10 pulgadas de diámetro y cuatro nonios; en Dolland había comprado un telescopio acromático de dos pies y medio; en Brooksbanks un cronómetro, y otro en Pennington. Los nonios sirven para medir longitudes con precisión. Si el motivo de la expedición no era científico, ¿para qué necesitaba todo aquello?

¡Bien! Poco duraría su regreso al trabajo. Si todo seguía igual, tendría que darle la razón a sir Blum, cerrar el caso y retirarse por segunda vez. ¡Ay! Entonces, caería de nuevo en las garras de Helen. ¡Qué le vamos a hacer, la vida es así!, suspiró.

Unos golpecitos lo sacaron de sus pensamientos.

—Adelante —dijo.

La pequeña puerta que daba al despacho de Benson se abrió y apareció su secretario.

—Os traigo el informe de ayer, sir Alfred —anunció Benson, y le entregó el documento.

—Hacedme un resumen —pidió Gordon. No tenía ganas de leer.

—El único hecho destacable es que ayer el señor Domingo Badía salió del hotel sin compañía y se dirigió a la consulta de sir William Blizard, el cirujano. Estuvo allí unas dos horas. Cuando abandonó la consulta había perdido el color. Según el informe, estaba blanco como la nieve, caminaba despacio, tomó un coche para regresar al hotel y ya no abandonó su habitación ni para cenar. Ordenó que le trajesen algo para comer, pero casi no probó nada. Quien sí bajó al comedor fue Rojas Clemente, que parecía muy preocupado. Hoy ninguno ha abandonado sus habitaciones —explicó Benson, con su estilo conciso.

—Quizás se encuentra mal —apuntó Gordon.

—Por lo que hemos podido averiguar, sir William Blizard le ha practicado una intervención de fimosis.

—¿Una intervención de qué? —preguntó Gordon.

—Es una operación que consiste en cortar el prepucio y dejar... aquello... al aire.

—¿Qué es aquello? ¿De qué estáis hablando? —insistió Gordon, desconcertado—. No entiendo de medicina. ¿Qué es el prepucio? Hablad claro, os lo ruego.

—Le ha cortado la piel del pene para que quede al descubierto.

—¡Aaaaah! —se estremeció Gordon, y juntó las piernas—. ¡Qué horror! ¿Entera?

—Sólo la punta que rodea... —dijo Benson, acompañando sus palabras con movimientos, juntando los dedos en punta y simulando unas tijeras con la otra mano.

—¡Ahorradme los detalles! —casi gritó Gordon, que también había empezado a perder el color.

—Vos habéis preguntado... —se excusó Benson.

Dos días después, por la tarde, Helen abrió la puerta de casa con energía y su marido, en las escaleras de la calle, se quedó con el brazo en el aire.

—¡Ni te atrevas! —exclamó ella, allí plantada, con los brazos en jarras, desafiante.

Alfred miró la flor como el verdugo mira al condenado, después contempló su bastón alzado que parecía la espada que tenía que caer y cortar el cuello, en este caso el tallo, para separar la cabeza del tronco, en este caso la flor del resto de la planta. Respiró hondo y bajó lentamente el brazo. Finalmente agachó la cabeza y entró en casa seguido de Helen, que cerró la puerta y lo miró con los labios y el ceño fruncidos.

—He tenido un día horrible —explicó Gordon en tono de disculpa.

—¿Y qué culpa tiene la flor?

—Y por si fuera poco, me duele el pie.

—¿Lo ves? —exclamó ella—. No haces caso de los médicos y después lo paga la pobre flor que no tiene nada que ver.

—Perdona —dijo, pero como su esposa no mudaba el gesto, añadió—: ¿Quieres que salga y me disculpe ante tu querida flor? ¿Me arrodillo?

Durante toda la cena Alfred no abrió la boca como no fuese para comer. ¡Mal asunto!, pensó la señora Gordon. Pero cuando vio que se sentaba en la butaca de las meditaciones y se quedaba en silencio y de vez en cuando miraba tímidamente su entrepierna, acabó por extrañarse de veras ya que su marido torcía los labios y abría desmesuradamente los ojos. ¡Muy mal asunto! Nunca le había visto aquella actitud. No estaba enfadado, como en otras ocasiones, sino desconcertado.

¡En fin! Helen decidió sentarse en la otra butaca y aguardar tranquilamente a que Alfred vaciase el buche.

—¿Por qué lo habrá hecho? —murmuró Alfred, de pronto.

—¿El qué, querido?

—Cortarse... —dijo su marido, y volvió a mirarse la entrepierna.

—¿Quién? ¿Cortarse qué? —se asustó Helen, dirigiendo sus ojos hacia el mismo lugar que su marido.

—Ese Domingo Badía.

—¿Se ha cortado los...? —dijo Helen con unos ojos como platos.

—No. Sólo el prepucio.

—¿Qué es el prepucio?

—La piel que cubre aquello...

22

—¡Ah! —enrojeció Helen—. ¿Y por qué lo ha hecho?

—Eso es el que me pregunto yo.¿Hasta hoy no se ha enterado de que padecía fimosis? —exclamó Alfred, torciendo los labios y abriendo desmesuradamente los ojos.

*** ***

Llevaban toda la mañana planteando y discutiendo diversas teorías para intentar hallar una que tuviese un mínimo sentido. Finalmente, Gordon y Benson, con la mesa llena de notas con ideas y datos que habían ido tomando, decidieron que había llegado el momento de poner un poco de orden en todo aquel galimatías.

—A ver qué tenemos —dijo Gordon, recogiendo todos los papeles—. Muley Suleimán, el sultán de Marruecos, no ve con buenos ojos la ocupación por parte de España de Ceuta y Melilla y quizás persigue concluir lo que un antecesor suyo, Muley Ismail, intentó sin éxito, a pesar de que estableció un asedio a comienzos del siglo pasado que duró más de veinte años. ¿De acuerdo? —pidió la aprobación de Benson, y dejó el papel a un lado. Entonces tomó el siguiente—: Marruecos, a pesar de que firmó un tratado con España, no quiere venderle cereales a Godoy —depositó el papel junto al otro—: Si Godoy no consigue enderezar la economía, no dispondrá de una flota lo bastante poderosa para seguir manteniendo sus posesiones en el continente americano —continuó distribuyendo los papeles en forma de abanico—: Tras la Paz de Amiens, Godoy ha recuperado Menorca. Si consiguiera hacerse con Marruecos obtendría el dominio de buena parte del Mediterráneo.

—Excusadme, sir Alfred —lo interrumpió Benson—. Habéis olvidado añadir que sería un punto de partida ideal para dominar el Senegal.

—No es que lo haya olvidado —sonrió Gordon—. Es que

me parece demasiado fantasioso, aunque tiene su lógica. España conserva todavía una poderosa flota y sus naves podrían zarpar de la costa africana, mucho mejor situada y más cercana al Brasil que Portugal. No podemos olvidar que, desde que los portugueses se separaron de Castilla en 1640 y se quedaron con Brasil, han sucedido muchas cosas. Entre ellas el descubrimiento de minas de oro y de diamantes. No sería de extrañar que Godoy pensara en esa colonia con vistas a poner remedio a la economía española. Primero los cereales y luego el oro y los diamantes...

—Parece un poco complicado —replicó Benson y se rascó la cabeza.

—Tal vez sí, pero quizás por idéntico motivo Napoleón siente tanto interés por Portugal, que no es únicamente un pequeño país situado en un extremo de Europa, sino la puerta de las minas de oro y de diamantes. No podemos dejar a un lado esa posibilidad porque es un plan que podría poner en peligro el monopolio que la corona inglesa tiene sobre el comercio en el Brasil y que los portugueses nos han cedido a cambio de la protección de la marina británica frente a la piratería francesa.

—Muy cierto —afirmó Benson—. Ellos dominan el lucrativo negocio de la esclavitud negra

—Que tarde o temprano se acabará —rió Gordon—. ¿Cómo lleva el tema ese político... cómo se llama? —no le salía el nombre. Eso significaba que estaba muy cansado. Además, empezaba a dolerle la cabeza.

—Charles James Fox —recordó Benson—. Ha iniciado una dura batalla contra la esclavitud y todo apunta a que acabará ganándola.

—¡Bien! Pues el oro y los diamantes no se acabarán tan fácilmente. Eso nos lleva a pensar que si España quiere hacerse con una parte de África, y más concretamente con la que baña el Atlántico y el Mediterráneo, no es precisamente para entrar en un asunto que ya toca a su fin.

—Tiene mucho sentido —afirmó Benson.

—Pero es demasiado fantasioso.

—Quizás sí, pero, entonces, ¿por qué Carlos IV ha aprobado esa expedición a instancias de Godoy y en contra de la opinión de la Academia de Historia de España?

—Buena pregunta, Benson. Creo que voy a hacer una visita al cirujano que ha operado a nuestro amigo —concluyó Gordon—. Quizás él podrá arrojar un poco de luz sobre este misterio.

*** ***

Sir William Blizard era un hombre que ya había cumplido los cincuenta años, de complexión fuerte, rubio, con la piel muy blanca y las mejillas encendidas. Gozaba de una excelente reputación como cirujano y mantenía una consulta abierta en una de las calles principales de Londres.

Gordon entró en su despacho y echó una ojeada al rincón separado por una cortina, que ahora estaba descorrida, donde reposaban todos sus instrumentos perfectamente ordenados sobre la mesa que había junto a una camilla. Allí tenían lugar las pequeñas intervenciones, las que no requerían internamiento. Allí, seguramente, Badía, con los pantalones en los tobillos, había perdido su prepucio. Y sintió un escalofrío al imaginarse la escena.

Gordon dio las gracias a la enfermera y se sentó en la butaca que había frente la gran mesa de madera color marrón oscuro que ocupaba Blizard.

—¿Qué puedo hacer por vos, sir Alfred? —preguntó el doctor, con la voz característica del médico que recibe a un nuevo paciente.

—Veréis, no sé cómo explicarme...

—Comenzad por decirme qué os duele.

—Nada. Pero he planeado realizar un viaje a Marruecos y me han dicho que... —Alfred simuló que dudaba, y prosiguió—: He de someterme a una operación.

—¿Quién os lo ha dicho?

—Un amigo que tiene otro amigo que dice que él tuvo que hacerlo.

—¿De qué operación se trata?

—De fimosis.

Sir William Blizard lo miró extrañado y se quedó un instante en silencio, sin saber si reírse ante lo que sólo podía tomar como un chiste. Finalmente, decidió dedicarle una sonrisa divertida.

—¿Ese amigo, que tiene otro amigo, es médico? ¿O quizás lo es el amigo de vuestro amigo?

—Disculpad mi ignorancia, pero él dice que es conveniente porque el clima...

Ahora sí que no pudo reprimirse y estalló en una sonora carcajada.

—Perdonad, sir Alfred, pero lo que nos cuelga entre las piernas no es un termómetro, a pesar de que reacciona ante ciertos tipos de calor y se dilata. De manera que la costumbre árabe de la circuncisión no tiene nada que ver con el clima.

—Entonces, ese amigo de mi amigo... ¿por qué lo hizo?

—Se me ocurre más de una respuesta. La primera es que, tal vez, lo necesitaba. No es infrecuente que el prepucio impida gozar de ciertos placeres y que sea necesario eliminar el problema. Pensad que cuando pedís a una mujer que os deleite con su boca...

Alfred puso cara de idiota.

—No vuestra esposa, evidentemente —aclaró Blizard, para dejar bien sentado que ciertos actos no podían pedírsele a una mujer como Dios manda.

—¡Claro! —exclamó Gordon, fingiendo.

Estaban entre caballeros, no eran necesarias más palabras para entenderse, aunque Alfred no sabía ni de qué le hablaban. ¿Qué quería decir Blizard con aquello de deleitar con la boca?

—Ellas, esas mujeres, si son expertas, retiran la piel porque prefieren encontrar una cosa suave y comprobar que no hay nada extraño —siguió explicando Blizard— Si hay algún impedimento, puede haceros daño. Por otro lado, si el prepucio puede retirarse libremente, también es cierto que vos disfrutaréis mucho más —cerró un puño y lo cubrió con la otra mano—. La boca cubre un mayor pedazo. ¿Comprendéis?

Alfred ya no sabía hacia dónde mirar y se sentía incómodo. Él nunca, en toda su vida, había sostenido una conversación como aquélla. Y en lo que se refería a ir con otras mujeres... Bastantes problemas tuvo para entrar donde tenía que entrar cuando se casó con Helen. Aquella noche fue... No quería ni recordarla. Acabó sudando y no consiguió nada. Sus amigos ya le habían advertido que tenía que llegar al lecho conyugal con alguna experiencia, pero él nunca se atrevió a acompañarlos a ciertas casas. Después, como Helen tomó como un acto de delicadeza que tardase casi una semana en concluir el trabajo, pensó que no quería padecer otro fracaso, porque una mujer de aquéllas, en lugar de tomárselo como una delicadeza, se habría reído de él.

Sin embargo, tenía que hacer de tripas corazón, aunque la vergüenza se lo comiese. De manera que asintió y dejó caer los párpados, fingiendo una experiencia que no existía ni en sueños.

—He realizado muchas de esas intervenciones —dijo Blizard con aires de suficiencia—. Aunque también es posible que tomase la decisión para hacerse pasar por árabe. No constituiría un caso único. Hace unos días se me ha presentado un paciente con esa intención. En una conversación que tuve con Mungo Park... el explorador —aclaró Blizard, y Gordon asintió de nuevo —... me explicó que él se habría ahorrado un montón de problemas si hubiese conseguido pasar por uno de ellos.

—Hacerse pasar por árabe... —meditó Gordon—. No se me había ocurrido. ¿Y no bastaría con un disfraz?

—Si no tenéis que permanecer mucho tiempo, sí; pero, si tenéis que mezclaros con ellos o poneros en según qué situación... —respondió el cirujano—. Ya me entendéis —sonrió.

—¡Por supuesto! Os lo agradezco. De hecho mi viaje será corto y ni siquiera necesitaré un disfraz —concluyó Gordon.

Una vez en la calle se quedó pensativo. En su cerebro se agolpaban un sinfín de preguntas y todas ellas conducían a un mismo interrogante: Si la expedición era científica, ¿por qué tomaba Badía tantas precauciones? A menos que su misión comprendiese, entre otros cosas, la posibilidad de convivir estrechamente con aquella gente, hasta el punto de que requiriese esconder su verdadera identidad.

Tenía que hablar con Grenville urgentemente. ¡Bien! Desde que se había enterado de la operación de Domingo Badía todo lo hacía con urgencia. Incluso dormir. Daba vueltas y más vueltas en la cama hasta que se hartaba. Entonces se levantaba y se sentaba en la butaca de las meditaciones y dedicaba horas enteras a la búsqueda de explicaciones, hasta que la cabeza le bullía y acababa por dolerle.

Ahora volvía a dolerle. ¡Ay! Aquella maldita presión en las sienes... Se detuvo un instante y respiró hondo. Quizás debería descansar un poco. Sí, lo haría cuando hubiese hablado con Grenville.

Levantó el bastón y detuvo un coche para ordenar al cochero que volase hacia el ministerio de Asuntos Exteriores.

En el interior del coche recordó las explicaciones de sir William Blizard. Pero no las que se referían a Domingo Badía, sino las otras, las que le proporcionaban detalles técnicos. Ni siquiera podía imaginarse a Helen... ¡Con la boca! ¡Dios del cielo! ¿De veras había mujeres que hacían aquello? Y se descubrió sonriendo malévolamente. ¡Lástima! A su edad, quizás se había perdido algo interesante.

Mira que cortarse... ¡Tenía narices el catalán!

De pronto su sonrisa se borró. ¡Qué dolor! Notó que la luz se oscurecía y que el mundo desaparecía. Quería pedir ayuda y le costaba articular las palabras. Respiró hondo e intentó relajarse.

—Cochero —dijo haciendo acopio de las pocas fuerzas que le restaban—. Llevadme a casa.

*** ***

El médico había sido muy explícito. Visitas: pocas y cortas. Y ningún disgusto. De manera que Helen lo tenía muy presente.

—Benson, confío en que no... —exclamó al ver quién llegaba.

—Sólo quiero saber cómo está —se puso a la defensiva el secretario de sir Alfred.

—Supongo que no os envía nadie —preguntó ella con cara de pocos amigos. Cuando decía «nadie» ya sabían todos a quién se refería.

No le había hecho la menor gracia que lord Grenville tentase a su marido con el título de sir y menos gracia aún le había hecho que Alfred padeciese un ataque que podría haber resultado fatal y del que responsabilizaba al ministro.

—Os lo juro, señora —alzó Benson la mano derecha como si estuviese ante un tribunal.

Lo acompañó hasta la habitación y, antes de abrir la puerta, todavía lo miró con unos ojos que parecían dispuestos a clavarle un puñal si le daba el menor motivo.

—El médico ha ordenado que descanse. No os quedéis demasiado rato —dijo Helen, e inmediatamente añadió—: Vendré a buscaros. No quiero que os alarguéis como otras veces.

Benson hizo una pequeña reverencia con la cabeza y aguardó hasta que la señora Gordon abrió la puerta y anunció su visita. Entonces, entró.

—¿Cómo os encontráis, sir Alfred? —sonrió Benson con timidez.

—Mejor —respondió Gordon, y soltó todo el aire de los pulmones—. Sentaos, por favor —indicó la silla que había junto a la cama. Respiró hondo y añadió— A pesar de que los médicos insisten en que he de guardar reposo, y Dios sabe que llevo unas cuantas semanas así, para mí sólo ha sido un pequeño susto.

—Ahora que lord Grenville ya no es ministro...

—¡Ay! El tema de los católicos —meneó Gordon la cabeza e hizo chasquear la lengua—. La misma causa que llevó a William Pitt a presentar su dimisión. A veces pienso que el rey ha perdido el juicio de veras —Entonces, al darse cuenta de que hablaba de Su Majestad, moderó el tono—: Quiero decir que tal vez no lo ha meditado suficiente.

—Todos han perdido el juicio —asintió Benson—. El asunto Badía ya no interesa a nadie, sir Blum vuelve a ocupar su cargo al frente de los servicios de información y me reclama como su secretario porque dice que Harry ya está viejo y debería retirarse.

—¿Eso significa que ya no cuentan conmigo? —Gordon se puso tenso.

Benson se asustó. No debería haber hablado tanto. Si ahora entraba la señora Gordon, era hombre muerto.

—Vos volvisteis porque lord Grenville os había pedido que os hicierais cargo del asunto Badía pero, ahora que él ya no está, ya no hay asunto.

—¿Quién lo sustituirá?

—Suena el nombre de Robert Stewart, vizconde de Castlereagh y segundo marqués de Londonderry, que llega con una buena cartera de éxitos bajo el brazo, entre ellos el de haber conseguido que el parlamento irlandés aprobase la unión con Inglaterra —informó Benson.

—¡Oh, no! Pertenece a los *tories*, partidarios de las prerrogativas reales, evidentemente —exclamó Gordon.

—Lord Grenville también es *tory* —le recordó Benson.

—Es la excepción que confirma la regla —suspiró Gordon—. ¡Bien! En vista de las circunstancias, ya no tengo el menor interés en volver. Prefiero ser buen chico y quedarme en casa.

En aquel instante entró Helen con una sonrisa de oreja a oreja. Acababa de oír la última frase de su marido.

—Debemos dejar que el paciente descanse —dijo.

Sobraban las palabras y Benson se levantó, saludó y se dirigió hacia la puerta. Justo al llegar, se detuvo.

—¡Ah, se me olvidaba! —exclamó—. Me he enterado de que Domingo Badía ha abandonado Londres.

—¿Cuándo? —preguntó Gordon.

—Hace un par de días. Lo acompañaba su amigo Rojas. Sólo que han embarcado con otros nombres y disfrazados de árabes. Rojas se hacía llamar Mohamed ben Alí y nuestro amigo Badía pasaba a ser Alí Bey Abdallah.

—Alí Bey... —murmuró Gordon, lentamente, mientras asentía—. Eso significa que la aventura ha empezado.

—También significa que acertasteis y que vuestra teoría podría ser cierta.

Helen, al ver que aquello era el inicio de otra conversación, se plantó frente a Benson con los brazos en jarras y los ojos fijos en los del hombre.

—¡Bien, he de irme! Espero que os levantéis muy pronto —dijo Benson, y abandonó la habitación.

Gordon alzó la mano para despedirlo y volvió a bajarla. «Alí Bey», murmuró. Él ya había previsto que Domingo Badía escogería aquel nombre. Y el resto de su teoría... ¿También la habría acertado?

¡No, imposible!, negó con la cabeza. Era demasiado

fantasiosa y arriesgada. Y no creía que existiera nadie sobre la capa de la tierra con suficiente empuje y energía como para llevarla a cabo. ¿Quién se atrevería a poner en práctica semejante plan?, sonrió. De pronto su sonrisa se quedó helada. Un maldito catalán, tal como lo llamaba sir Blum, que pretende hacer volar un globo en Córdoba, que planifica la invasión de Portugal y que pretende crear un banco para salvar las finanzas del Estado... Alguien que es capaz de cortarse... Al llegar a este punto del razonamiento y volver a imaginarse la operación, se estremeció. Había que tener narices para someterse a una intervención como aquélla. Y si había tenido narices para cortarse el prepucio, ¿tendría empuje suficiente para...? ¿Por qué no?

Por desgracia lord Grenville ya no era ministro y sir Blum consideraba que todo aquel asunto era una estupidez. ¡En fin! Que el informe moriría en una carpeta.

1 - EL PRÍNCIPE

Desde el puente del Santa María de Cádiz, el capitán Francisco Raimat contemplaba la bahía de Tánger y la ciudad que según la mitología griega había sido fundada por Neptuno, protegida por las fortificaciones que los hombres habían construido a lo largo de los tiempos para defenderla de los continuos ataques. Su historia estaba llena de avatares. Bajo la influencia de los fenicios se erigió en centro comercial de primer orden que Roma convirtió, tras la derrota de Cartago, en la capital de la Mauritania tinguitana; posteriormente, los árabes se apoderaron de la ciudad para aprovecharse de su extraordinaria situación, punto de encuentro entre el océano Atlántico y el mar Mediterráneo y a un paso de España; durante el siglo XV se transformó en una ciudad próspera y rica que comerciaba con Génova, Venecia y Marsella, detalle que la convirtió en pieza ambicionada por portugueses y españoles, que se alternaron en su dominio; finalmente cayó en manos de los ingleses, que la fortificaron para defenderse de los ataques de Muley Ismail, pero que acabaron cediéndola al gran sultán en 1684. Desde entonces un buen número de países europeos había abierto allí sus consulados y delegaciones. Su privilegiada situación, a la entrada del estrecho de Gibraltar y con un pie en el Atlántico, la convertía en la puerta de Marruecos, porque hacia el este, en el otro extremo de la franja de tierra que constituye el pasaje del estrecho, ya situada plenamente en el Mediterráneo, se halla Ceuta, una ciudad que los españoles habían conservado, mientras que la vigilancia del otro lado del estrecho, ya en tierras de la península Ibérica, corría a cargo de Tarifa por parte de España, y de Gibraltar por parte de Inglaterra.

Francisco Raimat había nacido en Tarragona, casi sobre el mar, tenía cuarenta años y la piel con profundos surcos producto de la constante erosión que ocasiona la brisa cargada de sal. Nada más acercarse al estrecho, apartado de la costa española, se había mostrado preocupado. Desde los lejanos días en que Inglaterra abandonó el dominio de aquellas tierras, Muley Suleimán, el gran monarca de Marruecos, quería arrancar Ceuta de manos españolas para que todo aquel territorio fuese suyo. De manera que aquellas costas no eran seguras y más valía navegar a plena luz del día. No sería la primera vez que un barco español era atacado por uno marroquí.

Junto a él, también contemplando las tranquilas aguas y la costa, se hallaba un hombre vestido al estilo oriental y ataviado con un turbante. Medía un metro sesenta y cinco, era delgado, moreno, de rostro anguloso, con unos ojos grandes y oscuros, y lucía barba y bigotes largos. Había embarcado en Tarifa y hablaba una jerga que era mezcla de francés, español e italiano. Respondía al nombre de Alí Bey y, según constaba en su documentación, se trataba de un príncipe sirio.

—Si no nos ponen demasiados impedimentos, dentro de poco estaréis en tierra firme y podréis reposar y curaros la herida —dijo Raimat.

—Eso espero —respondió Alí Bey.

El barco enfiló hacia el pequeño puerto y echó el ancla. Unos marineros bajaron una barca hasta el agua, al mismo tiempo que se acercaba otra barca con tres hombres: dos a los remos y otro en pie, descalzo y vestido con una chilaba que le llegaba hasta las rodillas. El capitán Raimat alzó la mano bien abierta y gritó:

—¡*Alhámdo lillábi*!

—¡*Alhámdo lillábi*! —respondió el hombre de la barca.

Raimat se volvió hacia Alí Bey.

—¡*Alhámdo lillábi*! ¡Loado sea el Señor! Sale a recibirnos Sidi Alí. Espero que hoy se encuentre de buen humor y que no nos busque las cosquillas —sonrió.

La barca tocó la nave y Sidi Alí trepó por la escalera de cuerda hasta la borda, donde ya le esperaba el capitán. Se saludaron efusivamente, se abrazaron e intercambiando frases de cortesía como si fuesen los mejores amigos del mundo. Después, el capitán le alargó la documentación del barco y de la carga, juntamente con una pequeña bolsa que Sidi Alí iba a aceptar, pero que, de pronto, rehusó. Acababa de descubrir al hombre del turbante.

—¿Quién es? —preguntó, señalando con la barbilla.

—Alí Bey el-Abbasi, un príncipe sirio —informó el capitán.

Sidi Alí miró alternativamente la bolsa y al pasajero. Dudaba.

—Dame la documentación y que no desembarque nadie —ordenó finalmente.

El capitán Raimat le proporcionó la documentación y suspiró. Por una vez que todo parecía ir bien... ¡En fin! ¡Qué le vamos a hacer!

Sidi Abderramán Aschasch era un hombre corpulento con un rostro curtido por el poderoso sol de Marruecos. Nadie entre los diez mil habitantes con que contaba Tánger acababa de explicarse cómo era posible que ocupase el puesto de caíd, gobernador de la ciudad, cargo que ostentaba desde el año 1795, cuando fue nombrado por Muley Suleimán, sultán de Marruecos y señor absoluto de los destinos de aquellos parajes. Y la verdad es que su nombramiento fue harto extraño. En 1792 fue destituido por el mismo monarca; tres años después lo restituyó en el cargo sin la menor explicación. Además, no sabía leer ni escribir y despreciaba la cultura hasta el extremo de que no permitía que sus hijos aprendiesen los rudimentos de la lectura y su trayectoria, partiendo del hecho de que empezó como palafrenero y más tarde fue conductor de camellos hasta amasar una gran fortuna, era sorprendente.

Los ojos del caíd eran vivos y escrutadores. Decían que era un hombre sin escrúpulos que no fiaba en nadie a quien no pudiera dominar enteramente y que contaba con una extensa red de informadores. Impartía justicia de forma implacable y todos sabían que sus castigos, públicamente ejecutados, podían llegar a ser terribles porque tanto le daban veinte como treinta o cuarenta latigazos. Sin embargo, ante los poderosos agachaba la cabeza y adoptaba un gesto humilde y servicial. He ahí, quizás, el secreto de su éxito, pensaban algunos, pero, a pesar de que sentía desprecio por la cultura, todos estaban de acuerdo en el hecho de que era astuto como un zorro y que se pasaba el día buscando nuevas oportunidades para incrementar su fortuna o conspirando para deshacerse de un posible rival.

Recostado sobre los cojines que cubrían el suelo de la sala que empleaba para impartir justicia, hizo un gesto con la mano y los dos soldados abrieron la puerta. Apareció otro soldado que conducía a un hombre joven sujeto por el brazo. Vestía una chilaba que le llegaba hasta las rodillas, unas babuchas y un fez turco. El soldado se detuvo a unos pasos del caíd y empujó al prisionero, que cayó de rodillas y se dobló hasta que su frente tocó el suelo. Estaba tan asustado que no se dio cuenta de que se le había arremangado la chilaba hasta dejarle el culo al aire.

El soldado se adelantó y habló al caíd.

—Se llama Hasim. Lo han traído dos soldados que lo han encontrado en el puerto. Según explican, tenía intención de robar. Quizás es un judío disfrazado.

—¿Y dónde está lo que quería robar?

—Lo han pescado antes de que pudiese hacerlo.

—¡Idiotas! —exclamó el caíd, mirando con desprecio al soldado.

Aschasch contempló a Hasim sin pronunciar una sola palabra. Por lo poco que había podido ver antes de que pegara la frente al suelo, era moreno y atractivo, con unos ojos oscuros y profundos y no llevaba barba. No se había afeitado la cabeza ni se cubría con la capucha, sino que mostraba su pelo negro y abundante, que llevaba cortado a la altura del cuello. Era delgado y fuerte, con unos brazos y unas manos que se adivinaba que estaban acostumbrados a trabajar, y tenía la piel de la cara, de las manos, de los brazos y del cuello oscurecida por el sol. Allí, de rodillas, con la frente pegada al suelo, la cabeza entre las manos y el culo bien ventilado, el pobre esperaba y se desesperaba.

Aschasch sonrió divertido e hizo un gesto con la mano.

De pronto se oyó un silbido y Hasim sintió que el látigo se le clavaba en las nalgas. Abrió la boca tanto como le fue posible, enderezó la espalda hasta que el cuello le dolió y se frotó los glúteos con energía, buscando un ligero alivio al dolor. ¡La madre que lo parió!, pensó, mientras apretaba los dientes y resoplaba con fuerza.

Entonces echó una ojeada al caíd e inmediatamente se dobló de nuevo y agachó la cabeza, procurando, en esta ocasión, que la chilaba tapase sus vergüenzas, pero manteniendo los ojos bien abiertos. Si llegaba un nuevo latigazo dispondría de un pequeño cojín.

—¿Qué hacías en el puerto? —preguntó Aschasch.

—Nada, señor. Buscaba trabajo.

—¿Quizás de marinero? —sonrió Aschasch—. ¿Sabes cuál es el castigo por ladrón?

—Yo no he robado nada, señor. Siempre que llega un barco necesitan gente para descargarlo —respondió sin apartar la frente del suelo—. Te lo juro por Alá. Que el buen Dios me castigue si digo una sola mentira.

—¿Quién puede fiarse de un judío?

—No soy judío —protestó Hasim.

—Pues hay quien dice que sí —replicó Aschasch, mientras dirigía una mirada al soldado que lo había traído.

—Porque mi abuela por parte de madre era sefardí, pero a mí me educó mi padre y lo hizo bajo las enseñanzas del Profeta —aclaró Hasim.

Aschasch iba a replicar cuando se abrió la puerta y apareció Sidi Alí. El capitán del puerto cruzó la sala y se acercó al caíd.

—Acaba de llegar una nave procedente de España —anunció al oído del gobernador.

—Cada día llegan naves —dijo Aschasch, molesto por la interrupción.

—Es que trae un pasajero muy especial —añadió Sidi Alí.

—¿De quién se trata?

—De un príncipe sirio.

¿Un príncipe sirio? Aquello sí que era una novedad. Aschasch se levantó y se dirigió al balcón. Un príncipe sirio en un barco español. No dejaba de ser curioso. Se volvió hacia Hasim, que seguía encogido y temblando. ¿Qué podía hacer con aquel idiota? Y cuando decía idiota no se refería precisamente a Hasim, sino al soldado que lo había detenido. A un ladrón hay que pillarlo con las manos en la masa o despúes de que haya robado. ¡Había que ser muy idiota para pescarlo antes!

—Si vuelvo a verte no será necesario que Dios pierda tiempo castigándote. Ya me ocuparé yo, personalmente —dijo Aschasch. Despúes se volvió hacia el soldado y ordenó—: Échalo de aquí y dile a quien lo ha detenido que la próxima vez me traiga al ladrón junto con el botín.

Hasim se levantó, pero no se enderezó, sino que anduvo de espaldas y desapareció lo más rápido que pudo.

Aschasch volvió a mirar por el balcón. Un príncipe sirio a bordo de un barco español... Sí, aquello no era demasiado habitual y tendría que examinarlo con calma.

Desde la terraza de la casa de sir James Matra, cónsul británico, Francis Herald, el agregado comercial, no se perdía el menor detalle de los curiosos movimientos que tenían lugar en el puerto. Había salido porque esperaba a aquel viajero. Tenía noticias de su llegada por parte de monsieur Guillet, del consulado francés, que había recibido una carta de recomendación firmada por el ministro Talleyrand en la que le pedía que auxiliase al ilustre visitante. Curiosamente, unos días más tarde, también supo que el cónsul español Antonio González Salmón había recibido otra carta firmada por Godoy en idénticos términos. De manera que, al ver que el barco entraba en el puerto, fue en busca de su largavistas y de una silla y se dedicó a observar lo que sucedía.

Aquella mañana el espectáculo valía la pena. El barco que permanecía fondeado a la entrada de la bahía de Tánger había recibido la visita del capitán del puerto, que había subido a cubierta, había hablado con el capitán del barco y había regresado a tierra con unos documentos en la mano. Nadie desembarcaba.

Herald se lo tomó con calma. Le habría gustado escuchar lo que decían. Era curioso por naturaleza. ¡Bien! Formaba parte de su trabajo. La tapadera de agregado comercial servía para esconder la tarea de informar a Londres de todos los movimientos que tenían lugar en Tánger, que no eran muchos porque casi nunca pasaba nada y aquel cargo resultaba aburrido. De hecho lo habían destinado allí como un castigo.

—Os he hallado un destino que os permitirá aprender a tener paciencia y a no precipitaros —le había dicho John Crook, su superior, tras un desgraciado incidente en el que metió la pata hasta el fondo porque había sacado conclusiones precipitadas. No es que fuera demasiado grave, pero ya era la cuarta vez en dos meses y... ¡En fin!

Por supuesto que aprendería a tener paciencia. ¡A la fuerza ahorcan! Las costumbres en Marruecos diferían tanto de las europeas que costaba acostumbrarse. No había ni vino ni licores y tenían que importarlos del otro lado del Mediterráneo. Excepto las recepciones que todos los consulados organizaban para no aburrirse, las diversiones quedaban limitadas a largas conversaciones. Porque, eso sí, la gente de aquel lugar se pasaba el día hablando. Por lo que se refería a las mujeres, tenía que conformarse con las esclavas que los moros alquilaban a un alto precio. Liarse con alguna de las pocas europeas que había en los consulados resultaba complicado y poner la mano sobre alguna de las esposas de los habitantes de aquellas tierras podía ser altamente peligroso. Los primeros meses fueron duros, pero Herald había aprendido a tener paciencia. Hizo amistad con don Gerardo Pasiego, el segundo secretario del cónsul español, que le explicó que un puerto como el de Tánger siempre ofrece posibilidades para hacer negocios y como en aquellos parajes casi todo se movía al margen de la legalidad... ¡En fin! No precisaba dar más detalles. El propio caíd era el ejemplo más evidente. De manera que había entrado en la rueda y no podía quejarse. El día que regresara a Inglaterra lo haría con los bolsillos bien llenos.

Se sentó cómodamente, se acercó la lente al ojo y pudo distinguir al capitán del puerto que se dirigía a casa del gobernador. Entonces centró su atención en el hombre que acababa de aparecer en la proa del barco. Iba vestido como un árabe, con turbante blanco, y llevaba barba. Era moreno y delgado. Su ropa se adivinaba de calidad. A aquella distancia poca cosa más podía distinguir, excepto que andaba ayudado por un bastón y arrastraba una pierna.

Poco después vio salir al capitán del puerto de la casa de Sidi Abderramán Aschasch, el gobernador de Tánger, pero no para dirigirse al barco, sino para adentrarse en la ciudad. Parecía que aún llevaba los mismos documentos en la mano y por la dirección que tomaba seguramente iba camino de la casa del cónsul de España, pero no podía jurarlo. La terraza, aunque dominaba buena parte de la ciudad, no le permitía verlo.

Poco después el capitán del puerto apareció de nuevo y entró de nuevo en casa del gobernador. Estuvo unos quince minutos largos. Herald tomó buena nota. Volvió a salir y se dirigió al barco acompañado por otro hombre. Posiblemente un intérprete. Es lo que dedujo cuando los vio llegar a la nave, porque allí hablaron con el capitán y con el hombre delgado del turbante.

De nuevo los dos hombres abandonaron el barco y se encaminaron hacia la casa del gobernador. ¡Menudo baile se traían aquella mañana!

Mucho rato después, el capitán del puerto regresó al barco y finalmente el pasaje empezó a desembarcar.

El hombre del turbante puso pie en tierra firme y dos moros lo condujeron a casa del gobernador. Estaba herido en una pierna y se desplazaba con dificultad ayudado por sus dos acompañantes. Herald se levantó de la silla y se acercó a la barandilla para poder apoyar el largavistas y contemplarlo mejor.

En su rostro se reflejaba el dolor que debía de sentir cada vez que tenía que apoyar el pie en el suelo.

¡Bien! Ya había visto todo cuanto podía ver. Plegó el largavistas y ya se disponía a retirarse cuando apareció sir James Matra, el cónsul británico.

—¿Quién es el hombre que acaba de llegar? —preguntó sir James.

—Alí Bey, hijo de Othman Bey, príncipe de los abasidas, procedente de Siria —informó Herald—. Un hombre muy rico que ha heredado la fortuna de su padre, que acaba de morir en Córdoba.

—¿Qué lo trae por aquí?

—Según las cartas que han recibido los consulados español y francés, desea cumplir con el precepto de la peregrinación a la Meca —explicó Herald—. Ha sido educado en Francia y en Inglaterra y ha vivido en Europa durante largos años. Por lo que se ve tomó la decisión de cumplir con el precepto a la muerte de su padre.

El cónsul se apoyó en la barandilla y contempló el mar.

—¿Cómo es que ha entrado por Marruecos?

—Si se encontraba en Córdoba, no veo nada de extraño en que haya saltado a Marruecos —respondió Herald.

—Yo encontraría más normal que hubiese tomado un barco que cruzase el Mediterráneo —replicó sir James.

—Quizás ha escogido hacer el peregrinaje por tierra para poder seguir los pasos del Profeta.

—Quizás sí —aceptó el cónsul sin convencimiento.

En esta ocasión Herald no se precipitaría, no sacaría conclusiones ni volvería a cometer el mismo error que lo había traído hasta aquel agujero. Él escribiría sus informes y esperaría pacientemente a que le levantasen el castigo y le permitieran regresar a Londres. Si el cónsul quería dejar volar su imaginación, allá él.

El espectáculo había concluido y ya no tenía objeto seguir allí, bajo el sol. Redactaría su informe y lo mandaría a Londres. Pero ahora hacía demasiado calor y, como no se trataba de nada urgente, decidió que ya lo haría más tarde.

Aschasch dudaba sobre cómo tenía que recibir al viajero. ¿Quizás recostado sobre cojines...?, ¿tal vez de pie...?, ¿mejor en la terraza...?, ¿o en la sala de justicia...? No estaba acostumbrado a aquel tipo de visitas.

Finalmente decidió que le recibiría en sus dependencias privadas. Según la documentación se trataba de un descendiente del tío del Profeta y tan alta personalidad requería un trato especial.

—Hacedlo entrar en cuanto llegue —ordenó e hizo una señal a Othman, el turco que haría de intérprete.

Un príncipe sirio que no hablaba árabe. ¡Qué extraño!

Entró en la sala, controló que todo estuviese en orden y dio instrucciones para que preparasen té y pan.

—Ya está aquí —anunció el guardia.

¿De pie o recostado?, seguía dudando Aschasch. Mejor de pie. ¡Sí! Cuando entrase, él se dirigiría a saludarlo y lo acompañaría hasta los cojines. Y se quedó plantado con las manos cruzadas sobre del pecho.

La puerta se abrió y aparecieron dos moros que ayudaban a caminar al viajero. Aschasch se adelantó y lo saludó.

—Alá te bendiga y te conceda toda la felicidad del mundo —dijo, acompañando sus palabras con una profunda reverencia.

Othman tradujo al francés. Alí Bey movió la mano derecha, abandonando por un instante el apoyo que le proporcionaba uno de los moros, pero la pierna volvió a dolerle y se dobló. Entonces Aschasch hizo un gesto para ordenar que lo condujesen de inmediato hasta los cojines, donde lo depositaron.

—Os lo agradezco infinitamente y ruego a Dios para que os recompense tanta bondad —dijo Alí Bey en francés.

Othman tradujo de nuevo y Aschasch sonrió y se sentó junto a su invitado.

Durante largo rato estuvieron conversando y Alí Bey informó a Aschasch de que había vivido muchos años en Europa, estudiando en sus universidades. Hacía tanto tiempo que había olvidado la lengua de sus padres. Incluso había olvidado sus costumbres, explicó. Debido a la muerte de su padre decidió que había llegado el momento de regresar a la fuente de dónde salió y cumplir también el sagrado precepto de visitar la Meca. Entonces Aschasch se interesó por la herida de la pierna y él le contó que se la había hecho en España, en un accidente en el que la diligencia perdió una rueda y volcó.

—Puedo ofrecerte un médico —dijo Aschasch y Othman tradujo.

—Ya me han cosido la herida —respondió Alí Bey—. Ahora sólo hay que esperar.

Siguieron hablando hasta que Alí Bey preguntó si ya podía retirarse a la casa que había ordenado alquilar, pero Aschasch le rogó que aquella noche se considerase su invitado y le ofreció una habitación. A un personaje de tan alta estirpe no podía decirle que la casa aún no estaba a punto para recibirlo porque no habían empezado a prepararla hasta aquella misma mañana, a pesar de que ya hacía días que el dueño había recibido el encargo.

—Acepto tu hospitalidad —dijo Alí Bey—. Pero mañana, sin falta, deseo establecerme en mi nueva casa.

—Sin falta —respondió Aschasch.

Cuando el invitado se retiró, el caíd dio orden de que, si era preciso, trabajasen toda la noche, pero que al día siguiente tenía que estar todo a punto.

2 - ADELANTE

En Madrid todo había ido muy deprisa. En poco más de dos años el palacio había recibido dos nuevos habitantes y había recuperado a quien ya lo había ocupado durante mucho tiempo y que regresaba con ánimo de quedarse.

En política las amistades siempre son relativas y dependen del momento y de las circunstancias. Francisco, el que había sido mayordomo de Godoy, había dejado su puesto en 1798, lo había sustituido Eusebio, a la llegada de Francisco de Saavedra, ministro de Hacienda con Godoy, pero que intrigó contra su propio mentor e hizo correr el rumor de que el Príncipe de la Paz se había vendido a los ingleses y se oponía a los planes franceses sobre una posible invasión de Portugal. Carlos IV, en medio de una profunda crisis económica y temeroso de que se produjera un estallido al estilo francés, tomó la decisión de prescindir de los servicios de Godoy, que hasta entonces había sido su mejor garantía. De manera que en 1798 el palacio recibió con todos los honores al intrigante ministro de Hacienda convertido en el nuevo secretario de Estado.

Sin embargo, Saavedra padeció un agravamiento de los males que ya lo aquejaban desde hacía algún tiempo y que alguna lengua atribuía a un intento de envenenamiento a cargo de gente desconocida. Ante este hecho, Carlos IV tomó la decisión de sustituir a Saavedra por un hombre joven que ocupaba el lugar de oficial mayor de la Secretaría de Estado. Decían que algo tuvo que ver la reina María Luisa en esta decisión. Así que Eusebio contempló cómo en muy pocos meses el palacio volvía a cambiar de manos. No obstante, tuvo la suerte de que Mariano Luis de Urquijo, el nuevo secretario de Estado, no disponía de mayordomo de su confianza y lo confirmó en el cargo.

Dos años había durado aquel, digamos, paréntesis, porque en mitad de una crisis cada vez más insostenible, tanto en el interior como en el exterior del país, Napoleón acabó por meter baza y Godoy recuperó su puesto. El enfrentamiento de Urquijo con la iglesia de Roma, la situación ruinosa de las arcas del Estado que amenazaba con no poder pagar ni al ejército, el constante acoso en las costas de ultramar por parte de los piratas ingleses, el progresivo deterioro de la situación en Europa y las presiones cada vez más acusadas de las diplomacias austriaca y rusa para que España abandonase a Napoleón, provocaron su destitución, una vez que el general francés se convirtiço en primer cónsul de la república.

¡Madre de Dios, cuántas cosas habían sucedido en poco tiempo! Y, finalmente, Godoy, apoyado por Napoleón, vio cómo las puertas del palacio se le abrían de par en par y le daban la bienvenida. ¡Ay! Por desgracia Francisco ya era demasiado viejo y estaba enfermo. De manera que el Príncipe de la Paz decidió conservar a Eusebio, un mayordomo muy estirado, responsable y atento con los servidores, que no toleraba el menor error y que nada más llegar hizo cambios que afectaron a la mayor parte del servicio.

Godoy, sentado a la mesa del comedor, contempló a Eusebio, que le servía el café. De forma impecable, naturalmente. ¡Lástima! De todas las personas que le habían servido, él recordaba especialmente a María, la mujer sordomuda que lo entendía sólo con un gesto. ¿Dónde estaría ahora aquella mujer? Tuvo que marcharse precipitadamente porque un pariente se había puesto enfermo en Barcelona y ya no regresó. ¡Qué lástima! Cuando ella lo servía podía hablar libremente, soltar cualquier estupidez y quedarse tan ancho, en la absoluta confianza de que no la había oído nadie.

—Excelencia, esta mañana ha llegado el coronel Ventura —anunció Eusebio—. He ordenado que lo conduzcan a la sala azul.

—Gracias, Eusebio —respondió Godoy.

—¿Su Excelencia manda alguna cosa más?

—No.

Eusebio le dedicó una reverencia, enderezó la espalda y se retiró bien tieso.

Quizás debería sustituirlo, pensó Godoy. En tres años no había conseguido acostumbrarse a tanta tirantez. Eficiente, lo era. No podía negarlo. Pero... ¡mira que se mostraba frío! Francisco era la otra cara de la moneda.

Acabó su desayuno y se dirigió a la sala azul, donde le aguardaba impaciente el coronel Ventura, un hombre muy eficiente también, pero con un carácter seco. Casi tanto como Eusebio. Últimamente se rodeaba de una gente muy poco alegre. ¡Ay! Eso habría que corregirlo. Una cosa es el trabajo, en el que conviene que todos sean eficaces, pero sin olvidar que la vida también es para vivirla.

—¿Qué nuevas tenemos del viajero? —preguntó Godoy, tras saludar al coronel.

Ventura se había puesto en pie y esperó pacientemente hasta que Godoy se hubo sentado. Entonces, abrió la cartera negra y sacó un documento. Se atusó el bigote, carraspeó para aclararse la garganta y empezó a informar.

—El coronel Amorós ya ha llegado a Tánger y hemos recibido las primeras noticias. El viajero ha tenido que quedarse en la ciudad por causa de la herida en la pierna, pero ya ha iniciado sus contactos con notable éxito. Todos lo respetan y nadie ha puesto en duda su historia. Ha escrito al sultán para pedirle permiso para proseguir el viaje por Marruecos —informó Ventura, mientras le entregaba la carta que acababa de recibir.

Godoy le indicó que podía sentarse y se dispuso a leer la carta del coronel Amorós. En ella decía que había mantenido una primera reunión con el viajero y habían empezado a repasar el plan y a hacer los retoques necesarios para pulirlo. El coronel, tal como se desprendía del tono de la carta, se mostraba entusiasmado. Incluso comparaba a Domingo Badía con Hernán Cortés. Godoy sonrió, entre divertido y satisfecho. La comparación era atrevida, pero al mismo tiempo lo complacía. España andaba coja desde hacía mucho tiempo de un gran explorador y sólo vivían del recuerdo de las grandes épocas pasadas. Que apareciese un nuevo Hernán Cortés sería una gran noticia.

—¡Bien! Con Amorós en Tánger ya estoy más tranquilo. La operación está en marcha y en medio de tanto desbarajuste, una buena noticia es de agradecer —dijo Godoy, satisfecho, devolviendo la carta a Ventura—. Su Majestad cree que se trata de un viaje de exploración para abrir nuevas rutas comerciales y no está al corriente de los últimos cambios. Esperemos a que el viajero haga su trabajo lo antes posible y entonces habrá llegado el momento de desvelarle el verdadero objetivo del proyecto. Sobre todo procurad que reciba cuanto necesita.

—Sí, excelencia.

Habían convenido, de buen comienzo, que nadie en aquel despacho ni en la correspondencia ni en las notas que se cruzasen, se hablaría nunca de Domingo Badía ni de Alí Bey. Se referirían a él como "el viajero" y los que estaban al corriente ya sabrían de quién se hablaba.

El Príncipe de la Paz suspiró. Habían sido tres años muy difíciles. Recuperar las relaciones con el clero, después del desastre de Urquijo, no había resultado una tarea sencilla, pero la reina María Luisa había contribuido con la ayuda de Múzquiz, su confesor, quien, según los rumores, sonaba con fuerza como posible arzobispo de Santiago. En cualquier lugar los servicios se pagan y la Iglesia no es ninguna excepción. Cuando más alto es el servicio, tanto más generosa ha de ser la recompensa.

Después se encontró metido en la Guerra de las Naranjas contra Portugal, que fue más una opereta que un enfrentamiento, ya que duró poco más de un mes y se saldó con la toma de la ciudad de Olivenza, para inmediatamente entablar negociaciones de paz que se firmaron en Badajoz y que para Portugal representó mover ligeramente las fronteras con España, desprenderse de parte de la Guyana, Oyapock y el Amazonas en favor de Francia y añadir el pago de quince millones de libras que a Napoleón le supieron a poco. ¡En fin! Un ridículo espantoso por parte del gobierno de Su Majestad Carlos IV de España y un generoso regalo para Francia, a pesar de que, con la habilidad que le era característica, Godoy hizo llegar la noticia al público como si se tratara de una gran victoria de sus ejércitos y de la política española, detalle que mereció la gratitud del rey y... de la reina.

Menos mal que poco después, Francia e Inglaterra, agotadas por tanta guerra, firmaron la paz de Amiens. Otro ridículo espantoso, porque España fue ignorada y vio cómo Inglaterra conservaba la isla de Trinidad. ¿Dónde quedaban los tiempos de Carlos I y Felipe II? No obstante, Godoy pensó que había llegado el momento de emprender nuevas aventuras al margen de Europa, pero ahora todo volvía a enredarse y ya se rumoreaba que las dos grandes potencias se preparaban para lo inevitable. Poco había durado aquel paréntesis y Godoy era muy consciente de que España no podía soportar otra guerra, aunque no resultaría nada fácil mantenerse neutral. Napoleón reclamaba la flota española para hacer frente a la británica, que había demostrado su superioridad en la batalla de Abukir, al este de Alejandría, donde el almirante Nelson había derrotado a la flota francesa mandada por el almirante Brueys, victoria que había supuesto el dominio británico sobre el Mediterráneo. Cuando menos, quedaba demostrado que las fuerzas francesas, hasta el presente infalibles sobre tierra firme, seguían teniendo dificultades en el agua.

Eran años complicados y difíciles. Cada vez más. Y no ayudaba en nada el carácter débil de un monarca que había perdido todo su prestigio y de una reina que mandaba más que nadie. Malas lenguas decían también que Godoy había caído por causa de sus numerosas aventuras en camas que no eran la que la reina María Luisa le había asignado y que había vuelto a recuperar el poder, no únicamente por la intervención de Napoleón, sino porque finalmente entendió que tenía que plegarse a los caprichos femeninos de quien mandaba de veras.

Un pequeño retiro permite contemplar la situación desde el exterior y ver aquello que tenemos ante las narices. En poco tiempo Godoy había recibido muchas lecciones y ahora todo dependía de lo que fuese capaz de hacer el viajero. Con cien hombres como Domingo Badía, al que Amorós hacía depositario del espíritu de los grandes descubridores españoles, podría retornar la grandeza del imperio a España. No en vano el reino conservaba todas sus colonias americanas.

Ahora Godoy recordaba el momento en que aquel hombre delgado y pequeño le propuso por primera vez la expedición al

África. Un viaje que permitiría abrir nuevas rutas por tierra y alcanzar las fuentes del Nilo, el mar interior que todos suponían que existía en mitad de un continente inexplorado. Además, si conseguía dar con una ruta que conectase el Mediterráneo con el mar Rojo, el camino hacia Asia y los peligros que comportaba quedarían reducidos considerablemente y el comercio se multiplicaría por mil. Cerró los ojos y sonrió. Badía y él tenían la misma edad, habían nacido con poco tiempo de diferencia, y era evidente que gozaban de idéntico espíritu aventurero. Hombres para quienes el físico apenas contaba porque tenían el alma de un gigante. El Príncipe de la Paz lo vio enseguida, el primer día que lo conoció. Por eso le había prestado oídos años atrás, cuando le pidió permiso para hacer volar un globo en Córdoba; volvió a escucharlo más tarde, a pesar de que el experimento del globo había fracasado, cuando le presentó un plan para invadir Portugal que desgraciadamente no pudo llevar a cabo; y, más tarde todavía, pudo leer el proyecto de crear un nuevo banco que contribuiría a paliar el desastre financiero de las cuentas reales, pero que tampoco pudo ser. Ahora, finalmente, aquel proyecto en el norte de África, que Badía le presentó una tarde, daba la justa medida de las posibilidades de aquel hombre y fue entonces cuando a Godoy se le ocurrió que podían aprovecharlo para otros logros, si las circunstancias le eran favorables. Si Francia e Inglaterra entraban en guerra y España se mantenía neutral, dedicaría todos sus esfuerzos a Marruecos y conseguiría el cereal que el monarca de aquellas tierras le negaba obstinadamente. Entonces la economía se recuperaría y su prestigio no tendría límite.

Su sonrisa se hizo más amplia al recordar el susto que se había llevado cuando Badía regresó de Londres. Aquel hombre se había presentado en su despacho con cara de circunstancias.

—Rojas nos ha engañado —había exclamado—. No tiene ni idea de árabe.

—¿Qué? —Godoy casi pegó un brinco en la butaca.

—Sus conocimientos son limitados —siguió explicando Badía—. Lo he descubierto por casualidad, gracias a un musulmán que encontré en Londres. Rojas y yo pasamos por delante de una tienda y entramos atraídos por los objetos que se exponían en el aparador. Se trataba de un comercio musulmán. En su interior había algunos clientes y nos paseamos curioseando las estanterías. Sin darnos cuenta nos separamos. Rojas se quedó frente a un jarrón. Le vi llamar a un hombre que había tras el mostrador y le oí preguntarle algo en árabe. Aquel hombre le respondió en inglés. Rojas insistió en árabe y aquel hombre abandonó su puesto, vino hasta él y le soltó un pequeño discurso en árabe, mientras tomaba diversas piezas y se las mostraba. Entonces, Rojas le dio las gracias, se volvió muy satisfecho y siguió curioseando. El hombre se quedó mirándolo con gesto de sorpresa. Después se dio la vuelta para dirigirse de nuevo al mostrador y casi choca conmigo. «Perdonadme. Andaba distraído», se disculpó, y se sintió obligado a explicarme el motivo. Señaló discretamente a Rojas, bajó la voz y dijo con una sonrisa divertida: «Ese hombre quería hacerme creer que conoce el árabe, pero sólo sabe cuatro palabras y mal pronunciadas. Es más: creo que no se ha enterado de lo que le he dicho, porque he empezado a explicarle que aquélla era la pieza más interesante y no me ha dejado acabar. Se ha ido hacia otro lado». «¡Qué decís!», exclamé yo y, bajando la voz, añadí: «Es uno de los hombres que más sabe en toda España, por no decir el que más. Incluso da conferencias sobre lengua y poesía árabes». «¡Oh, es amigo vuestro! - enrojeció el comerciante- Perdonad a este pobre ignorante. No quería ofender a nadie», se disculpó. «No habéis ofendido a nadie. No es amigo mío. Lo conozco sólo de referencias», mentí y miré a Rojas fingiendo interés. «Incluso diría que me he equivocado. De hecho se parece al hombre que digo pero, ahora que me fijo, no es el mismo», rematé. «Menos mal que no es el mayor experto en temas de cultura árabe, porque ello significaría que en España no hay nadie que entienda de ello», me respondió aquel hombre. Seguimos hablando un rato más, mientras Rojas examinaba diversos objetos, y resultó que aquel hombre era todo un erudito.

—¡Dios mío! ¡Qué desastre! Eso echa por tierra todos nuestros planes —había exclamado Godoy.

—No necesariamente —había añadido Badía, con una mirada especial— Quizás, incluso, sea una bendición.

—¿Qué queréis decir?

—¿Qué habría sucedido si no llega a ser por ese encuentro fortuito? ——había preguntado Badía, y sin esperar respuesta, prosiguió—: Poco menos que nos hubieran matado nada más poner un pie en Tánger, porque el ridículo hubiera sido de tales proporciones que nadie se habría tragado mi historia. Por más que Rojas Clemente sea doctor en Teología por la Universidad de Valencia y haya pronunciado conferencias sobre gramática y poesía árabes, no puede formar parte de la expedición porque cada vez resulta más evidente que, si nadie jamás ha alzado la voz para denunciar su incultura en esta materia, es por la sencilla razón de que nadie, en toda España, posee los mínimos conocimientos que le permitan discutir sus afirmaciones.

—¡Maldita sea! —había gritado Godoy—. ¿Cómo podéis decir que ha sido una bendición? Ese imbécil pagará lo que ha hecho.

—El pobre vive convencido de que sabe árabe y ya se había hecho a la idea de que viajaríamos juntos. No creo que actúe de mala fe, sino que simplemente no es consciente del peligro. Nadie se mete a sabiendas en semejante berenjenal. Lo que hemos de hacer ahora no es castigarle, sino decirle que no viene.

—¿Quién lo sustituirá? —había preguntado Godoy.

—Nadie —había respondido Badía—. No disponemos de tiempo para encontrar un sustituto.

—¿Entonces?

—Aquella noche, después de enterarme de los pobres conocimientos de Rojas, cuando me encerré en mi habitación del hotel, me asusté de veras. El desastre era tan grande que podía significar el fin del proyecto. Durante dos días reflexioné sobre el particular, meditando, pensando y buscando una posible solución. Finalmente tomé una determinación. No permitiría, bajo ninguna circunstancia, que nadie me detuviese. Las largas noches soñando con este viaje, las inacabables discusiones con los inútiles de la Academia, los descorazonadores paseos por todos los despachos de los ministerios, los constantes retrasos... ¿Tanto esfuerzo para acabar en un fracaso? ¡No! —casi había gritado Badía—. No acepto que este proyecto acabe de una manera tan absurda, después de todos los problemas y obstáculos que he tenido que superar. Entonces concebí un plan increíble y el primer paso fue visitar a sir William Blizard, el cirujano, y pedirle que me practicase la circuncisión.

Godoy había tardado en reaccionar. Miraba a aquel hombre con unos ojos como platos. Quizás no había oído bien, pensó, pero Badía se lo repitió.

—¿Habéis perdido el juicio? —ahora sí que Godoy se levantó de la butaca. No podía creérselo.

—Quizás sí —había sonreído Badía—. Si hubiese sabido lo que me esperaba, no lo habría hecho. Lo pasé fatal. ¡Horrible! Durante más de una semana. «Si os excitáis, quitaos los zapatos y las medias y meted las manos en agua fría», me dijo sir William. Aquello fue una maldición. Aquella semana, de forma increíble, me excitaba a todas horas, a la menor insinuación, sólo con ver un tobillo o notar que una respiración un poco más profunda de lo habitual tensaba la ropa de un vestido femenino, y lo peor fue que siempre me llegaba en el momento y en el lugar más inoportunos, cuando no disponía de agua fría ni podía descalzarme. ¡Cómo dolía la condenada! ¡La madre que me parió!, si me permitís expresarlo así. Lo recuerdo como una pesadilla. Pero era absolutamente necesario.

—¿Necesario para qué?

—Una semana más tarde ya lo tenía todo a punto —siguió explicando Badía—. Partiré solo. He modificado toda la historia, he tomado otro nombre, he rehecho todos los documentos y he reconstruido todo el plan para poder seguir adelante. Dios me ha concedido una habilidad que nunca podré agradecerle lo suficiente. Soy capaz de dibujar con notable precisión. Eso me ha permitido retocar los árboles genealógicos, crear nuevos sellos, modificar textos y construirme un nuevo pasado. Ya no soy Alí Bey Abdallah, sino Alí Bey el-Abbasi, hijo de Othman Bey, príncipe sirio, descendiente del tío del Profeta.

Badía abrió la carpeta y le mostró todos los documentos. Una verdadera obra de arte.

—Extraordinario —alabó Godoy, impresionado y conmovido por el relato—. Pero ¿podréis cruzar África vos solo?

—Más vale andar sólo que mal acompañado, excelencia. No dudéis de ello ni un instante —había respondido Badía con firmeza.

Dos horas después Badía abandonaba aquel despacho con el permiso para continuar. El objetivo científico de la expedición pasaba a segundo término y los planes políticos adquirían una importancia de primer orden. Godoy le pedía que confeccionase un plan detallado de cómo invadir Marruecos. Aquello no tenía nada que ver con el objetivo inicial consistente en buscar una ruta por tierra para cruzar África y descubrir las fuentes del Nilo. Sin embargo, Badía sonrió y asintió.

Un par de semanas más tarde, cuando Godoy juzgó que todo estaba a punto, Domingo Badía partió hacia el sur. El proyecto se había salvado y el Príncipe de la Paz ya había dispuesto que, al llegar a Tánger, Badía se encontraría con el coronel Amorós y juntos darían los últimos toques al plan. Ésa era la idea.

Sin embargo, parecía que el destino les daba la espalda y que todas las fuerzas del infierno se confabulaban contra ellos. Tres días después Godoy se enteró de que la diligencia en la que viajaba su hombre había perdido una rueda, se había salido del camino, el conductor había perdido el control de los caballos, el vehículo había volcado y Badía había acabado con una herida en la pierna.

—¿Es grave? —se había interesado Godoy, asustado, cuando le comunicaron la noticia.

—Anda con dificultad —había informado el coronel Ventura, a quien había escogido para llevar el control de aquel asunto.

—¿Y ahora qué? —había exclamado el Príncipe de la Paz.

—El viajero prosigue su camino —había respondido Ventura.

—¿Acaso se ha vuelto loco?

—Ha dicho que ya descansará en Tánger y que allí se recuperará.

Una semana después sumó un nuevo contratiempo. El coronel Ventura no sabía cómo comunicárselo.

—Ha habido un error —dijo, finalmente—. El grueso del equipaje del viajero ha sido embarcado en otro barco que ha zarpado en otra dirección.

—¡Oh, no! —gritó con desesperación—. ¿No hay nadie que pueda hacer algo como Dios manda?

—No os preocupéis —dijo Ventura—. Lo tenemos bajo control y os aseguro que recibirá el equipaje.

¡Bien! Por lo menos su hombre ya estaba en Tánger. Sin equipaje y con una herida en la pierna.

¡Dios mío!, pensó Godoy. ¿Sería capaz de seguir adelante?

*** ***

Othman entró en la sala donde lo esperaba Aschasch. El día anterior había acompañado a Alí Bey a la casa que había alquilado y ahora, de buena mañana, regresaba para informar.

—Es un hombre muy listo —dijo el intérprete—. Nada más poner el pie en la casa se ha dado cuenta de que las paredes aún huelen a yeso húmedo. «Ahora entiendo el interés del caíd por invitarme a dormir en palacio», me ha dicho. Después, aunque cojo, ha visitado toda la casa. Ha alabado que fuese espaciosa y agradable, con una balcón que da al mar, situada en el centro de la ciudad, a unas calles de la mezquita y junto al mercado. Le ha complacido.

—¡Bien! ¿Y qué más? —preguntó Aschasch. Todo aquello eran tonterías.

—Dice que quiere aprender nuestra lengua lo antes posible.

—¿Para qué? —preguntó el caíd, y Othman se encogió de hombros—. Según dijo desea seguir hacia el este y visitar la Meca.

—Desconoce la realidad de nuestro país y está convencido de que todos hablamos mandinga. He tenido que explicarle que existen montones de dialectos que no tienen nada que ver con el mandinga, que sólo se habla en zonas muy interiores.

Aschasch se rascó la barba.

—Procura ganarte su confianza. Explícale cuanto desee saber y acompáñale a todas partes. No permitas que aprenda demasiado deprisa nuestra lengua. ¿Comprendes?

—Perfectamente, señor —respondió Othman—. Le he explicado que el ritual marroquí es diferente del sirio y lo estoy poniendo al corriente de las costumbres más elementales. Con eso podemos pasar un montón de días.

—¿Se sabe algo de su equipaje? —se interesó Aschasch.

—Nada. Sigue extraviado.

Othman obedeció al caíd y Alí Bey, ante su absoluta ignorancia de cuanto hacía referencia a la vida de Tánger y con la herida en la pierna que le producía un poco de fiebre, lo nombró su administrador. A partir de aquel momento el intérprete pagaba a los proveedores y a los criados y negociaba en el mercado.

Cuando la fiebre remitió, Othman acompañó cada mañana al príncipe hasta la playa. Allí, Alí Bey se desnudaba y se bañaba en las aguas saladas para fortalecer su salud y acabar de cicatrizar la herida. Othman se había sorprendido al verlo desnudo. Vestido con toda aquella ropa infundía respeto, pero cuando se desnudaba aparecía un cuerpo menudo y huesudo. No podía ser demasiado fuerte, pensó el intérprete.

A pesar de que todavía no estaba completamente restablecido, todos los viernes Alí Bey se dirigía a la mezquita y un criado llevaba una alfombra que extendía para que el ilustre visitante se arrodillase y rezara, cosa que realizaba con cierta dificultad a causa de la herida en la pierna. En este punto Othman también se sorprendió ante la fuerza de voluntad del príncipe, que apretaba los dientes con energía y doblaba la pierna aunque sudara sangre.

La gente de Tánger sintió enseguida curiosidad por aquel hombre y los notables de la ciudad lo invitaron a su casa.

Así transcurrieron las primeras semanas en Tánger, hasta que un buen día se presentó ante Aschasch uno de sus numerosos informadores que corrían por la ciudad.

—¿Qué quieres? —preguntó el caíd, recostado en los cojines, mientras escogía un higo del cesto.

—Alí Bey ha despedido a Othman —dijo aquel hombre delgado y vestido con una chilaba que le iba demasiado grande, con las manos entrelazadas sobre el pecho, la espalda doblada y la cabeza gacha.

—¿Cómo ha sido eso?

—Se ve que el príncipe ha descubierto que Othman contaba cuatro donde sólo había tres y descontaba tres donde tenía que descontar cuatro, haciendo desaparecer el cuarto en su bolsa —sonrió el hombre.

—Ese turco es un ambicioso y un imbécil —se encolerizó Aschasch.

—También dicen que su primera reacción fue llamarlo y echarlo, pero que luego ha reflexionado. Ya hace días que sospechaba que Othman es algo más que un intérprete que tú le has ofrecido.

—Aun así, por lo que dices, lo ha echado.

—Sí, pero antes le ha tendido una trampa y lo ha pescado en sus cuentas particulares —sonrió el informador—. El turco no ha podido negar nada. No obstante, no lo ha despedido con las manos vacías, sino que le ha dado las gracias por sus servicios y, además, le ha hecho un buen regalo para que no pueda quejarse.

—Es muy hábil ese hombre —meditó Aschasch—. Sin embargo, ¿cómo se las apañará sin un intérprete?

—¿Quién ha dicho que no lo tiene? —rió el hombre mostrando sus dientes de conejo—. Ha tomado a su servicio a un judío sefardí llamado José que sustituye a Othman en las tareas de intérprete. Por lo que respecta al gobierno de la casa, no ha tomado a nadie. Dice que ya se las apañará solo.

Aquel giro de los acontecimientos no le hizo mucha gracia a Aschasch. Siempre quería tenerlo todo bien controlado, pero ahora no contaba con nadie que lo informase directamente de todos los movimientos de Alí Bey. José, aquel maldito judío a quien ya conocía, no se dejaría sobornar. Pesaba más el odio que sentía por el caíd de Tánger que todo el dinero que pudiera ofrecerle.

Aún se mostró más preocupado cuando vio que Alí Bey, a

partir de aquel momento, iniciaba una intensa y rica vida social que iba desde las casas de los nobles hasta las habitaciones más humildes. Parecía querer absorber los conocimientos de aquellas tierras con un hambre insaciable. Se pasaba el día hablando con la gente, haciendo preguntas y más preguntas. A veces sus reuniones con los nobles resultaban un poco complicadas. Aquel hombre, según contaban y tal como había podido comprobar el propio Aschasch, hacía pública ostentación de una cultura y de un lenguaje que planteaba serios problemas al pobre intérprete. Además, el hecho de ser judío obligaba a José a escoger con sumo cuidado cada palabra que empleaba en la traducción, no se diera el caso de que pudiese ofender a alguien porque, entonces, el castigo, dependiendo de quien recibiese la ofensa, podía resultar terrible. No había que olvidar que los judíos sufrían el desprecio de los musulmanes de aquellos parajes, que podían castigarlos sin necesidad de buscar demasiadas excusas.

Othman había informado a Aschasch de que Alí Bey, cuando se encerraba en casa, sobre todo de noche, tomaba notas en unos libros que llevaba con él y que guardaba celosamente en su habitación. El turco les había echado una ojeada, pero estaban escritos en español y él sólo conocía el árabe y el francés. De manera que no pudo informarle de su contenido, excepto de los dibujos que aquel viajero hacía: escenas cotidianas, vestidos, objetos diversos, edificios, la fortaleza, la bahía, la ciudad... También le había explicado que, cuando visitaba el consulado español, no quería que lo acompañase. Aún así Othman había podido enterarse de que Alí Bey se encerraba en una estancia con un hombre que había llegado a Tánger poco después que él y que respondía al nombre de Francisco Amorós. Además, según contaban, ostentaba el grado de coronel.

¿Quizás preparaban algo?, pensó el caíd, pero desterró aquella idea porque Alí Bey había hecho donación de una tinaja, que puso junto a la puerta de la mezquita para que los visitantes sedientos por el calor pudiesen refrescarse con agua y apagar la sed. Un hombre que pretende atacar no tiene un gesto como éste.

Pasaron los días y la preocupación de Aschasch alcanzó su máximo grado cuando el 17 de agosto tuvo lugar el eclipse anunciado por Alí Bey. Ese acontecimiento proporcionó al príncipe sirio fama y prestigio entre la gente principal, mientras que el pueblo llano le concedía una aureola de santidad que no convenía a los intereses del caíd, que deseó vivamente que aquel hombre abandonase Tánger y prosiguiera su viaje hacia donde fuese, tal como pregonaba que tenía previsto realizar. Sin embargo, no era posible. El viajero había tenido que quedarse en Tánger para curarse la herida de la pierna y ahora que la herida ya no representaba ningún impedimento, resultaba que su equipaje, que por error alguien había embarcado en Cádiz en otro barco, aún no había llegado. A todo eso había que sumar que la carta que Alí Bey había enviado al sultán solicitando su permiso para cruzar Marruecos no había recibido respuesta.

Finalmente, el día 19 de septiembre de aquel 1803, un barco descargó un montón de baúles, cajas y alforjas que llegaban a nombre del príncipe Alí Bey el-Abbasi.

¿Qué habría en su interior?, se preguntó Aschasch, pero tuvo que esperar hasta que sus hombres se enteraron.

—Hay de todo y mucho —exclamó Sidi Alí. Y en sus palabras se adivinaba un deje de admiración—. Vestidos, telas, perfumes, fusiles, pistolas y unas cosas muy extrañas que el capitán del barco dice que son instrumentos de medida.

—¿Cuántos fusiles? —preguntó Aschasch. Los instrumentos de medida le traían sin cuidado.

—Más de cincuenta —dijo aquel hombre.

Pistolas y fusiles. ¿Qué pretendía? Había sido recibido con solemnidad por el alfaquí Mfarrasch, el jefe de los doctores de la ley, que había dicho que se trataba de una persona muy instruida y generosa. Tan generosa que la gente lo seguía como un enjambre de abejas a la espera de que abriese la bolsa y dejara escapar alguna moneda.

Aquello no podía ser bueno, pensaba Aschasch. Un hombre de semejante calidad es peligroso y podría incluso poner en entredicho su autoridad si, tal como parecía, la gente del pueblo empezaba a recabar su intercesión en asuntos de justicia.

Durante aquellos meses estudió con mucho detalle sus pasos, pero no encontró nada que no hiciese cualquier musulmán. Y de las conversaciones que habían tenido con el visitante, en las ocasiones en las que lo había invitado a palacio, no había sacado nada más que lo que ya todos sabían: que su larga estancia en Europa, desde pequeño, le había hecho olvidar la lengua de sus padres y que ahora pretendía recuperar toda la cultura de sus antepasados. Por eso preguntaba tantas cosas.

¡Bien! Ya había llegado el equipaje extraviado y cuando llegase la respuesta del sultán Alí Bey marcharía hacia el este y Tánger recuperaría la normalidad. Esperaba que fuese pronto. Cuanto más tiempo tardase, más delicada sería la situación y él empezaría a perder autoridad moral, mientras que Alí Bey seguiría ganando prestigio.

3 - EL INCIDENTE

Francis Herald tomó la carta procedente de Londres que iba dirigida personalmente a él, rompió el sello y la abrió. El contenido hacía referencia a su último informe, en el que consignaba la presencia en el consulado español del coronel don Francisco Amorós.

«Mira por dónde, ahora resulta que ese personaje es un viejo conocido del gobierno de Su Majestad», se sorprendió.

Según decía en la carta, el coronel don Francisco Amorós era persona de confianza del Príncipe de la Paz y estaba adscrito a la Secretaría de Estado y Despacho de Guerra y, según los servicios de información de Londres, Godoy no movía piezas de tanta categoría si el tema no revestía una importancia de primer orden. La primera pregunta era: ¿Qué se le había perdido en Marruecos a un oficial de la Secretaría de Estado? Y la segunda: ¿Tenía algo que ver con la llegada del príncipe sirio, del que también hablaba en su informe?

Herald dejó el documento a un lado y meditó. ¿Cómo tenía que interpretar aquella carta? ¿Como una oportunidad para demostrar su valía y conseguir que lo llamasen de nuevo a Londres, como una trampa que le tendía su superior para comprobar si había cambiado o como la idea de un idiota que deseaba colgarse una medalla? ¡Bien! Fuera cual fuese la respuesta, tenía ante sí dos posibilidades. Primera: seguirle el juego a quien fuera y abrir una investigación. Y segunda: cortar de raíz. Y fuera cual fuese la opción escogida, cada palabra que escribiese en su informe debería ser razonada y prudente. Esta vez nadie lo cazaría.

Arrugó la nariz. El sol abrasaba, no se movía ni una brizna de aire, a aquella hora no había nadie en la calle y si daba pie al idiota de turno aquello se convertiría en una historia increíble e interminable. De manera que concluyó que, como hacía un calor insoportable y no le apetecía demasiado moverse, lo mejor era meditarlo con calma.

La carta de Londres llevaba el sello de urgente. Aquello significaba que había que dar pronto alguna respuesta. Lo más acertado sería buscar una explicación convincente. «Veamos qué tenemos», meditó y bostezó. ¡Menudo calor! El Tratado de Paz, Amistad, Navegación, Comercio y Pesca de 1799 entre España y Marruecos, negociado y firmado por el cónsul Salmón, aún no había entrado en vigor. Primero a causa de la peste bubónica que cayó sobre Marruecos y que obligó a suspender unas relaciones comerciales que ni siquiera habían empezado. Después, una vez solucionado el problema, Muley Suleimán simplemente no lo aplicó. Así de fácil. Y Godoy seguía necesitando el cereal de Marruecos.

¿Tenía todo esto algo que ver con la llegada de Francisco Amorós? Quizás Godoy lo había enviado con la intención de desbloquear la situación. Ya tenía una posible respuesta a la primera pregunta. Y bastante convincente. Claro que alguien que conociese Marruecos replicaría enseguida que lo más juicioso, si quería negociar, era dirigirse a Marrakech, donde vivía el sultán.

Londres quedaba muy lejos y la experiencia demostraba que no tenían ni la más remota idea de lo que sucedía en aquellas tierras. Sin embargo, siempre hay alguien que es más listo que los demás. De manera que tendría que pulir un poco más sus explicaciones.

Se rascó la barbilla. Alí Bey resultaba un personaje muy peculiar. Se movía mucho y no se escondía. Alguien que viene para espiar no se comporta como él ni frecuenta tantas casas, entre ellas los consulados, sino que procura pasar desapercibido. Claro que, por otro lado, visitaba con regularidad el consulado español y, según contaban, había hecho gran amistad con el coronel Amorós. ¿O quizás ya se conocían de antes? ¿Podría tratarse de un agente de Godoy?, se preguntó. ¡Ay, ya empezaba a dejar volar demasiado su imaginación!

Despacio. Él también sabía por experiencia que los servicios de espionaje españoles tenían imaginación, pero fallaban en los detalles. Si Alí Bey era un agente español, el camino escogido resultaba demasiado complicado y comprometía a demasiada gente, porque se había presentado precedido de una carta de recomendación que el ministro francés Talleyrand le había enviado a Guillet, comisario general de relaciones comerciales del consulado francés en Tánger, y de otra que Godoy había enviado a Antonio González Salmón, cónsul español. A todo ello había que añadir las cartas que aquel príncipe llevaba personalmente y que estaban firmadas por destacados miembros de los círculos científicos de Londres, tal como mostró a James Matra el primer día que el ilustre viajero visitó el consulado británico. Por lo tanto, si hacía caso de todo aquello, Alí Bey se educó en Londres y vivó en París, mientras que su padre vivió y murió en Córdoba. Puestas así las cosas resultaba muy normal que trajese cartas de los tres países: de Inglaterra, donde había estudiado, de Francia, donde había vivido, y de España, donde había vivido su padre. Si todo aquello formaba parte de una conspiración, la verdad era que había como para descubrirse ante semejante trama, porque era impensable imaginar que un ministro francés, el jefe del gobierno español y unas personalidades tan relevantes del mundo científico británico hubieran decidido tomar parte. Resultaba todo demasiado perfecto. Y ya sería el colmo creer que todos ellos habían sido engañados sin que nadie hubiera sospechado nada.

No. Negó con la cabeza y sonrió. Y, en el hipotético caso de que todos colaborasen en el montaje o que, incluso, hubiesen sido engañados, sería de locos aceptar que Antonio González Salmón, que había sustituido en el cargo de cónsul a su hermano Juan Manuel y que continuaba regentando la extensa red comercial que su antecesor había montado, también participase. Le conocía bien gracias a su amigo y compañero de negocios Gerardo Pasiego y sabía que éste, si se hubiera olido que sus negocios podían verse amenazados, lo que sería cierto si Godoy pretendía cambiar la situación en Marruecos, Alí Bey no habría durado ni tres días.

«Concebir y poner a punto una operación de semejante envergadura sin que nadie se enterase es del todo imposible. Y más en Tánger. Sus habitantes no son, precisamente, un ejemplo de discreción y cualquier movimiento de cualquier personaje representativo se convierte en motivo de todo tipo de comentarios», concluyó en el instante en que sonaban unos golpecitos en la puerta.

—Adelante —ordenó.

La puerta se abrió y apareció un funcionario.

—Sir James os aguarda en su despacho —anunció.

—Ahora mismo voy —respondió Herald, guardó la carta de Londres y se puso en pie.

Cuando se dirigía al despacho del cónsul se cruzó con lady Matra, a la que saludó con una inclinación de cabeza. La esposa de sir James era una auténtica fisgona y eso lo llevaba a pensar en otro detalle. El caíd de la ciudad también se había interesado por los pasos de Alí Bey. Por supuesto que ello formaba parte de las tareas de todo buen gobernador, pero el nombre de Aschasch disponía de una ficha bastante extensa en los archivos de Asuntos Exteriores, en donde figuraba que el consulado británico solicitaba con cierta regularidad partidas de dinero para hacer frente a los *favores* de tan alto dignatario. Si Aschasch, tras unos meses de intensa búsqueda, aún no había puesto sus manos sobre Alí Bey, significaba que la historia que aquel príncipe explicaba sobre que era descendiente del tío del Profeta y todo lo demás tenía que ser cierta. Decidió que eso también lo consignaría en su informe. Y también escribiría que a veces Alí Bey se había mostrado insolente y nadie se había atrevido a replicarle. Ni el mismo Aschasch. ¿No era aquello un signo inequívoco de un verdadero príncipe?

Cuando llegó al despacho de sir James Matra ya tenía el esquema más o menos completado en su cerebro.

—Buenos días, Francis —lo saludó sir James.

—Buenos días, señor.

—Asuntos Exteriores nos piden que hagamos todo cuanto esté en nuestras manos para solucionar un conflicto entre los americanos y los marroquíes —dijo el cónsul.

—¿De qué conflicto se trata? —preguntó Herald.

—Hace unos meses un barco americano fue apresado por uno marroquí y ahora el marroquí ha sido apresado por los americanos que, además, han liberado a sus compatriotas —dijo sir James con las gafas puestas y el documento en las manos.

—¿Los marroquíes no han sido capaces de defenderse? —sonrió Herald.

—La batalla era muy desigual —le devolvió la sonrisa sir James—. Cuatro contra uno. El barco marroquí escapó abandonando su captura, pero una de las naves americanas lo persiguió hasta darle caza.

—Uno contra uno —exclamó Herald.

—Cierto, pero poca cosa se puede hacer frente a cuarenta cañones y cuatrocientos hombres —respondió sir James—. El barco marroquí fue conducido a Gibraltar y los americanos, después de infructuosos intentos para entablar conversaciones, finalmente nos han rogado que hagamos de mediadores.

—¿Y por qué no han pedido ayuda a España? —se extrañó Herald—. Ellos tienen Ceuta, en la misma costa africana y a un tiro de piedra de Tánger.

—Los americanos saben que las relaciones entre Marruecos y España no son las más adecuadas y han juzgado que la intervención del Godoy no resultaría oportuna —replicó sir James, y se abstuvo de comentar que el agregado comercial también debería saberlo, a pesar de que ganas de hacerlo no le faltaban. Alguien que tiene por misión informar a Londres de lo que se cuece en Marruecos debería estar al corriente de ciertos detalles importantes.

—¿En qué nos afecta esta historia de piratas? —preguntó Herald.

—Los americanos vieron que el *arrais* echaba un documento al mar —explicó sir James. Había empleado el nombre árabe de *arrais*, que era el que utilizaban en aquellas aguas para referirse al capitán de un barco marroquí o a su patrón, y miró a Herald para comprobar si seguía sus explicaciones—. Los americanos consiguieron recuperar el documento, que estaba medio borrado. Parecía una orden. El problema es que no se podía distinguir quién la firmaba y cuando preguntaron al *arrais*, tras dudar, dijo que había sido el caíd de Tánger.

—¿Aschasch? —se extrañó Herald—. Pero si no sabe leer ni escribir...

—Sí, pero los americanos no lo saben —dijo sir James,

meneando la cabeza— Puestas así las cosas, no quieren negociar con Aschasch y, a cambio de soltar el barco marroquí, exigen que el sultán se presente en Tánger, que renueve por escrito los acuerdos de buena voluntad y que destituya a Aschasch.

—¿Cuál es nuestro papel entonces? —preguntó Herald.

—Acoger a los americanos y acompañarlos durante la entrevista con el sultán, impidiendo que cometan algún error imperdonable —respondió sir James—. No perdamos de vista que los Estados Unidos de América son una nación joven, sin la menor tradición, sin experiencia diplomática y con un desconocimiento notable de cuanto se refiere al continente africano, a pesar de que se nutren de esclavos.

—Lo dispondré todo —dijo Herald.

Hizo una pequeña reverencia con la cabeza y abandonó el despacho.

Al llegar al pasillo sonrió satisfecho. Sir James, sin saberlo, acababa de solucionarle todos sus problemas. Ahora escribiría en su informe que el coronel Amorós había llegado a Tánger porque estaba al corriente del incidente con el barco americano y sabía que el sultán visitaría aquella ciudad, circunstancia que seguramente aprovecharía para hacer una nueva oferta. ¿Qué mejor explicación racional a su presencia? Imaginar algo distinto sería tanto como construir castillos en el aire. Si un idiota de funcionario de Londres había querido ser más inteligente de lo que le correspondía, le taparía la boca con ese detalle, y si su jefe deseaba ponerlo a prueba descubriría que había cambiado y que ya podía levantarle el castigo.

*** ***

El sultán Muley Suleimán llegó a Tánger el día 5 de octubre de 1803. No entró en la ciudad, sino que ordenó plantar sus tiendas en las afueras y allí se quedó.

Durante su estancia recibió la visita de James Matra, con quien habló largo rato, y aceptó las condiciones exigidas por los americanos, firmó un nuevo pacto de amistad y destituyó a Aschasch, a quien oficialmente todos hacían responsable de aquel desgraciado incidente.

Una vez solucionada la crisis, el barco marroquí fue liberado y cuando entró en el puerto y los americanos se hubieron marchado, Aschasch recuperó su cargo. Naturalmente, era un justo premio por haber cargado con el muerto y haber salvado el honor del sultán, verdadero artífice de la orden de abordar el barco americano, pero que nadie podía demostrar.

Aquella mañana de aquel viernes del mes de octubre Hasim se dirigía a la mezquita para rezar. ¡Bien! Más que rezar, para implorar un milagro. Si no encontraba nada más, tendría que acabar aceptando el trabajo que le habían ofrecido en unos huertos. Desde que había desembarcado en Tánger las cosas no le iban como hubiera deseado y eso que él rezaba a menudo, pero Alá seguramente estaba muy ocupado y no lo escuchaba. Quizás tendría que insistir más.

Enfiló la estrecha calle que conducía a la plaza y vio que delante de él andaban tres hombres. Uno de ellos, el que iba primero, no demasiado alto y delgado, llevaba un turbante. Tenía que ser importante, porque los que lo seguían guardaban la distancia de los sirvientes y había uno que tenía toda el aspecto de ser judío.

En el preciso instante en que el hombre del turbante entraba en la plaza se cruzó con un grupo de moros que caminaban en dirección contraria y que entraban en el callejón. Cuando estuvieron a la altura de los dos hombres que parecían los sirvientes del primero, uno de ellos tropezó con el judío.

—¿Por qué me has empujado, judío de mierda? —exclamó

aquel hombre.

El judío se hizo a un lado e inclinó la cabeza para pedir disculpas, aunque Hasim había visto claramente que la culpa no era suya. El hombre del turbante, que andaba unos pasos más allá, al apercibirse de la discusión se detuvo y se volvió. Hasim también se detuvo. Otros moros de aquel grupo habían rodeado al judío y lo increpaban.

—¿Qué sucede, José? —oyó Hasim la voz del hombre del turbante, que hablaba en castellano.

El pobre judío no tuvo tiempo ni para responder. Aquellos animales se lanzaron sobre el intérprete y empezaron a pegarle. El hombre del turbante se acercó intentando alcanzar el centro del corro, pero los moros se lo impedían y seguían apaleando al pobre judío, que ya había caído al suelo y se cubría la cabeza con las manos para defenderse del alud de patadas que se le venía encima.

—¿Os habéis vuelto locos? —gritó el hombre del turbante, en francés, alzando la mano. Y lo repitió en español y en inglés.

Sin embargo, nadie le hacía el menor caso porque no hablaba su lengua. Buscó con la mirada al criado, que se había apartado y se comportaba como si todo aquello no tuviese nada que ver con él. Al fin y al cabo, se trataba de un judío…

—Dejad en paz a mi intérprete. ¡Soy el príncipe Alí Bey! —exclamó el hombre del turbante en castellano.

¡Pobre diablo!, pensó Hasim al contemplar la paliza que le estaban propinando al judío. Si alguien no le echaba una mano, lo iban a matar a patadas. Y decidió tomar cartas en el asunto.

—¡Dejadlo en paz! —gritó con voz potente, mientras levantaba los brazos bien en alto—. Es un sirviente del príncipe Alí Bey.

Los moros se detuvieron y se quedaron mirándolo. Después dirigieron sus ojos hacia Alí Bey con respeto e inclinaron sus cabezas.

Alí Bey apartó a aquellos hombres y vio el cuerpo tendido de José, lleno de cardenales, con los labios hinchados y la sangre que le brotaba de la nariz.

—Llevadlo a mi casa —dijo.

—Llevadlo a casa del príncipe —ordenó Hasim.

Los hombres refunfuñaron, pero la mirada de Alí Bey resultó más que elocuente y obedecieron.

—¿Quién eres? —preguntó Alí Bey cuando aquellos moros se llevaban a José.

—Hasim, señor. Te acompañaré hasta que dejen a tu sirviente en tu casa por si necesitas que les diga algo más —se ofreció Hasim.

—Te lo agradezco. Hablas bastante bien el español —alabó Alí Bey.

—Mi abuela era sefardí —respondió Hasim. Entonces meneó la cabeza e hizo chasquear la lengua—. ¡Ay, pobre hombre! Si es tu intérprete, lo tienes crudo. Lo han apaleado de veras y con esos labios y esa nariz que le han dejado no creo que pueda hablar durante unos cuantos días. Siento decirlo, pero has cometido un error al tomar un judío para que te haga de intérprete. Carecen de autoridad moral y siempre acaban apaleados.

—Pareces un hombre prudente. ¿En qué trabajas?

—Hago de todo un poco. Trabajé con mi padre conduciendo caravanas por el desierto hasta que Alá lo llamó al paraíso. Entonces serví en casa de unos ingleses y después navegué por el Mediterráneo a bordo de un barco marroquí. Hace unos días desembarqué con la idea de hacer algo distinto. No sé, quizás montar algún negocio —explicó Hasim.

Llegaron a casa del príncipe, los moros dejaron a José junto a la puerta y entre el criado y Hasim lo ayudaron a entrar y lo condujeron hasta una sala donde una criada le curó las heridas.

Hasim había cumplido e hizo ademán de despedirse. Alí Bey sacó una moneda de la bolsa y se la ofreció. Hasim iba a tomarla, pero Alí Bey cerró la mano y la retiró.

—¿Has trabajado alguna vez como intérprete? —preguntó.

—No, señor. Nunca —negó Hasim, con los ojos fijos en la mano cerrada del príncipe.

—¿Y no te gustaría?

—No había reparado en ello —se rascó Hasim la barbilla. Y era cierto.

—Mañana he de ver al sultán, José ha recibido lo suyo y no creo que pueda acompañarme. Si no puedo contar con él, no sé cómo saldré de ésta —dijo Alí Bey, abrió la mano y jugó con la moneda—. Tú podrías acompañarme.

—¿Yo?

—En mi mano hay un *flus*, que ya es tuyo —dijo Alí Bey y le entregó la moneda—. Si mañana me acompañas, tendrás tres más.

—Hombre... —respondió Hasim, como si aquello le pareciese poco. Un buen negociante nunca acepta el primer precio.

—¿Qué dirías si te pagase un *muzuma*?

—No sé... yo... —intentó forzar la cosa todavía.

—Un *dirham* y no hablemos más.

Un *dirham* eran cuatro *muzumas*. No tenía que darle muchas más vueltas.

—Será un honor servirte —dijo Hasim, mientras doblaba la espalda en una profunda reverencia.

—Te espero mañana aquí cuando el sol despunte.

Hasim le dedicó otra reverencia y Alí Bey lo saludó con una pequeña inclinación de cabeza.

Un *dirham* sólo por hablar. Aquello era mejor que partirse la espalda en el huerto y mucho más productivo. ¿Cómo no se le había ocurrido antes que podía hacer de intérprete? Mira por dónde: que su abuela fuese sefardí iba a resultar una bendición. Sonrió divertido.

A la mañana siguiente se presentó en casa de Alí Bey, tal como habían convenido, y fue conducido directamente a las habitaciones privadas del señor de la casa. Nada más entrar, el príncipe le dio dos *muzumas*.

—José tiene los labios tan hinchados que no se le entiende nada de lo que dice. Esto es la mitad del precio acordado. Cuando hayamos regresado de ver al sultán tendrás el resto.

—No era necesario que ahora me pagaras nada. Podías dármelo todo cuando volviésemos —respondió Hasim, pero alargó la mano y aceptó el dinero, que desapareció de inmediato.

—¿Crees que la ropa que llevo es adecuada para entrevistarme con el sultán? —preguntó Alí Bey volviéndose hacia el espejo.

Había escogido un turbante rojo, una camisa blanca, unos pantalones estilo turco y una chaqueta ricamente bordada con hilo de oro. ¿Qué debía responder?, se preguntó Hasim mientras echaba una ojeada a toda la ropa.

—Yo, si me lo permites, preferiría un turbante blanco. Es más discreto para una primera entrevista —sugirió Hasim—. Y quizás cambiaría la chaqueta. El dorado resulta un poco pretencioso en Marruecos.

—Tal vez tengas razón —aceptó Alí Bey—. ¿Puedes decirle al criado que me busque un turbante blanco y que me traiga una chaqueta azul? —y se quitó el turbante rojo.

Hasim contempló la cabeza rapada de Alí Bey y el mechón de cabello que le caía desde la coronilla hasta más abajo del cuello. La primera impresión fue comparar a aquel príncipe con un guerrero tártaro, de los que había visto dibujados en un libro que tenían en la casa donde había servido. Pero, cuando se quitó la chaqueta, con aquellas hombreras, y Hasim descubrió la escasa envergadura de su cuerpo, la imagen se desdibujó.

—¿De dónde eres, noble príncipe? —preguntó Hasim.

—De Siria —respondió Alí Bey, mientras se ponía el turbante blanco.

—¿Y qué haces aquí, si puedo preguntar?

—Estoy de paso y me dirijo a la Meca.

—Me parece recordar que llegaste herido en la pierna derecha.

—Eres muy observador —afirmó Alí Bey con la cabeza, sin dejar de contemplarse en el espejo.

—¿Te gusta Tánger?

—Me sorprende. Debo decir que durante estos meses de estancia las sorpresas han sido constantes y muy variadas. Para mí, que he vivido tanto tiempo en Europa, es como haber desembarcado en otro mundo.

—Es la misma sensación que yo tuve en mi primer viaje por mar. Cada país era distinto —afirmó Hasim.

—¡Puedes jurarlo! —exclamó Alí Bey—. Vosotros aún medís en codos, sin tener en cuenta que ya hace tiempo que se ha establecido el sistema métrico decimal. Por eso me sorprendo. Un codo, que vosotros llamáis *draa*, está dividido en ocho partes llamadas *tomins*. En Europa todo es múltiplo de diez. Es mucho más fácil. Y por lo que respecta a las monedas, las tenéis de cobre, de plata y de oro. La menor es el *kirat*, que es de cobre, seguida del *flus*. Entre las más empleadas está el *dirham* u onza, que es de plata, juntamente con el *muzuma*, también de plata. Y entre las de oro hay que destacar el ducado, que llamáis *metzkal*. Por lo que se refiere a las equivalencias, parece una mezcla entre los caóticos británicos, con sus libras, coronas, peniques y todo lo demás, y los europeos partidarios de establecer el sistema decimal. Un *flus* vale cuatro *kirats*, un *muzuma* vale seis *flus*, una onza vale cuatro *muzumas* y un ducado vale diez onzas...

Acabó de ajustarse el turbante y vio que Hasim asentía con la cabeza en un gesto de aprobación. Sí, el blanco resultaba más discreto.

—La escolta ya ha llegado, señor —anunció un criado, y Hasim tradujo.

—Pues no hagamos esperar al sultán. Ordena a los criados que carguen todos mis regalos y partiremos de inmediato —respondió Alí Bey y se dirigió con decisión a la puerta.

Durante el trayecto, Alí Bey y Hasim hablaron de muchas cosas y el nuevo intérprete comprobó que el príncipe hacía gala de una buena cultura y que era muy inteligente. En un momento de la conversación había surgido el nombre de Aschasch.

—No entiendo cómo el sultán puede darle un cargo tan importante a alguien como él —había dicho Hasim.

—Un monarca, si quiere conservar su reino, ha de saber con quién puede contar, bien sea porque siente devoción por su persona, bien sea porque le tiene miedo, y Aschasch le tiene un gran respeto —había respondido Alí Bey—. Más que respeto, casi me atrevería a afirmar que es pánico. Aschasch es un inculto, naturalmente, y por propia decisión, pero eso no significa que también sea imbécil.

A cada nueva palabra el intérprete descubría que aquel príncipe sirio sabía mucho, era muy observador y en poco tiempo había aprendido un montón de cosas sobre Tánger. Además, tenía una conversación muy agradable y se explicaba con claridad.

—José me ha comunicado que no podrá acompañarme una vez abandone Tánger. Me ha contado que en ciertas zonas los judíos no pueden montar a caballo y que en algunas ciudades incluso tienen que andar descalzos —dijo Alí Bey—. En Europa no sucede. Todos convivimos en paz y armonía.

—Aquí la filosofía es clara: si deseas la paz, procura mandar tú —replicó Hasim.

—Mandar no significa esclavizar ni abusar.

—Tú has vivido casi toda tu vida en Europa y has olvidado nuestras costumbres y nuestra lengua. Quizás también has olvidado el odio que sentimos los unos por los otros —respondió Hasim—. A mí no me gusta cómo tratamos a los judíos. Ten en cuenta que mi abuela era sefardí. Pero tampoco me agrada cómo ellos se han aprovechado de nosotros durante muchos años y nos han robado lo que nos pertenecía. Además, recuerda que España, sin ir más lejos, ya los echó fuera y nos los envió. Ahora, Europa no puede venirnos con lecciones.

—Veo que conoces la historia —dijo Alí Bey.

—Conozco lo que mis padres me contaron y lo que nuestras tradiciones dicen. Y las tradiciones no han nacido sin más.

Una vez llegaron a la explanada donde los hombres del sultán habían plantado las tiendas, vieron Muley Suleimán sobre su caballo y rodeado de soldados armados y bien dispuestos.

—Nuestros dirigentes conceden mucha importancia a la imagen y creen que siempre hay que impresionar a los visitantes —le explicó Hasim.

El sultán rondaba los cuarenta años, era alto, fuerte, moreno y con unos ojos en los que se adivinaba la inteligencia. Vestía discretamente, sin hacer ostentación de su rango, y no parecía demasiado amante de los protocolos.

Menos mal que Alí Bey había hecho caso de sus consejos y había acabado por escoger un turbante blanco y una chaqueta azul, mucho más discretos y en consonancia con la imagen que mostraba Suleimán, pensó Hasim, satisfecho.

Avanzaron lentamente hasta encontrarse ante el sultán. Entonces, Alí Bey hizo una señal.

—Ya podemos presentar los regalos —dijo.

Hasim alzó la mano y los soldados de la escolta que habían ido a buscarlos se apartaron para dejar pasar a los criados, que fueron depositando a los pies del sultán todas las cajas y objetos que traían. Delante dejaron una bandeja con unas llaves atadas con una cinta. Lo que no sabía Hasim era que todo había sido previamente pactado en una entrevista que Alí Bey había tenido con Aschasch, a quien el sultán había encargado que viese si el regalo era digno de su persona. En caso contrario, Alí Bey no habría sido recibido.

Suleimán levantó la mano y un oficial de su guardia se adelantó, tomó el manojo de llaves y después de tres tentativas abrió la primera caja, luego la segunda y así sucesivamente hasta que quedaron al descubierto los veinte fusiles con bayoneta, los dos mosquetes de grueso calibre y los cinco pares de pistolas. Entonces, Suleimán ordenó que se descubriese el resto de regalos consistentes en pólvora, un par de sacos de perdigones para cazar, un equipo de cazador, telas, confituras, esencias y pequeños objetos de joyería.

—Bienvenido seas, príncipe Alí Bey —dijo Suleimán, palabras que Hasim tradujo puntualmente.

Alí Bey le dedicó una profunda reverencia, llevándose la mano al pecho, tal como le había explicado Aschasch que tenía que hacer, y el sultán le indicó que podía seguirlo hasta la tienda. Él era la última persona a la que Suleimán recibía aquel día. Los demás habían hecho donación de sus regalos, habían presentado su queja o su petición y se habían marchado. Pero Aschasch había conseguido situar a Alí Bey el último de la lista, gracias a que dijo que era descendiente del tío del Profeta. ¡Bueno!

También gracias al pequeño detalle de la bolsa bien repleta de monedas que Alí Bey le hizo llegar en muestra de agradecimiento por haberle conseguido la entrevista. Todo ayuda en esta vida.

Los soldados se apartaron y dejaron pasar a Alí Bey y a Hasim, mientras el sultán desaparecía a caballo. Entonces, el príncipe y el intérprete echaron a andar en la misma dirección.

Aschasch los esperaba a la puerta de la tienda. El sultán ya había entrado, pero el caíd hizo esperar a Alí Bey hasta que recibió el aviso de que Suleimán ya se había acomodado. Entonces se apartó.

Nada más entrar, Hasim vio que la tienda era muy espaciosa y que ofrecía un buen refugio y tantas comodidades como la propia casa del caíd, porque en aquellas tierras el mobiliario no era abundante y todo se solucionaba con cojines, alfombras y mantas. Las sillas y las mesas al estilo europeo no existían, excepto en las residencias de los cónsules y en las casas de algún comerciante que recibía a menudo gente infiel y que disponía de una estancia con sillas y sofás al estilo europeo, pero que habitualmente no empleaba. El sultán permanecía sentado en unos cojines que reposaban sobre las alfombras que cubrían el suelo.

Hasim entró medio asustado y caminó unos pasos por detrás de Alí Bey, que seguía a Aschasch y que se detuvo a unos metros del sultán. Suleimán hizo un gesto con la mano y le indicó un cojín. Alí Bey se adelantó y se sentó. Hasim se quedó en pie, detrás de él.

Durante un rato el sultán se interesó por los lugares dónde había estado Alí Bey y por las disciplinas que había estudiado con los cristianos. Hasim tradujo lo mejor que pudo y supo. Después Alí Bey le recordó al sultán que le había escrito una carta pidiéndole permiso para continuar su viaje, pero Suleimán no respondió, sino que se interesó por saber cómo se las había apañado para predecir el eclipse de sol. Evidentemente, estaba al corriente de todos los movimientos del ilustre visitante.

—Lo he hecho gracias a mis conocimientos de astronomía y a los instrumento de que dispongo —respondió Alí Bey.

Hasim tradujo y el sultán sonrió.

—Me gustaría ver esos instrumentos. Puedes ir y traerlos —dijo.

Hasim tradujo.

—No es posible —respondió Alí Bey.

Hasim se quedó mudo, sin saber qué tenía que hacer. Miró a Aschasch, pero el caíd no podía echarle un cabo porque no entendía ni una palabra de español.

—No es posible —repitió Alí Bey, indicándole con la mano que tradujese sus palabras al sultán.

—Es que... —Hasim sonrió tenso y dejó escapar una risita.

Todos los presentes los miraban con curiosidad. ¿Qué estaba sucediendo allí?, se preguntaba Aschasch.

—Es tarde y no queda suficiente tiempo para montarlos. Explícale que lo haremos mañana —aclaró Alí Bey, e hizo un gesto muy elocuente con la mano para indicarle que podía traducir.

Hasim quería explicarle a Alí Bey que a un sultán nunca se le puede ni se le debe negar nada, pero Suleimán lo miraba y aguardaba la respuesta. Ahora no podía entablar una discusión. De manera que tragó saliva. Si no se producía un milagro, no saldrían vivos de allí.

—¡Oh, gran señor de Marruecos! —alzó las manos Hasim, y la voz casi le temblaba. Suleimán lo miró sorprendido. ¿Qué clase de representación era aquélla?—. Si tú así lo ordenas, el príncipe Alí Bey saldrá raudo como el viento y cumplirá tu deseo como el más fiel y humilde de tus servidores, pero su corazón se llena de pena al ver que no podrás gozar del magno espectáculo que podría ofrecerte si tuvieras la infinita paciencia y la inconmensurable bondad de esperar hasta mañana, cuando el sol disponga de más largo camino y la noche no nos asedie. Entonces, el cielo nos brindará todo su esplendor y Alí Bey podrá demostrarte sus explicaciones. ¡Oh, gran señor de Marruecos, dígnate escuchar el ruego de Alí Bey que no busca otra cosa que no sea tu mayor felicidad! —acabó y dobló la espalda hasta que la cabeza casi le tocó las rodillas. Alí Bey lo miró sorprendido. ¡Menudo discurso! Él no había pronunciado ni diez palabras. ¿Tan larga y complicada era la traducción de lo que había dicho? ¡Y menuda representación, con todas aquellas reverencias! Después miró al sultán, que se había quedado en silencio y parecía meditar todas y cada una de las palabras de Hasim. Quizás la traducción no había sido buena, pensó.

—Esperaré al príncipe Alí Bey mañana a las ocho —dijo finalmente Suleimán.

Hasim enderezó la espalda y tradujo. Alí Bey hizo un gesto de asentimiento, se levantó, saludaron respetuosamente y se fueron.

Durante todo el camino de regreso Hasim se mostró preocupado. De vez en cuando se volvía para ver si los seguían. Una vez entraron en la ciudad el joven respiró aliviado y Alí Bey lo miró esperando una explicación.

—¡Ay, príncipe! Ya puedes decir que has sido tocado por la mano de Dios —exclamó el joven intérprete.

—¿Por qué?

—Nadie niega nada al sultán sin sufrir las consecuencias y tú lo has hecho y Suleimán ha aceptado —rió Hasim—. Dios te ha bendecido.

—¿Cómo quieres mostrar el funcionamiento de aparatos que requieren luz si estás en mitad de la oscuridad de la noche? —preguntó Alí Bey, en tono de evidencia—. Además, me ha parecido que Suleimán es una persona inteligente y juiciosa que siente interés por la ciencia y la técnica.

—Quizás sí, pero... —dijo Hasim, y no acabó la frase.

Hasim recibió los dos *muzumas* que le había prometido Alí Bey y quedaron que regresaría al día siguiente para acompañarlo de nuevo a ver al sultán.

Al día siguiente, tal como habían convenido, regresaron a la tienda del sultán cargados con los instrumentos de medida. Suleimán les esperaba y ofreció a Alí Bey una taza de té con leche. De nuevo hablaron de los estudios que aquel príncipe había cursado en Europa. Cuando apuraron la taza de té, Suleimán se interesó por los instrumentos y los tomó en sus manos y los observó con suma atención mientras Alí Bey le explicaba su funcionamiento y Hasim traducía lo mejor que podía, porque algunas palabras técnicas se le atragantaban. Concluidas las explicaciones, Suleimán solicitó una demostración y Alí Bey calculó la altura del sol.

—¿Tienes más instrumentos? —preguntó Suleimán.

Hasim tradujo y Alí Bey asintió. No se había equivocado con Suleimán. Era un hombre inteligente y curioso, amante de las ciencias y aficionado a la astronomía.

—También deseo verlos —dijo el sultán. Entonces, recordó que Hasim le había dicho el día anterior que era mejor esperar hasta al día siguiente para poder disfrutar mejor del espectáculo y preguntó—: ¿Quizás mañana por la mañana?

Hasim tradujo y Alí Bey volvió a asentir y quedaron citados para el día siguiente a primera hora.

Cuando regresaban a casa de Alí Bey, Hasim reía todo el tiempo y cantaba alabanzas a Dios.

—¿Por qué estás tan contento? —preguntó Alí Bey.

—¿No te has fijado que en esta ocasión el sultán no te ha ordenado que regreses mañana, sino que te ha preguntado si te convenía?

—Es normal —respondió Alí Bey.

—No lo es tanto —negó Hasim, que cada vez se sentía más ufano—. El sultán nunca pide, sino que ordena. Eso significa que tú eres un protegido de Alá y que él te respeta.

Al día siguiente regresaron con el resto de instrumentos y las tablas astronómicas, que el sultán también examinó con mucho interés, mientras el viajero desplegaba todos sus conocimientos y respondía con precisión a las preguntas de Suleimán, que dejaban bien patente que se sentía sorprendido e impresionado por la gran cantidad de números contenidos en aquellas tablas.

El sultán invitó a Alí Bey a sentarse junto a él, le presentó a su primo hermano Abdelmelek, que ocupaba el puesto de general de la guardia imperial, y le ofreció té.

Estuvieron conversando largo rato sobre todo tipo de temas: desde científicos hasta religiosos, filosóficos y políticos. Entonces Alí Bey aprovechó para recordarle de nuevo que le había pedido permiso para continuar su viaje.

—¿Por qué llevas unos bigotes tan largos? —preguntó el sultán, ignorando el recordatorio de Alí Bey.

Hasim tradujo.

—En Levante se llevan así —respondió Alí Bey extrañado.

Suleimán alzó la mano y pidió unas tijeras. Se las trajeron y él, personalmente, hizo ademán de cortarle los largos bigotes. Alí Bey primero se retiró y el sultán se puso tenso, pero después alargó el cuello y acercó la cara. Entonces el sultán sonrió complacido, se los cortó hasta dejarlos a la medida que era normal en Marruecos y ordenó que guardasen los pelos junto con las tijeras.

Cuando regresaron a casa Hasim notó que Alí Bey se

mostraba muy feliz. Incluso le había cambiado la mirada y la respiración. Mantenía la cabeza más alta que de costumbre y sonreía con suficiencia.

Al día siguiente Alí Bey invitó a comer a un buen número de conocidos, entre ellos diversos doctores de la ley, y les explicó cómo lo había recibido el sultán y cómo él le había demostrado el funcionamiento de los instrumentos que traía. Lo hizo con grandilocuencia y dándose importancia.

—Ha tenido detalles tan delicados que estoy convencido de que siente un gran afecto por mí —dijo, y se atusó el bigote.

Hasim, conforme traducía, se había ido sorprendiendo por el tono empleado por Alí Bey, pero, ahora, tras oír la última frase y ver el gesto de atusarse el bigote, aún se sorprendió más. No es que resultara evidente, pero Suleimán había dejado por dos veces que Alí Bey tomase la iniciativa y fijara fecha y hora para demostrarle el funcionamiento de los instrumentos. Si tenía en cuenta el talante de aquellas tierras, aquello se podía tomar por una merma de ascendencia del sultán frente a un visitante. Por lo tanto, seguramente el monarca había deseado dejar muy bien sentado que quien mandaba era él y había escogido el bigote de Alí Bey para hacerlo. Era lógico: con aquel acto, ante todos, Suleimán demostraba que él había decidido sobre el propio cuerpo del invitado y que guardaba como recuerdo de ello un objeto tan personal como eran unos pelos. Sin embargo, Alí Bey lo presentaba a sus conocidos como un detalle hacia su persona, argumentando que aquel gesto había que interpretarlo como un acto de alguien que siente afecto por otro y desea que su apariencia sea la mejor de todas.

Aquella noche también se presentó en casa de Alí Bey un criado del sultán. Traía un objeto envuelto en tela. Lo condujeron a presencia del señor de la casa. El criado se arrodilló ante él y desenvolvió el presente. Se trataba de dos panes negros. El criado se retiró.

—El gesto más sagrado entre musulmanes es presentarse con un pedazo de pan y comerlo juntos. Representa un signo de fraternidad. ¿Pero, qué significa que te envíen un par de panes sin que venga nadie? —se extrañó Alí Bey.

—Quiere decir que tú eres el invitado y él tu anfitrión. En consecuencia él te protegerá y te honrará —dijo Hasim, e hizo una pequeña reverencia.

—¡Por supuesto! —exclamó Alí Bey—. Ahora somos como hermanos.

Hasim oyó aquellas palabras y se quedó pensativo.

—¿Quiénes sois hermanos? —preguntó.

—El sultán y yo —respondió Alí Bey—. ¿No has visto cómo me ha tratado y las muestras de afecto que me ha dedicado?

—Sí, pero...

—Y ahora me envía pan. ¿Qué puedo pensar, sino que me considera como un hermano?

Quizás sí, pero enviar pan también formaba parte de la cortesía musulmana. Ir más allá quizás resultaba un poco arriesgado, pensó Hasim.

Sin embargo, ¿quién era él para replicar a un príncipe? Los nobles emplean un lenguaje que no está al alcance del pueblo llano. Además, como ya habían llegado al acuerdo de que el príncipe Alí Bey lo tomaba a su servicio y le pagaría cinco *dirhams* por semana, que lo acompañaría durante su viaje por Marruecos y que por añadidura viviría en su casa, con plato y cama asegurados... Si Alí Bey decía que era hermano del sultán, para él lo sería. Como si quería pregonar que él era el propio sultán. Quien paga, manda. Y quien paga generosamente, todavía puede mandar mucho más.

4 - HASIM

—¿Qué piensas de todo este asunto? —preguntó Suleimán.

Se encontraba en compañía de Muley Abdelmelek, primo hermano suyo y general de la guardia imperial. Tomaban una taza de té recostados sobre cojines.

—Alí Bey es inteligente y culto —respondió Abdelmelek —.Por eso, esa historia de que los años de estudio en Francia y en Inglaterra le han hecho olvidar incluso la lengua de su padre, no es fácil de creer. Algo debería de habérsele quedado. Cuando menos el Corán. Pero conforme profundizas un poco más, pronto descubres que no domina la materia.

—Los fusiles, las pistolas, la pólvora... Todo es inglés —meditó Suleimán—. ¿Crees que lo envían ellos? ¿Podría resultar peligroso?

—No tengo suficientes datos como para contestar a esas preguntas —respondió Abdelmelek, y tomó un sorbo té—. Por el momento nuestras relaciones con los ingleses son cordiales y nada hace sospechar que puedan tramar algo.

—Sí. Los instrumentos que trae también son ingleses. Yo

diría que se ha tomado muchas molestias para dejar muy claro que viene de Inglaterra. De manera que me cuesta creer que lo envíen los británicos. —dijo Suleimán.

—Hay un detalle que me ha sorprendido —apuntó Abdelmelek—. En ningún momento menciona su estancia en España, aunque fuera corta, y curiosamente Aschasch dice que habla con notable corrección el español.

—También sabemos que habla muy bien el francés —sonrió Suleimán—. Y James Matra dice que, si bien no pasaría por inglés, es evidente que ha vivido en Londres. Además: un hombre que escogiese un disfraz tan absurdo, no demostraría demasiada inteligencia. Si tiene intención de visitar nuestro país, la mejor garantía es la discreción. Alí Bey no se muestra precisamente discreto, sino todo lo contrario. Su afán por entrevistarse con gente importante, la donación de una tinaja para la mezquita, la predicción de un eclipse de sol... Todo, teniendo en cuenta que no es ningún idiota, me induce a creer que de veras estamos ante un príncipe sirio y que la historia que explica es cierta. Lo contrario sería demasiado fantasioso. Todo cuadra: se ha pasado la mayor parte de su juventud estudiando y viajando y ahora que ya tiene treinta y cinco años se le despierta la necesidad de buscar sus orígenes tras la muerte de su padre. Treinta y cinco años es una edad en la que la cabeza empieza a asentarse y a tornarse juiciosa. Es lógico.

—Sea como fuere, no debemos olvidar que los europeos nos consideran poco menos que bárbaros y que se figuran que no tenemos la menor idea de lo que se cuece fuera de nuestras fronteras. Eso siempre es positivo, porque los demás se confían y vale la pena mantenerlos en esa creencia. Inglaterra y Francia andan demasiado atareadas como para dedicarse a montar sueños, el rey de España es un idiota y Godoy se cree muy inteligente. De él sí que podríamos esperar cualquier genialidad —apuntó Abdelmelek.

—Quizás sí, pero es que eso sería mucho más que una genialidad. Sería una historia increíble —afirmó Suleimán con una risotada.

Siguieron bebiendo té como si el tiempo no existiera, mientras Abdelmelek asentía con la cabeza. ¿Quién sería capaz de concebir y ejecutar un plan tan absurdo y esperar que todos se lo tragasen? Nadie con dos dedos de frente.

El sultán abandonó Tánger el día 12 de octubre camino de Mequinez y todas las tiendas desaparecieron.

¡Bien!, exclamó Hasim frotándose las manos. Su señor ya tenía permiso del sultán para continuar el viaje y el caíd se había puesto a su disposición para todo lo que necesitase.

Al día siguiente de la partida de Suleimán, Hasim acompañó a Alí Bey al palacio del caíd.

—Necesito disponer de una embarcación que se dirija a Gibraltar para recoger el material que me ha llegado de Inglaterra. Se trata de tiendas de campaña que necesitaré para mi viaje —dijo Alí Bey en tono autoritario.

Aschasch sonrió y le dedicó una pequeña reverencia con la cabeza. Las instrucciones del sultán habían sido muy claras en el sentido de proporcionar al príncipe sirio todo cuanto pidiese.

—Dispongo de una pequeña embarcación que podría zarpar hoy mismo —contestó—. El inconveniente es que no dispone de suficientes marineros y habrá que buscarlos.

—¿Cuánto costará buscarlos? —sonrió Alí Bey.

Hasim tradujo y también estuvo a punto de sonreír, pero se abstuvo. Estaba al corriente de la bien ganada fama del caíd y, evidentemente, Alí Bey no era ningún incauto. Suleimán le había ordenado a Aschasch que ayudase al príncipe en todo cuanto pidiese, pero no había dicho que la ayuda hubiera de ser gratuita. Así que el caíd tenía las manos libres para cobrar y sabía que aquel viajero no regateaba.

Unos días después, el coronel Amorós redactó el informe de su última entrevista con Alí Bey, en la que concluyeron los detalles finales del plan para invadir Marruecos.

Dejó la pluma sobre la mesa y tomó los papeles para repasar el documento.

Muley Suleimán había conseguido alcanzar una posición que no se recordaba desde hacía largo tiempo. Y todo gracias a una inteligencia digna de todo elogio. Sin embargo, según informes del propio cónsul español, junto a notables virtudes, adolecía de vicios también muy notables que no agradaban a un buen número de doctores de la ley. Por ejemplo: en referencia a las mujeres corrían algunas historias que lo hacían merecedor de todos los honores. Como la que mencionaba cierta casa de putas que clausuró y después ordenó traer a todas las mujeres a su presencia para castigarlas. Pero, una vez comprobó la calidad de aquellos cuerpos, mudó de planes y ordenó conducirlas a su harén. También explicaban que Muley Abd-as-Salam, el hermano ciego del sultán, llevaba una vida que no estaba muy de acuerdo con la ley musulmana, que en su casa corría el vino, se fumaba tabaco y hachís y se organizaban orgías. Pocos años antes había empezado a construir un gran palacio en Fez para poder gozar libremente de sus aficiones. El sultán, harto de tanto desbarajuste, se lo prohibió y lo obligó a repudiar a más de doscientas concubinas. Hasta aquí nada que objetar, si no fuese porque las doscientas concubinas pasaron a engrosar el harén de Suleimán.

Todo aquello hacía pensar a Amorós que existían posibilidades de llevar a cabo el plan si Alí Bey se comportaba con rectitud, bondad y justicia, tal como había hecho hasta entonces. La donación de la tinaja, la predicción del eclipse, el cumplimiento estricto de la ley musulmana con la visita cada viernes a la mezquita, las limosnas y las abluciones y su carácter abierto que lo llevaba a escuchar la queja de cualquiera, constituían una buena base de partida para alcanzar un gran prestigio y Amorós alababa todas aquellas iniciativas. Una vez conseguido un sólido prestigio, teniendo en cuenta que ya había obtenido permiso del sultán para visitar Marruecos, se acercaría a las montañas del Atlas donde, según tenían entendido, habitaban rebeldes contrarios a la monarquía imperante. Esos rebeldes se negaban incluso a pagar los tributos.

Puestas así las cosas, la conclusión resultaba evidente. Si apareciese un caudillo con suficiente prestigio como para aglutinarlos, estallaría una rebelión que acabaría con Muley Suleimán. ¿Y quién mejor para encabezar la revuelta que un descendiente del tío del Profeta? Durante su viaje hasta el Atlas, Alí Bey dispondría de suficiente tiempo para conocer aquellas tierras y hablar con aquella gente. Amorós no dudaba ni un instante que en muy poco tiempo el viajero hablaría la lengua de aquellos lugares, detalle que Alí Bey no desmintió en ningún momento.

Durante tres horas habían estado repasando los detalles de la operación. ¿Con qué contaba para poder convencer a los rebeldes del Atlas? Con armas que Godoy ordenaría tener a punto para embarcar. Antes, sin embargo, habría liberado a todos los rebeldes de pagar impuestos y les habría proporcionado libre acceso a los puertos para que pudieran comerciar.

Después de leer el documento por segunda vez, concluyó que en aquel plan nada había quedado en manos del azar. Incluso habían determinado con qué tropas contarían. Veinticuatro mil hombres muy bien equipados y preparados, divididos en veinte mil destinados a infantería de línea, dos mil a tropas ligeras y dos mil más a caballería. La idea era organizar a aquellos hombres en legiones de cuatro mil, con regimientos de mil, batallones de quinientos, compañías de cien y escuadras de diez. Por lo que atañía al dinero, también lo habían previsto todo: seis mil duros y veinticuatro mil fanegas de trigo para empezar, seis mil duros más al cabo de seis meses y mil duros mensuales durante seis meses más.

¡En fin! Que quien leyese aquel informe tan detallado podía suponer que sólo quedaba dar la orden de atacar.

El último día Alí Bey y Amorós se habían despedido satisfechos por el trabajo llevado a cabo durante aquellas semanas y el coronel felicitó de nuevo al viajero por el éxito de su entrevista con el sultán.

—Este episodio, que a buen seguro representará un hito en la historia de España y de Europa, ha empezado con buen pie y no dudo de que acabará con una victoria absoluta —dijo el coronel, y abrazó al viajero.

Lo acompañó hasta la puerta de la calle. Al llegar al vestíbulo se cruzaron con el cónsul González Salmón que venía acompañado por su segundo secretario, Gerardo Pasiego.

—De nuevo gozamos de vuestra presencia —dijo el cónsul con una sonrisa.

—Conversar con el coronel Amorós es un bálsamo indescriptible —le devolvió la sonrisa Alí Bey—. Lástima que dentro de muy poco tendré que partir.

—Sentiremos mucho perder a un hombre de vuestra calidad —alabó el cónsul.

Se despidieron y González Salmón se quedó pensativo.

—No deja de ser curiosa esa amistad —comentó—. ¿No creéis, señor Pasiego?

—El coronel Amorós debe de aburrirse mucho.

—Quizás sí, porque se pasa muchas horas encerrado en su habitación. Tal vez, si supiésemos qué hace, podríamos echarle una mano —dijo el cónsul.

—No creo que desee compartir sus pesares con nadie. De

hecho, guarda toda la documentación en su baúl y cuando sale, que no es demasiado a menudo, lo cierra con llave —explicó Pasiego.

El cónsul se volvió hacia él y lo miró de hito en hito.

—Eso es lo que cuenta la muchacha que limpia y ordena sus aposentos —aclaró de inmediato Pasiego.

—Ahora que mencionáis a esa muchacha, se me ocurre que podríamos proporcionarle compañía femenina —meditó el cónsul—. Un hombre tiene necesidades y una mujer lo distraería de sus muchas preocupaciones.

—Y quizás lo obligaría a abandonar con mayor frecuencia su voluntario encierro y a disfrutar de la vida —coronó Pasiego.

—Sí —afirmó González Salmón con lentos movimientos de cabeza.

—Sí —repitió Pasiego y también asintió lentamente.

El cónsul y su segundo secretario se entendían a las mil maravillas. Incluso, el segundo secretario lo ayudaba en ciertos asuntos y González Salmón le permitía sacar provecho de algunos negocios y cerraba los ojos ante otros que Pasiego emprendía en solitario.

*** ***

El día 25 de octubre de 1803 la pequeña caravana se disponía a cruzar las puertas de Tánger. La escoltaban cuatro soldados de la guardia del caíd.

—Amigo mío, si tienes que viajar necesitarás una escolta —le había dicho Aschasch, y Hasim había traducido—. Escogeré para ti cuatro hombres bien armados y dispuestos. Serán caros, pero serán los mejores.

Aschasch no había escogido precisamente a los mejores, pero seguro que eran los más caros, pensó Hasim al ver a aquellos hombres, pero no dijo nada. Alí Bey, como siempre, pagó sin chistar y todos contentos.

Cuando ya se despedían, Alí Bey abrazó a Aschasch con lágrimas en los ojos y le agradeció el delicado detalle de haberle proporcionado una escolta. Hasim puso cara de tonto, pero tampoco dijo nada. Para él cada vez resultaba más evidente que su señor no tenía ni la más remota idea de las costumbres ni del carácter de Marruecos, a pesar de que ya llevaba un tiempo entre ellos. Eso de haber vivido y estudiado en Europa quizás le había permitido adquirir conocimientos muy interesantes, pero que aquí, en estas tierras, no servían para nada. La caravana sólo estaba compuesta por diecisiete hombres, treinta animales, entre caballos y asnos, y llevaba una ridícula escolta de cuatro soldados. Cualquier noble de segunda fila llevaría por lo menos el doble de animales y una protección muy superior.

¡Bien! Por lo menos varias personalidades lo habían seguido hasta allí para despedirlo. Parecía que todos querían estar presentes cuando empezase a andar. ¡Claro!, sonrió Hasim. En los últimos días Alí Bey había intensificado su talante generoso y abría la bolsa con mayor facilidad si cabe.

Incluso Aschasch le dijo que sentía tristeza por perder a un amigo tan ilustre. Hasim tradujo y pensó que debía de ser cierto, pero no por las razones que apuntaba en aquella despedida, sino porque perdía una fuente de ingresos muy importante y muy fácil. Desde que el sultán se había marchado, cada vez que Alí Bey abría la boca para pedir también tenía que abrir la bolsa para pagar. Pero lo más increíble era que parecía no darse cuenta de lo que cualquiera hubiera calificado de expoliación.

A aquella despedida también se había sumado el coronel Francisco Amorós, que habló aparte con Alí Bey.

—Amigo mío, a partir de ahora empieza vuestro gran viaje y estaréis sólo. Únicamente dependéis de vos mismo. Tened presente que Salmón no sabe nada de nada. Si estuviese al corriente de lo que pretendéis hacer, lo más probable es que urdiera algún plan para haceros fracasar. De manera que no esperéis que os ayude. Es más: no podréis confiar en nadie, porque el único que está al corriente de vuestra misión es el vicecónsul en Mogador y el camino será largo y peligroso. A través de él os haremos llegar el dinero —le dio las últimas instrucciones—. Rezaré por vos.

Hasim sólo pudo escuchar la última frase.

Finalmente abrazos y más abrazos, y tras rezar todas las oraciones que se les ocurrieron para desear fortuna y protección al viajero, consiguieron ponerse en marcha casi pasado el mediodía.

Alí Bey marchaba con los ojos húmedos y cuando ya habían hecho unas cuantos pasos volvió la cabeza y contempló las murallas de Tánger.

—Me sabe muy mal dejar atrás tan buenos amigos —dijo mientras se enjugaba las lágrimas.

Hasim no hizo el menor comentario. Los infieles nunca han sido tan expresivos como los musulmanes y su señor no estaba acostumbrado a tanta ceremonia. Ya se acostumbraría y tiempo tendría para descubrir que todas aquellas demostraciones de afecto formaban parte de la costumbre y que no había que buscar nada más allá. Sonrió.

Dos horas después el guía ordenó detenerse y plantar las tiendas. Aún podían verse las casas de Tánger.

—¿Por qué nos detenemos? —preguntó Alí Bey sorprendido.

—Es lo que toca hacer —respondió Hasim.

—Aún es de día y todavía podemos andar un buen trecho —se quejó Alí Bey.

—Es el primer día —dijo Hasim en tono de evidencia.

—¿Y qué? —preguntó Alí Bey.

«¡Oh, gran Alá! Este hombre no sabe nada de nada y hay

que explicárselo todo», pensó el intérprete.

—El primer día de viaje hay que hacer un trayecto corto —explicó Hasim—. Cuando plantas las tiendas por primera vez y vas a cocinar o a dormir es, habitualmente, cuando descubres si has olvidado algo importante para el viaje. La lógica dice que, si ya estás demasiado lejos y tienes que regresar, pierdes mucho tiempo, mientras que si estás cerca no tendrás pereza en ir a buscar lo que te falta.

—¡Ah! —exclamó Alí Bey.

Hasim se ocupó de que plantasen las tiendas y ordenó preparar la cena. Después se quedó contemplando el cielo, mientras el sol se escondía y empezaban a aparecer las primeras estrellas.

¡Quién lo iba a decir!, sonrió satisfecho y feliz. Servía a un gran señor, cobraba un buen sueldo y ya no tenía que malvivir. ¡Ay! Ahora recordaba el día que acabó su formación y su padre, siguiendo la tradición, lo paseó por toda la ciudad de Tetuán y dio una fiesta en su honor. Ya era un hombre, le había dicho. Ya sabía leer y escribir. Incluso hablaba y podía leer el castellano. Su padre había pensado, con buen criterio, que si él hubiese hablado bien el español habría podido comerciar con Ceuta y que, tal vez, su hijo sacaría provecho algún día. De manera que ordenó a su esposa que hablase con su madre, que era sefardí, para que le enseñara la lengua de los infieles.

Su sonrisa se hizo más amplia. Qué orgulloso se sentiría su padre si pudiese ver que su predicción había sido un acierto.

En aquellas tierras los hombres crecían deprisa y con sólo saber leer un poco para entender lo que decían los libros sagrados tenían más que suficiente. Aunque, bien mirado, repetían tantas veces cada versículo que al final se los aprendían de memoria y ni siquiera tenían que leerlos. Las mujeres también crecían deprisa, pero para parir y hacerse cargo de las tareas de la casa. Puestas así las cosas, el nacimiento de un varón se consideraba una bendición del cielo. Representaba la llegada de nuevos brazos para trabajar y traer dinero a casa.

Hasim se sintió muy importante la primera vez que acompañó a su padre en un viaje que se inició en Tetuán, bordeó las montañas del Rif hasta alcanzar Fez, continuó hacia Mequinez y acabó en Rabat. Cuatro ciudades bien diferentes.

De aquel viaje sacó un buen número de enseñanzas. Su ciudad, Tetuán, bañada por las aguas del Mediterráneo, disponía de una tierra fértil y llena a rebosar de olivos y naranjos, y constituía el centro comercial de Marruecos. Fez, por contra, adentrada en el territorio del país, situada junto el río Ouadi, afluente del Sebou, y completamente amurallada, hacía muchos años que se había convertido en el centro cultural donde estudiaban los hijos de los grandes hombres. La universidad de Karauine, presente desde del siglo IX, gozaba de un reconocido prestigio en todo el Islam. Mequinez, situada al norte del Atlas, representaba el centro agrícola de la región, tras haber perdido buena parte de su fuerza durante las guerras de sucesión que siguieron a la muerte de Muley Ismail, ocurrida en 1727. Y, finalmente, Rabat, en plena costa atlántica, fue durante largos años nido de piratas procedentes de Andalucía, que enriquecieron la ciudad hasta que Muley Ismail decidió poner freno a tanto desbarajuste y les impuso unos impuestos que desanimaron a muchos. Desde entonces la piratería había disminuido considerablemente, aunque Muley Suleimán todavía la utilizaba de vez en cuando. El caso del incidente con el barco americano era un ejemplo.

Por tierra, Hasim no había ido más allá. Su padre le había explicado que bordeando la costa atlántica, hacia el sur, encontraría Casablanca, gran puerto por donde pasaban inmensos cargamentos de té, lana y cereales. Y más al sur aparecían Marrakech y Agadir, y después el desierto.

Lástima que su padre no había podido legarle todos sus

conocimientos. Enfermó de fiebres, durante un viaje, y murió lejos de casa. Sin embargo, le había permitido descubrir que existe algo más que el entorno inmediato y fue gracias a aquella experiencia cuando, a la muerte de su madre, cuatro años después, tomó la decisión de conocer mundo y se embarcó en una goleta que había fondeado en Ceuta y que había perdido a dos de sus hombres.

La vida es muy curiosa, pensó. Ahora viajaba de nuevo por tierra. Respiró hondo. Ante él se abría un futuro impensable. ¡Simplemente maravilloso!

Al día siguiente a primera hora levantaron el campamento y se pusieron en marcha.

Desde lo alto de su caballo Hasim contempló cómo las murallas de Tánger desaparecían lentamente en la lejanía hasta que la tierra se las tragó. Desde que murió su madre y desde que había embarcado era la primera vez que volvía a adentrarse en tierra firme y en su corazón se despertaba el gusano de la aventura, como durante su primer viaje con su padre. La noche anterior no tuvo aquella sensación porque todavía notaba la presencia de la ciudad y podía oler el mar. ¿Qué sucedería a partir de aquel momento?, recordaba haberse preguntado años atrás, junto a su progenitor.

—¡Iá! —gritó con energía y espoleó su caballo con decisión.

El día aparecía claro y sereno y la caravana marchaba a buen ritmo. No hacía demasiado calor. Hacia el mediodía Alí Bey ordenó que se detuviesen.

—¿Sucede algo? —preguntó Hasim.

—Quiero medir la latitud y la longitud —respondió Alí Bey.

—¿Y eso qué es?

—Las coordenadas que nos permitirán conocer con exactitud nuestra posición y hacia dónde hemos de dirigirnos.

—El guía conoce muy bien estas tierras —sonrió Hasim—. Tú es la primera vez que las ves. ¿Cómo puedes saber dónde estás?

—Con ayuda de la brújula, del reloj y del sextante puedo determinar dónde estoy por la altura del sol —explicó Alí Bey mientras tomaba medidas. Después consultó un mapa—. Ahora, una vez ya sé dónde me encuentro, sólo tengo que ver en el mapa dónde está mi destino y marcar la ruta. ¿Comprendes? —señaló.

—Sí —respondió Hasim.

—Si has navegado, seguramente habrás visto que el capitán hacía estas cosas —dijo Alí Bey.

—Nuestro patrón bordeaba continuamente la costa. Decía que era más seguro que fiarse del cielo —rió Hasim.

—Pues ahora verás para qué sirve lo que acabo de hacer —dijo Alí Bey—. Llama al guía.

Hasim fue en busca del guía y lo trajo.

—¿Por qué caminamos tan al sur? —preguntó Alí Bey.

Hasim tradujo.

—Es la ruta —respondió el guía.

—No es del todo cierto. Si nos dirigimos hacia el oeste ganaremos tiempo —dijo Alí Bey, y señaló un punto en el horizonte.

—No es bueno andar por allí —respondió el guía mirando a Hasim.

—Abdul dice que no es la ruta apropiada —tradujo el intérprete.

—Yo he tomado mis datos y digo que vamos por un camino más largo. Fez se encuentra al oeste —replicó Alí Bey con seguridad.

Hasim miró al guía, después miró a Alí Bey. Se preguntó

qué hacer y finalmente volvió a mirar a Abdul y tradujo las palabras de su señor.

—Es cierto, pero si llueve podemos tener problemas —respondió el guía.

—¿Cuántos días tardaremos en llegar? —preguntó Alí Bey.

—Cuatro o cinco como mucho —respondió Abdul.

—¿Con un cielo tan sereno, cómo quieres que llueva? —se rió Alí Bey.

Abdul intentó replicar, pero Hasim alzó la mano con energía y cortó la discusión.

—Si mi señor predijo que el sol se apagaría y se apagó y ahora dice que no lloverá, significa que no lloverá —exclamó más que convencido.

El guía aceptó, pero no sin murmurar palabras de protesta ni mover la cabeza a uno y otro lado. Sin embargo, pusieron rumbo al oeste.

La tercera noche, desde que se refugiaron bajo las tiendas hasta que salió el sol, cayó un aguacero que parecía el diluvio universal. Al día siguiente se despertaron, levantaron el campamento, plegaron las tiendas mojadas y se pusieron en camino, pero a media mañana se dieron de bruces con un río muy caudaloso. Los animales se removían inquietos cuando intentaban obligarlos a cruzar y Abdul hizo un gesto bastante elocuente con la cabeza. Él ya había advertido que aquella ruta, si llovía, no era la aconsejable para dirigirse a Fez.

—Yo no entiendo ni de instrumentos ni de medidas, pero sé dónde están los ríos y los barrancos y sé que en este mes el tiempo cambia con mucha rapidez —comentó.

—¿Hacia dónde deberíamos dirigirnos? —preguntó Hasim.

—Si desandamos el camino perderemos mucho tiempo. Lo

mejor que podemos hacer es dirigirnos hacia el norte, donde encontraremos un lugar para vadear el río. Sólo que entonces no llegaremos a Fez, sino a Mequinez.

—¡Eso me conviene! —exclamó Alí Bey.

—Pero no es lo que teníamos previsto —replicó Hasim.

—Seguiremos hacia el norte —ordenó el príncipe, y espoleó a su caballo.

Hasim se quedó boquiabierto. En Tánger, Alí Bey había sido muy explícito.

—Dijo que quería visitar Fez antes de llegar a Rabat —se quejó Abdul—. Me parece lógico porque Fez se encuentra antes que Mequinez. En caso contrario deberemos retroceder.

—Quien paga, manda —exclamó Hasim.

—Sí —aceptó Abdul—. Y Alá es infinitamente sabio y castiga la soberbia.

Alí Bey no era un hombre fuerte. Hasim lo descubrió enseguida, al poco de iniciar el viaje. El segundo día de lluvia, nada más plantar la tienda, se guareció y ordenó que le trajeran agua caliente para los pies. Hasim se la llevó y vio que el pobre temblaba como una hoja al viento y que se agazapaba bajo la manta. Por el aspecto que ofrecía, debía de tener fiebre. No estaba acostumbrado a viajar en una caravana y no era capaz de soportar largos trayectos.

Donde mejor se conoce a un hombre es en una caravana, cuando llegan las dificultades, le había dicho su padre. Y tenía razón.

Cuatro días más tarde, el día 1 de noviembre, tras padecer las inclemencias del tiempo, avistaron Mequinez.

*** ***

El coronel Amorós abandonó Tánger dos días después de la partida de Alí Bey, mientras Pasiego comunicaba al cónsul González Salmón que no había tenido tiempo para averiguar nada de lo que había dentro del baúl.

—Ya no tiene que preocuparnos —había dicho el cónsul español—. Tanto uno como otro se han ido.

Amorós llegó a Madrid una mañana y aquella misma tarde era recibido por Godoy, que acababa de enterarse.

—¿Qué noticias me traéis del viajero? —preguntó el Príncipe de la Paz nada más ver que el coronel entraba por la puerta de su despacho.

—Nuestro hombre ya ha abandonado Tánger y va camino de Fez. Desde allí se dirigirá a Mequinez, donde seguramente el sultán lo recibirá con todos los honores —explicó Amorós—. No me cabe la menor duda tras haber visto lo que es capaz de hacer nuestro hombre. He de deciros que abandonó Tánger a pesar de los augurios de mal tiempo y en contra de la opinión de su guía. Es un hombre con un gran carácter, propio de un gran conquistador. El caíd de la ciudad, a petición del sultán, que ha quedado vivamente impresionado con nuestro hombre, le ha asignado una escolta formada por cuatro de sus mejores hombres. Este detalle puede daros una pequeña idea de la ascendencia que ha obtenido entre aquella gente. Yo, personalmente, lo he visto caminar por las calles de Tánger. Era un espectáculo. Después de predecir el eclipse de sol, aquellas gentes ignorantes lo tienen por un gran príncipe y por un enviado de Dios.

—¡Magnífico! —exclamó Godoy y se puso en pie.

—Ya no hay duda del éxito de la operación. Hemos escogido a la única persona que puede hacerlo realidad.

¿Qué más podía decir Amorós? ¿Y qué más podía escuchar Godoy? El futuro era absolutamente inmejorable.

5 - SHARA

Sidi Mohamed Salaui, primer ministro y gobernador de Larache, que acompañaba a Suleimán en aquel viaje, envió a un oficial de palacio para recibir a Alí Bey, después de que el sultán leyese una nota del viajero anunciando que estaba a las puertas de la ciudad y que solicitaba una casa donde reposar él y sus acompañantes.

El oficial, con una escolta de cinco soldados, llegó al campamento de Alí Bey y Hasim avisó a su señor.

—Noble príncipe, los soldados enviados por Sidi Mohamed Salaui ya han llegado y aguardan —anunció.

Alí Bey miró al intérprete. Sus ojos brillaban a causa de la fiebre. Asintió con la cabeza, se levantó y salió de la tienda.

—¿Cómo está mi hermano Suleimán? —le preguntó al oficial.

Hasim tradujo y el oficial lo miró con sorpresa. Si aquel hombre fuera un personaje de primera fila, el sultán habría enviado al ministro a recibirlo. Y si lo considerase un hermano, incluso habría venido él personalmente.

Entonces miró a Alí Bey y captó un extraño brillo en sus ojos.

—Mi señor lleva dos días con fiebres muy altas —explicó Hasim al ver la expresión interrogante en el rostro del oficial.

—Lo mejor será conducirlo a la casa que Sidi Mohamed le ha asignado y que se meta en cama —dijo—. Tomad el equipaje imprescindible y seguidme. Dejaré dos hombres para que escolten a los criados. Tomad una litera y transportad al enfermo —ordenó.

—Preparad mi caballo —oyó Hasim la voz de Alí Bey.

—Mejor en una litera —ordenó el oficial.

—¿Dónde habéis visto que un príncipe sea llevado como un inválido? —gritó Alí Bey al ver que traían la litera.

—¿Qué dice? —preguntó el oficial.

—Insiste en que quiere entrar en la ciudad a caballo —informó Hasim.

—¡Bien! Aún me quedan muchas cosas por hacer y no puedo perder el tiempo discutiendo. Si se cae del caballo ya lo recogeremos —aceptó el oficial, y dio la orden de marchar.

La pequeña comitiva llegó a la puerta de Bab el-Jemis. En dos ocasiones, durante el trayecto, Alí Bey estuvo a punto de dormirse sobre la silla y caerse del caballo. Afortunadamente Hasim cabalgaba a su lado y lo impidió.

De pronto, cuando ya entraban en la ciudad, el príncipe alzó las manos como si fuese un monarca y empezó a saludar, mientras aquella gente se detenía y lo miraba con sorpresa.

—¡Lo que me faltaba! —exclamó el oficial y levantó los ojos al cielo.

La pequeña caravana se dirigió hacia la puerta de Bab Mansur, la cruzó y se adentró por las calles de una población que había nacido en el siglo IX, que había sido abandonada a comienzos del siglo XII, después de que el sultán Abd el-Munem la atacase y castigara a los rebeldes que se habían levantado contra él, y que de nuevo había sido repoblada, pero que no conoció su esplendor hasta el reinado de Muley Ismail. Las murallas eran inacabables, kilómetros que rodeaban todas las casas y todas las mezquitas.

El oficial se detuvo ante la casa que le habían asignado a Alí Bey. No era una casa grande, pero confortable, tal como pudo comprobar el intérprete, si se tenía en cuenta lo que significaba confortable en aquellas tierras, con habitaciones estrechas, largas y sin luz, y con el suelo de ladrillos irregulares. Allí descabalgaron.

—Llama a un médico —dijo el oficial—. Ese hombre empieza a delirar.

—No conozco a ninguno —replicó Hasim.

—Hablaré con Sidi Mohamed Salaui para que os envíe uno.

Hasim despidió al oficial y acompañó a Alí Bey hasta su habitación.

—Le he rogado al oficial que llame a un médico —dijo el intérprete mientras ayudaba a su señor a meterse en cama.

—¿Por qué? —preguntó Alí Bey.

—Tu piel arde más que el sol del desierto —se asustó Hasim.

—Sólo necesito descansar y mañana me sentiré mejor —respondió Alí Bey—. Traedme agua.

Un criado trajo una jarra de agua y un vaso de barro. Alí bey cogió la bolsa que llevaba con él, la abrió, sacó un frasco, tomó la jarra, llenó un vaso de agua con mano temblorosa, echó unas gotas y se lo bebió. Poco después dormía, pero su sueño era agitado y lleno de extrañas visiones, su voz era pastosa y difícil de entender y el sudor llenaba la habitación de calor y de olores corporales.

Aquella tarde un hombre llamó a la puerta de la casa. Hasim abrió.

—Mi nombre es Sayyidi ben Halef —se presentó—. Me envía el primer ministro. Me ha dicho que tu señor está muy enfermo.

Hasim lo condujo hasta la habitación de Alí Bey.

—Arde como una hoguera —dijo junto a la cama.

Sayyidi puso la mano sobre la frente de Alí Bey y se asustó.

—¡Rápido, que traigan mucha agua y toallas! —ordenó—. Que las mojen, que lo desnuden y que lo envuelvan en ellas. Tenemos que bajarle la fiebre como sea.

Los criados empezaron a desnudar a su señor, pero cuando ya le habían quitado los pantalones e iban a hacer otro tanto con la camisa, Alí Bey abrió los ojos y los miró presa del pánico.

—Queréis robarme la ropa —gritó—. ¡Fuera de aquí, mal nacidos!

—Tenemos que bajar esa fiebre —intentó razonar Hasim.

—Nadie me quitará mi camisa —se agarraba la ropa con fuerza.

—¿Qué le pasa? —preguntó Sayyidi.

—No quiere que le quitemos la camisa —explicó Hasim.

—Pues mojad las toallas y envolvedlo tal como está —ordenó Sayyidi—. No perdamos el tiempo en tonterías o perderá el juicio.

Durante toda la noche estuvieron junto al enfermo. Al día siguiente a primera hora la fiebre había cedido y Alí Bey abrió los ojos. Aún conservaba la camisa agarrada con ambas manos.

—¿Dónde estoy? —preguntó.

—En Mequinez —respondió Hasim.

—Me siento agotado.

—Has tenido mucha fiebre —dijo Hasim.

—Matad una gallina, preparad un caldo y que repose —

dijo Sayyidi.

—¿Quién es? —preguntó Alí Bey.

—Sayyidi ben Halef, un médico que ha enviado el ministro Salaui —explicó Hasim, pero Alí Bey se había dormido de nuevo.

—Ya puedo irme —dijo Sayyidi—. Parece que se ha recuperado. Si vuelve a subirle la fiebre, llámame.

Hasim acompañó a Sayyidi hasta la puerta, le dio las gracias, le pagó sus servicios y lo despidió. Una vez cerró la puerta, respiró aliviado.

*** ***

Los dos soldados abrieron las puertas y Sidi Mohamed Salaui entró en la estancia, anduvo diez pasos, se detuvo frente a Suleimán e hizo una reverencia.

La sala era grande, luminosa y acogedora. El sultán permanecía recostado sobre los cojines que cubrían buena parte del suelo. Suleimán indicó al primer ministro los cojines que tenía ante sí y Sidi Mohamed se sentó.

Ya hacía unos años que el sultán lo honraba con aquel cargo y Sidi Mohamed le servía lo mejor que podía. Sentía por aquel monarca un gran respeto y una profunda veneración, y estaba convencido de que Suleimán era un rey tan grande como Muley Ismail, que inició la reforma de todo el país. Por desgracia su muerte significó una lucha interna por el poder que se saldó con un montón de cadáveres y la pérdida de todos los progresos que había conseguido, hasta que Suleimán accedió al poder y enderezó todo lo que se había torcido. Ahora el pueblo estaba contento, a pesar de que aún había algunos señores que se negaban a pagar los tributos y algunas tribus que parecían campar por sus respetos. No obstante el país vivía en paz y todos respetaban a aquel hombre poco inclinado a las grandes manifestaciones y a los lujos, a pesar de que todos conocían su marcada inclinación hacia las mujeres.

—¿Qué has averiguado? —preguntó Suleimán.

—Todos sus sirvientes, incluso el intérprete, dicen y repiten que el motivo de su viaje es peregrinar a la Meca —respondió Sidi Mohamed.

—¿Y qué ha venido a hacer a Mequinez?

—Según el intérprete, quería dirigirse a Fez, pero equivocaron el camino y han acabado en Mequinez.

Suleimán puso cara de idiota.

—¿Y qué se le ha perdido en Fez?

—El intérprete dice que quería visitar Fez para no desairarte.

—¿Qué desaire podía hacerme?

—Tú habías sido muy generoso al concederle permiso para visitar Marruecos —dijo Sidi Mohamed.

—Le concedí permiso para atravesar Marruecos. No he dicho nada de visitarlo —exclamó Suleimán muy extrañado.

—Quizás no te ha entendido.

—Pues fui muy claro —dijo Suleimán.

—El intérprete dice que él te había escrito una carta para pedirte permiso para visitar Marruecos. Supongo que cuando le dijiste que podía pasar él interpretó que accedías a su petición. Ten en cuenta que ha vivido mucho de tiempo entre infieles y que no habla árabe —replicó Sidi Mohamed.

—¿Y qué? —preguntó Suleimán.

—Que cada país tiene sus costumbres y, a veces, cuesta que los europeos entiendan las nuestras —explicó Sidi Mohamed.

—¿No fui bastante explícito cuando le corté los bigotes? —se quejó Suleimán.

Sidi Mohamed sonrió divertido.

—Has puesto el mejor de los ejemplos. Parece que él se lo ha tomado como una muestra del gran amor que le profesas.

—¿Qué...? —rió Suleimán—. Ese hombre es un personaje.

108

¿Qué dice tu médico?

—Ya conoces a Sayyidi. Es muy prudente. Pero en este caso se ha extendido más que de costumbre. Dice que no es ni demasiado alto ni demasiado fuerte, sino débil en el aspecto físico. Ha hablado con el guía que lo ha conducido hasta aquí y parece que se resfría con facilidad, según qué comida le sienta mal y ha padecido una calentura como pocas veces ha visto. Sayyidi dice que es un milagro que siga vivo y aún más prodigioso que no haya perdido el juicio. Además, por lo que ha podido averiguar, ya llegó a Tánger herido y medio enfermo y durante una semana también padeció de fiebres.

—¡Bueno! —exclamó Suleimán—. No debe preocuparnos ese hombre.

—No estoy tan seguro, si me permites que te contradiga —objetó Sidi Mohamed—. Físicamente quizás es débil, pero se comporta con suficiencia, a veces responde con insolencia y, demasiado a menudo, reparte dinero con magnificencia. No me gusta.

—Quizás porque ha sido educado en Europa, entre infieles —lo disculpó Suleimán en esta ocasión.

—Pues habrá aprendido costumbres muy extrañas. El oficial que he enviado para recibirle me ha contado que ha entrado en la ciudad saludando como si fuese un idiota o como si se creyera el propio sultán —replicó Sidi Mohamed.

—El mundo árabe es inmenso y, aunque compartimos idéntica creencia, cada lugar posee sus peculiaridades. Quizás Siria tiene esas costumbres. Si a todo ello sumamos que cada hombre es un caso único, porque Alá, en su infinita sabiduría, creó la diversidad, Alí Bey debe de ser el resultado de la confluencia de un montón de circunstancias que, posiblemente, han dado lugar a un caso digno de estudio —rió Suleimán. Después se enjugó las lágrimas—: ¿No diría lo mismo Sayyidi?

—Él siempre dice que la fiebre, cuando es muy alta, puede

nublar los ojos de un hombre y trastocar su realidad, y Alí Bey tenía mucha. Quizás no sabía ni lo que se hacía —pareció que el primer ministro se conformaba, pero añadió—: No obstante, a mí no me parece que esté loco ni que sea idiota. Al contrario: yo juraría que es muy inteligente. Quizás ha decidido viajar a Mequinez y comportarse de esta forma porque considera que no lo has tratado como su dignidad merece. Los cuatro soldados que Aschasch le asignó para escoltarlo son un insulto para quien conoce nuestras costumbres.

Suleimán se quedó pensativo. Sidi Mohamed tenía razón y, por otro lado, el avaro de Aschasch no era ninguna lumbrera en lo referente al protocolo y a la educación. Menos todavía si había dinero de por medio.

—Asígnale una escolta más importante —dijo finalmente —. Haremos que se sienta más halagado y si ha habido alguna ofensa será una manera de pedirle disculpas y de hacer que prosiga su viaje. Que lo escolten hasta la frontera con Argelia.

—¿Treinta hombres? —preguntó el primer ministro.

—¡No! —negó Suleimán con una pequeña carcajada—. Con cinco que añadamos a los que ya tiene, sobrará. Habré más que doblado la escolta que le dio Aschasch — se calló un instante, y añadió—: Conociendo al caíd de Tánger, lo más probable es que le haya cobrado por el servicio. Déjale los hombres sin pedir nada a cambio. ¿Me has entendido?

—Sí, señor —respondió Sidi Mohamed asintiendo.

—¿Cuántas mujeres lo acompañan? —preguntó el sultán.

—Ninguna.

—¿Ninguna? —se sorprendió Suleimán—. ¿Cómo es posible?

—Parece que no tiene ninguna —respondió Sidi Mohamed.

Suleimán se quedó pensativo. Para él, un hombre sin mujeres era impensable.

—Interesante. ¿No será...? —hizo un gesto más que

elocuente con las manos en una clara referencia a la feminidad.

—¡Oh! —exclamó Sidi Mohamed—. ¿Quieres decir si...? Pues, no lo sé. Alá es tan comprensivo que hay cosas que se olvida de escribir en la cara de nadie.

—Averígualo —ordenó Suleimán.

—No dispondré de tiempo para ello —se quejó Sidi Mohamed—. Mañana partimos para Fez.

—No me acordaba —dijo Suleimán—. Ya lo averiguaremos allí.

—¿Cómo, si él está aquí?

—Fez se encuentra al este. Lo más normal es que, si tiene previsto dirigirse hacia la Meca, vaya hacia allí —replicó Suleimán.

No dejaba de ser curioso, aquel príncipe sirio. A Sidi Mohamed le había caído muy mal. Suleimán sonrió. Fuera como fuese, en pocos días desaparecería de Marruecos y nadie volvería a acordarse de él nunca más.

*** ***

Abdul informó a Hasim de que el viaje de Mequinez a Fez, con una buena marcha, podía realizarse en una sola jornada, pero que era mejor aguardar un par de días. El tiempo amenazaba con cambios importantes. Sin embargo, Alí Bey ordenó disponerlo todo para partir.

—Has estado enfermo y aún no estás recuperado del todo. Sayyidi dijo que las recaídas siempre son peores —replicó Hasim.

—Si el viaje sólo dura una jornada, poco hemos de temer —sonrió Alí Bey—. Si mañana el cielo se levanta sereno, partiremos

¡Hombre, pues tenía razón!, pensó Hasim. Si escogían una mañana serena, difícilmente se estropearía antes de alcanzar Fez.

111

Al día siguiente por la mañana muy temprano, la pequeña caravana escoltada por los nueve soldados abandonó Mequinez y se dirigió al este. El cielo era azul y el tiempo se presentaba agradable.

—Pregúntale a Abdul si cree que la lluvia nos ahogará — dijo Alí Bey, divertido, cuando hacia el mediodía ya habían recorrido más de la mitad del trayecto.

Hasim tradujo.

—No tentemos la voluntad de Alá —respondió Abdul.

A primera hora de la tarde, como si se tratase de un brujo, la predicción del guía se convirtió en realidad y el cielo se ennegreció hasta un punto que daba miedo. Alí Bey, de vez en cuando, levantaba la vista y contemplaba aquellas nubes espesas y amenazadoras.

Poco después empezaron a caer gruesas gotas sobre sus cabezas que pronto se transformaron en una cortina de agua. Hasim se adelantó, se puso a la altura de su señor y gritó en mitad de la tempestad:

—Abdul dice que sería prudente enviar un mensajero para que no cierren las puertas de la ciudad hasta que no lleguemos. En días así las cierran pronto.

Lo que Hasim no tradujo fue que Abdul había añadido que, en días como aquél, en Fez cerraban pronto las puertas porque no creían que hubiese ningún estúpido capaz de viajar en semejantes condiciones.

Alí Bey, protegido con una manta y con la nariz que parecía una fuente, asintió. Hasim dio la orden enseguida y un soldado espoleó su caballo y desapareció. Si no llegaba a tiempo, el intérprete no quería ni imaginar lo que representaría tener que montar las tiendas bajo aquella maldición.

Un rato después la lluvia arreciaba y se veían obligados a aminorar el paso para no errar el camino.

—¿Habrá llegado? —gritó Alí Bey.

—¿Quién? —preguntó Hasim.

—El soldado que hemos enviado.

—Supongo que sí.

—Deberíamos enviar otro por si el primero se ha perdido.

—Como tú ordenes, señor —gritó Hasim.

Si el príncipe lo ordenaba, los enviaría a todos, uno tras otro, pensó Hasim, mientras agachaba la cabeza bajo la manta. Si hubiesen hecho caso de Abdul, ahora estarían en Mequinez, bien calientitos y felices. Ya había tenido suficiente agua con toda la que les cayó encima durante el viaje de Tánger a Mequinez. ¡Oh, Señor!

Entraron en la ciudad casi a oscuras y bajo una cortina de agua. Los dos soldados que Hasim había enviado los esperaban para conducirlos directamente a la vivienda que había ordenado alquilar desde Mequinez.

Se trataba de la casa de Muley Idris, residencia de quien había sido el sultán fundador de la ciudad en el año 808, conocido con el nombre de Idris I.

Alí Bey no quiso ni ver la casa. Ya la visitaría al día siguiente. Cenó ligero y se retiró tras ordenar que le trajesen agua caliente.

Hasim se la llevó. Alí Bey se descalzó y, entre estornudos, metió los pies dentro del barreño de agua y se cubrió con una manta seca.

—Después de haber visto que en Tánger casi no llovía una gota en todo el verano, imaginaba estas tierras casi desiertas, pero reciben más agua que toda Andalucía —se quejó.

—Es la época del año —respondió Hasim.

Alí Bey retiró los pies del agua, se los secó y se tendió en la cama. Estaba agotado. Cerró los ojos y tosió. Seguramente volvía a tener fiebre, pensó Hasim, y lo tapó con la manta. Una buena sudadera le vendría bien.

Alí Bey estuvo enfermo tres días. Hasim, viendo que la fiebre volvía a subir con fuerza, le preguntó si debía llamar a un médico, pero Alí Bey se negó. Bastaría con envolverlo en toallas húmedas.

Así lo hicieron y al cuarto día la fiebre desapareció, pero Alí Bey quedó demacrado y débil.

—No hay nada que una buena comida no pueda solucionar —dijo y, alzando la voz, añadió—: Soy el príncipe Alí Bey, descendiente del tío del Profeta y Dios está conmigo.

Al día siguiente se levantó y Hasim le enseñó la casa. Era grande y espaciosa. Claro que no era precisamente barata. Sin embargo, un príncipe descendiente del tío del Profeta merecía un lugar digno.

—¿Dónde se aloja el sultán? —preguntó Alí Bey al salir a la terraza y contemplar la ciudad.

—Aún no ha llegado —respondió Hasim.

—¿Cómo que no ha llegado? Salió de Mequinez antes que nosotros —se extrañó Alí Bey.

—Cierto, señor. Pero dicen que ha tenido que desplazarse hacia el sur por causa de un pequeño problema.

—Disponlo todo para partir de inmediato —ordenó Alí Bey.

—¿Por qué?

—¿Acaso no viste que me ordenaba seguirlo? —replicó Alí Bey.

—No reparé en ello —negó Hasim con la cabeza, perplejo.

—Los nobles nos entendemos con el lenguaje de los gestos —sonrió Alí Bey.

Hasim lo miró. No se había restablecido por completo de las fiebres. Reflexionó. Si volvían a viajar Alí Bey podía recaer otra vez y, débil como estaba, podría resultar fatal. Tenía que impedir a cualquier precio un nuevo viaje y conseguir que descansase.

—Por lo que he podido saber, tiene que venir forzosamente a Fez una vez haya solucionado el pequeño problema que se le ha presentado —mintió descaradamente—. Si nosotros nos vamos y él llega... habremos hecho el camino en vano, ¿no crees? Yo creo que en realidad te has adelantado.

—Tienes razón. Es mejor que nos quedemos —rectificó Alí Bey—. Hoy es viernes. Iremos a la mezquita a dar gracias a Dios.

Hasim sonrió. Era una juiciosa decisión.

Nada más cruzar la puerta todas las miradas de los que ocupaban la calle se fijaron en la persona del príncipe.

La llegada de Alí Bey a Fez había levantado mucha expectación entre la gente de aquel barrio. Durante los primeros días se preguntaban quién era el hombre que se alojaba en la casa de Muley Idris y que no salía. Era como un misterio. Y tenía que ser muy rico, comentaban mientras la curiosidad aumentaba. Ahora, el misterio salía a la luz.

Durante el recorrido pudieron contemplar la ciudad. Hasim ya había estado y había paseado por sus calles estrechas y sin empedrar, entre casas altas con voladizos y pasadizos elevados que unían una parte con otra. Alí Bey observó con interés aquella curiosidad arquitectónica e hizo el comentario de que podía haber resultado muy artística, pero debido a la poca anchura de las calles el conjunto resultaba oscuro y triste. Por otro lado, para tratarse de una ciudad que contaba con más de cien mil almas, las fachadas no daban la sensación de poder ni de riqueza. Las numerosas grietas delataban una construcción de mala calidad, con escaleras angostas, irregulares y mal acabadas, los suelos de ladrillo o de baldosas con dibujos y las paredes desnudas o mal pintadas. Si la casa de Muley Idris no constituía un caso aislado, bien podía decir que sólo el interior de las grandes mansiones escapaba a tan nefasta valoración. Y poco contribuían a mejorar el aspecto general de aquella población las murallas con arcadas que se cerraban cada noche convirtiendo la ciudad en una serie de barrios independientes.

—Claro que todo tiene su lado positivo —dijo Alí Bey, tras su rosario de quejas—. Aunque Fez no ofrece la imagen de haber sido el centro del reino en tiempos de Muley Idris, esta gran profusión de mezquitas permite presagiar que sigue siendo el centro de la cultura de Marruecos.

Hasim le dio la razón. Allí, dentro de aquellas murallas, se alzaban doscientas construcciones dedicadas a Alá que competían entre ellas. Y, en medio, destacaba la Karauine, sede de la universidad, a poca distancia de la casa de Muley Idris.

—Esto ya es otra historia —sonrió Alí Bey al llegar a la mezquita.

Catorce puertas se abrían para dar entrada al oratorio formado por dieciséis naves. Doscientas setenta columnas rodeaban el gran patio de arcos, que permitía que numerosos fieles se acercasen para escuchar las palabras del imán que se situaba en el muro sur, en el *mihrab*, cavidad especial que le permitía dirigir la oración del viernes.

—Yo no he estado nunca, pero alguien me ha dicho que puede compararse al patio de los Leones de la Alhambra de Granada —comentó Hasim.

—He de darles la razón —afirmó Alí Bey.

Hasim sonrió satisfecho.

Allí la arquitectura parecía haber hecho un paréntesis, porque las columnas estaban muy trabajadas, el suelo era uniforme y con muchos dibujos, en donde se constataba que los artesanos habían volcado todas sus habilidades. Fue construida en otro tiempo, al igual que sucedía con los grandes edificios que aparecieron en la península Ibérica durante la dominación musulmana. Sin embargo, siglos después, su gran cultura y aquel empuje que los llevaba a dominar las técnicas, la escritura, la poesía, el arte, la agricultura y la medicina, habían muerto.

Tras descalzarse y realizar las abluciones, Hasim extendió la alfombra y su señor se arrodilló y tocó con la frente el suelo para dar gracias a Alá por su infinita bondad al conservarle la vida. Una vez concluidas las oraciones, Alí Bey se paseó por los patios y por los pasillos y subió a la terraza. Lo miraba todo con interés y preguntaba mil y un detalles. Finalmente se detuvo ante tres relojes de sol que servían para marcar las horas de las oraciones. Entonces sacó su reloj de cuerda y la brújula.

—Me lo imaginaba —murmuró varias veces, e hizo una pequeña marca sobre las baldosas.

—¿Qué sucede? —preguntó Hasim.

—Ve a buscar a la máxima autoridad de la mezquita y ruégale que venga —ordenó Alí Bey.

Poco después el intérprete le presentaba a Mohamed Yusu, uno de los doctores de la ley y máxima autoridad religiosa de la mezquita. Venía acompañado de varios imanes y estudiosos.

—Los relojes de sol horizontales no están correctamente orientados y las horas que dan son inexactas —dijo Alí Bey.

Hasim tradujo y el doctor que parecía el más importante reflexionó unos instantes, se volvió hacia los demás y discutieron un rato.

—Diles que puedo demostrarlo con el reloj que he traído de Inglaterra —dijo Alí Bey, cansado de oír discusiones que no entendía.

Finalmente, Mohamed Yusu se volvió hacia él y preguntó:

—¿Cómo tendrían que estar dispuestos?

Hasim tradujo y Alí Bey se dirigió al primer reloj y señaló la pequeña marca que había hecho para fijar el punto exacto de orientación.

Los doctores volvieron a discutir entre ellos y parecía que uno no estaba de acuerdo, pero el que mandaba ordenó:

—Orientad los relojes cómo el príncipe Alí Bey ha

señalado.

Hasim tradujo y Alí Bey asintió satisfecho. Dos hombres ejecutaron de inmediato sus instrucciones y situaron los relojes en la dirección exacta que él había marcado.

—Menos mal que estoy aquí y he podido corregir este error —dijo Alí Bey con evidentes muestras de orgullo—. A partir de ahora, las oraciones se harán a la hora en punto.

Hasim sonrió y tradujo. Mohamed Yusu les dedicó una pequeña reverencia y se retiró. El imán que había discutido con Yusu volvió a increparlo y éste le respondió:

—El cambio es ínfimo y sólo supone unos minutos. Recuerda que la cortesía musulmana impide que le llevemos la contraria a un invitado. De manera que esperaremos a que se marche y después volveremos a situar los relojes tal como estaban.

Cuando abandonaban la mezquita, Hasim se fijó en que Alí Bey andaba con la frente bien alta. Más de lo que le era habitual.

—He pensado que a partir de ahora cobrarás un *dirham* al día —dijo Alí Bey aquella tarde—. Pero ahora tendrás que enseñarme el árabe más deprisa. Alá no aceptará que un príncipe como yo desconozca la lengua de los suyos.

—Como tú ordenes, noble príncipe —respondió Hasim.

A partir de aquel día los cuadernos de Alí Bey se llenaron de notas y más notas sobre la lengua de aquel país.

Un día Alí Bey invitó a casa a unos estudiantes de la Karauine. Eran jóvenes y lo escuchaban embobados. Hasim traducía lo mejor que podía, porque su señor hablaba de filosofía y de religión y empleaba palabras que el pobre intérprete no había oído nunca y constantemente tenía que pedir explicaciones.

En un momento de la conversación, un estudiante leyó un escrito de uno de sus maestros. Hasim lo tradujo.

—¿Quién ha escrito eso? —preguntó Alí Bey.

—Ahmed ben Mahasá—respondió el muchacho.

—¿Quién es ese Ahmed ben Mahasá? —preguntó Alí Bey.

—Mi maestro.

—¿Y qué tiene de especial? ¿Es diferente de los demás?

—No. Es como cualquier otro —se extrañó el joven.

—Pues como veo que es un hombre cualquiera y que lo que dice no es correcto, sólo escucharé lo que diga cuando sea fruto de un buen juicio.

Hasim se quedó mudo. ¿Cómo tenía que traducir aquello? ¿Y qué pensarían aquellos muchachos si echaba por los suelos el prestigio de uno de sus maestros?

—Traduce tal como yo lo he dicho —ordenó Alí Bey.

Y lo hizo.

Las caras de aquellos jóvenes no tenían precio. Miraban alternativamente a Hasim y a Alí Bey. El primero casi les pedía perdón y el segundo sonreía beatíficamente.

Cuando se acabó la visita y los jóvenes estudiantes se hubieron ido, Hasim se acercó a Alí Bey.

—¿Por qué les has dicho que no escucharías lo que tenía que decir su maestro? —preguntó.

—Es evidente que el motivo de vuestro retraso es que no os dejan pensar libremente, pero yo he venido para abriros los ojos y mostraros el camino —dijo Alí Bey.

—¿Como un profeta?

—Como un hombre que ve la luz —le contestó.

¡Oh, gran Alá!, exclamó Hasim para sus adentros. Alí Bey cada día se tomaba mayores libertades, ordenaba a quien le venía en gana, discutía (a través de él, naturalmente) sobre cualquier tema y todos se callaban para no contradecir a un invitado, detalle que aún espoleaba más a su señor, que vivía convencido de que sus argumentos eran irrebatibles.

Durante una de las muchas conversaciones que Alí Bey había mantenido con la gente de Fez, le habían hablado de los baños, muy abundantes en aquella ciudad, y de las virtudes curativas del vapor que permitían recuperar la salud y fortalecer el cuerpo. Tanto y tanto le alabaron sus propiedades medicinales que decidió visitarlos y emplearlos. Escogió una tarde y Hasim lo acompañó.

Al llegar a la puerta de la casa de baños dos soldados les cortaron el paso.

—No podéis entrar —dijo uno de ellos.

Alí Bey no necesitó traducción alguna. El gesto del soldado había sido más que expresivo. Entonces, terriblemente enfadado, se plantó frente a aquel soldado, lo miró directamente a los ojos, a muy corta distancia, y dijo:

—Soy amigo del sultán, descendiente del tío del Profeta, príncipe sirio y nadie me prohibirá que entre en los baños.

El soldado miró a su compañero y ambos pusieron cara de tontos. No habían entendido nada. Entonces, Hasim tradujo, pero sin adoptar la vehemencia de su señor.

—Es la hora de las mujeres —respondió el soldado a Hasim.

—¡Oh! —exclamó Alí Bey cuando escuchó la traducción del intérprete.

Dio media vuelta y se marchó con la frente bien alta, el paso firme y una actitud cargada de dignidad.

Al día siguiente regresaron por la mañana y los soldados lo miraron con una chispa de burla en sus ojos. La fanfarronada del día anterior los había impresionado pero, después, cuando le vieron irse con el rabo entre piernas, habían estallado en una sonora carcajada.

Estuvieron en los baños casi dos horas. Alí Bey se sorprendió al constatar que la temperatura aumentaba más de quince grados al pasar del vestuario a la primera sala, calor que se convirtió en mucho más fuerte cuando alcanzó el fondo de una especie de cueva con la atmósfera saturada de vapor de agua que salía por los orificios que había en el suelo. Hizo muchas preguntas y se interesó por saber a qué se debía aquel olor tan agradable que se desprendía. Le explicaron que se trataba de esencias de plantas. Entonces también se interesó por los cubos de agua que se repartían por las cuatro esquinas.

—Es agua que impide que los demonios, que se escapan de los infiernos que hay debajo, puedan dañarnos —le explicó un hombre que también tomaba los baños—. Por eso de vez en cuando nos mojamos las manos, los brazos, la cara y el cuello. Es nuestra protección.

Al salir Alí Bey aún seguía riéndose.

—¡Menuda explicación! —no dejaba de repetir—. ¡Poner cubos de agua fría en los rincones para impedir que se escapen los demonios que viven bajo la sala...! Este pueblo es muy ignorante.

Los días siguientes se dedicó a discutir con los imanes. Hasim pensaba que había momentos en que el príncipe Alí Bey pronunciaba frases muy hermosas y cargadas de sentido. Se refería a enseñanzas que había recibido en Europa y Hasim, sentado junto a él, traducía con una sonrisa. No obstante, de vez en cuando su señor podía soltar alguna idea que no se entendía demasiado y que no parecía muy de acuerdo con las enseñanzas del Profeta. Entonces, el intérprete padecía horrores porque estaba convencido de que, si traducía todo cuanto decía su señor y tal como lo decía, muchos de los que lo escuchaban huirían asustados y en el mejor de los casos los dejarían solos. De manera que empezó a filtrar las palabras de su señor para evitar ofender a nadie.

Un día, tras una larga discusión que parecía no tener fin y que nadie era capaz de seguir porque las palabras de Alí Bey eran tan complicadas que no había manera de traducirlas, el príncipe se llevó las manos al pecho y exclamó:

—No digáis nunca que algo es así porque yo lo he dicho. Decid que es así sólo cuando vosotros hayáis llegado a esa conclusión.

¡Ay!, pensó Hasim. Aquello iba en contra de todas las enseñanzas y ponía en entredicho la autoridad de todos los maestros que cada día enseñaban en las escuelas, así que ¿cómo tenía que traducir aquella frase?

—No se puede decir cómo es algo hasta que no se ha visto —tradujo finalmente.

Ante semejante evidencia los que escuchaban miraron a Alí Bey y asintieron.

—Pues ya hemos dado un gran paso —sonrió Alí Bey.

¿Un gran paso hacia dónde?, se preguntó Hasim, que a esas alturas andaba perdido y cada día se encontraba con una nueva sorpresa.

Una noche Alí Bey invitó a cenar a Ahmed Yihidi, uno de los maestros más importantes.

—¿Por qué aquí en Fez todos me preguntan cuántas esposas poseo? —preguntó en un momento de la conversación, cuando ya habían acabado de comer—. En Tánger no lo hacían.

—Allí te habían visto llegar desde el otro lado del mar y sabían que no tenías ninguna. Aquí seguimos la costumbre —respondió Ahmed—. Nos interesamos por la familia de quien acabamos de conocer y lo primero es preguntar por las esposas. Es normal que preguntes por ellas antes de interesarte por los hijos.

—Es cierto —afirmó Alí Bey. Calló un instante, y añadió —: Lo que más me sorprende es la cara que ponéis cuando os respondo que no tengo ninguna mujer ni quiero tocar a ninguna hasta que haya cumplido el sagrado deber de peregrinar a la Meca.

—El hombre está en la tierra para servir a Dios y darle gracias por su bondad, y la mejor manera de hacerlo es tener hijos que también lo alabarán —explicó Ahmed.

—Sin embargo en Europa los sacerdotes católicos se mantienen puros para dedicarse sólo a Dios —explicó Alí Bey—. Consideran que es el mayor sacrificio que pueden ofrecer a su Creador.

—Eso tengo entendido —afirmó Ahmed y sonrió divertido —. En cierta ocasión viajé a Granada. Allí tuve la oportunidad de conocer a algunos cristianos. Incluso llegué a intimar con un sacerdote con quien hablé largo y tendido. Estaba empeñado en convencerme de que su religión era la verdadera y ponía como argumento lo que tú acabas de decir. Hasta me dijo que cada noche rezaba por mi conversión. Le di las gracias por tan hermoso gesto y le pregunté cómo se las apañaba cuando la naturaleza llamaba a sus puertas. Él me miró muy serio y me respondió que no le costaba nada vencer a la naturaleza humana porque Dios le daba fuerzas.

—¿Lo ves? —abrió Alí Bey las manos en señal de evidencia.

—El problema es que al día siguiente de esa conversación me pareció ver que se adentraba en cierta calle de la ciudad. Primero dudé porque no andaba vestido como siempre, con aquella ropa que llaman sotana. Estuve tentado de llamarle pero, por prudencia o por miedo a equivocarme, me abstuve. Aun así, lo seguí un rato y vi que hablaba con una mujer, la cogía por el brazo y entraban en una casa. Me acerqué. No me había equivocado. Se trataba de una casa de putas. Esperé pacientemente. Cuando salió me vio, se azaró y a mí no se me ocurrió otra cosa que preguntarle si había conseguido convertirla. No supo qué responder —replicó Ahmed y rió tanto que se le saltaron las lágrimas. Cuando se calmó un poco, añadió—: Es evidente que cuanto más hablas de una supuesta virtud, más tienes en tu cerebro y en tu corazón el pecado contrario.

—Una cosa es ofrecer un sacrificio y otra, muy distinta, poder cumplir tu deseo —disculpó Alí Bey al pobre sacerdote.

—No conozco las costumbres de Siria, pero recuerdo lo que nos dice el Profeta y no creo que sea diferente de lo que os enseñan allí. Alá no me exige un sacrificio tan absurdo como ése. Yo poseo mujeres e hijos y eso no me impide servir a Dios. Al contrario: tengo cinco hijos que alabarán su nombre y que harán que su reino sea cada vez mayor.

—¿Significa eso que no puedes comprender que desee mantenerme puro hasta que haya entrado en la ciudad santa? —insistió Alí Bey.

—El Profeta dice que son las mujeres las que han de purificarse después de tener la regla. Al hombre, para mantenerse puro, le basta con no tocarlas mientras sean impuras. Está escrito en el versículo 222 del segundo Sura. Y el 223 dice: «Vuestras mujeres son vuestros campos. Id a ellos siempre que queráis». Los cristianos, por contra, centran toda su vida en el sexo y, en consecuencia, sus sacerdotes son hombres incompletos.

—¿Hombres incompletos? —se extrañó Alí Bey.

—Un hombre completo es aquel que utiliza todo lo que Dios le ha dado. Inhibir voluntariamente una parte nuestra es negarse la plenitud.

Aquella noche, cuando Ahmed se hubo marchado, Hasim constató que Alí Bey se quedaba muy pensativo. Quizás era la primera vez que su señor no había ganado una discusión. Y también era cierto que, si bien nunca habían hablado de mujeres porque entre los árabes se considera de mala educación tocar ese tema, el intérprete había visto en diversas ocasiones que los ojos del príncipe se perdían tras el culo de alguna muchacha de las que se cruzaban por la calle o tras el rostro de alguna judía, que, al contrario que las marroquíes, no llevaban la cara tapada.

Al día siguiente, a media mañana, Hasim salió corriendo detrás de Alí Bey. El príncipe acababa de comunicarle que se sentía obligado a acallar todas las voces que le pedían que tomase mujer y había decidido comprar una esclava.

¿Cuándo había escuchado aquellas palabras?, se extrañó el intérprete. ¿Y quién le pedía a su señor que tomase mujer?

—Sólo se han interesado por si tenías esposas —dijo.

—Si no tengo mujer alguna me considerarán un hombre incompleto —replicó Alí Bey.

—Nadie ha...

—No intentes engañarme. Anoche lo vi muy claro.

Hasim miró a su señor.¿Qué había sucedido la noche anterior? Alí Bey cenó con Ahmed Yihidi y hablaron de muchas cosas. ¡Ah! Recordó de pronto: los versículos 222 y 223 del segundo Sura. ¡Claro!

—Tienes razón, noble príncipe —aceptó agachando la cabeza.

—La quiero negra —dijo Alí Bey camino del mercado.

—¿Por qué precisamente negra? —preguntó Hasim.

—Porque así lo he decidido —respondió Alí Bey.

¡Bien! Pues, la buscaremos negra, decidió Hasim.

—Y que sea virgen —añadió Alí Bey.

¿Virgen? ¿Qué mosca le había picado ahora a aquel hombre? ¡Oh, Gran Señor! ¿Dónde encontraría una esclava negra y virgen? Las negras perdían la virginidad a muy corta edad. El príncipe cada vez lo ponía más difícil.

Durante el resto de la mañana visitaron a todos los tratantes de esclavos sin ningún resultado. Todos respondían que en cuanto al color no había problema pero que, en lo tocante a la virginidad, aquello era harina de otro costal. Los traficantes que las conducían hasta la ciudad hacía días que habían vendido todos los velos, si es que no los habían rasgado ellos mismos. Alí Bey se mostró inflexible: la quería virgen, negra y enseguida.

—¿Por qué te empeñas en que sea virgen? —preguntó Hasim—. No es más que una esclava.

—Un príncipe como yo no comparte ninguna mujer con nadie —respondió Alí Bey.

—No discutiré —aceptó Hasim, pero añadió—: Sin embargo, si lo que necesitas es apagar la quemazón de tus testículos, mientras la encuentras yo podría buscarte una mujer...

—No.

—Yo, de vez en cuando, visito ciertas casas y... —insistió Hasim con mucha prudencia.

—¡No! —negó Alí Bey con energía.

«Pues, no», concluyó Hasim, y se calló.

Al día siguiente, temprano, cuando Hasim regresaba del mercado, justo cuando abría la puerta de casa, se le acercaron dos mujeres. La mayor lo abordó.

—He oído decir que tu señor, el noble príncipe Alí Bey, busca una esclava joven, hermosa, negra y virgen.

—Así es —afirmó Hasim.

—Nosotras tenemos una —dijo la mujer.

—No os mováis de aquí —ordenó él.

Subió las escaleras y llamó a la puerta de la habitación que Alí Bey utilizaba para estudiar. Oyó la voz de su señor que le concedía permiso para entrar.

—Abajo hay dos mujeres que dicen que tienen una esclava negra, joven, hermosa y virgen —informó Hasim.

—¿Seguro?

El joven intérprete hizo un gesto con la cabeza, dejándola caer a un lado, y abrió las manos con las palmas hacia arriba.

—Seguro, seguro, sólo hay lo que podemos ver —dijo.

Alí Bey se quedó en silencio, meditando.

—Hazlas entrar —ordenó.

Hasim salió y regresó con las dos mujeres, que se presentaron ante Alí Bey con el rostro cubierto.

—¿Es cierto lo que dice Hasim, que tenéis una esclava joven, hermosa, negra y... virgen? —preguntó el príncipe.

—Es una flor tierna como una rosa —dijo la mujer vieja, que parecía llevar la voz cantante—. Tiene un par de pechos preciosos, bien redondos y duros como una roca, la piel es fina como la seda y la espalda larga y lisa, con un culo bien dispuesto y de carnes prietas que cualquier hombre desearía amasar. Todas sus carnes son voluptuosas y lucen como una noche de luna llena, sus caderas son la envidia de la más delicada de las ánforas...

—¿No exageras? —la cortó Alí Bey, tras escuchar la traducción que iba haciendo Hasim.

—Puedes comprobarlo cuando desees y que Dios me castigue ahora mismo si he dicho una sola mentira —replicó la mujer.

—¿Y de veras es virgen? —preguntó Alí Bey.

—Tal como su madre la trajo al mundo. No nos pagues si no lo es —lo desafió la mujer.

—Es un trato justo —dijo Hasim después de traducir.

—¿Cuánto pides por ella?

—Treinta ducados de oro —respondió la anciana mientras la otra le agarraba el brazo y tiraba de él.

Hasim captó aquel gesto. Eso quería decir que la otra se conformaría con menos.

127

—¡Estás loca! —se rió Hasim.

—¿Cuánto pide? —intervino Alí Bey.

—Ha perdido el juicio, señor. Quiere treinta ducados de oro —Hasim seguía riéndose—. No hay ninguna esclava que valga ese precio.

Las dos mujeres cuchicheaban. Discutían. Hasim sonrió divertido. Había acertado.

—¿Dónde hallaréis una esclava negra y virgen? —insistió la anciana, sin hacer caso de las protestas de la mujer que la acompañaba—. Hace dos días que la buscáis y habéis visitado a todos los traficantes y a todos los tratantes y no habéis encontrado ninguna.

—Si lo es, dile que recibirá treinta ducados de oro —aceptó de pronto Alí Bey—. Pregúntale su nombre.

Hasim se quedó boquiabierto. Iba a discutir, pero la mirada de Alí Bey lo cortó. ¡Bien! Quien paga, manda. Se encogió de hombros y tradujo.

—Salima, señor —respondió la anciana.

—Bien, Salima. Ven esta tarde y tráela contigo —la despidió.

Las dos mujeres hicieron una reverencia y se fueron. Ambas cuchicheaban felices.

Aquella tarde, a primera hora, regresaron acompañadas por la esclava.

Shara, dijo Salima que se llamaba la muchacha. Y no había mentido en nada. Cuando descubrió su rostro, Hasim contempló extasiado aquella piel oscura y fina que brillaba como el ébano, los labios gruesos y carnosos, los ojos negros y enormes, la nariz pequeña con la base ancha y aplastada en la punta, y el cabello rizado. ¡Santo Dios!, exclamó. Iba vestida con un paño azul que la envolvía y dibujaba perfectamente la curva de unas caderas que se movían con gracia, mientras bajaba la mirada con timidez. No debía de tener más allá de dieciséis años. ¡Menuda suerte había tenido el príncipe! Él hubiera dado la vida por una mujer como aquélla.

—Si la aceptas, la prepararemos para ti —dijo Salima.

—El trato es el trato —respondió Alí Bey, y Hasim tradujo.

—Nosotras aguardaremos aquí hasta que tú hayas comprobado que mancha las sábanas —dijo Salima.

La otra mujer protestó, pero Salima la obligó a callar.

—El trato es el trato —exclamó Salima y le dio un manotazo a su compañera, que le tiraba del brazo.

Subieron a la muchacha a la planta superior, donde la bañaron y la perfumaron. Mientras, Alí Bey ordenó que preparasen una habitación sin que faltase el menor detalle.

El príncipe se mostró inquieto durante el resto de la tarde. «No me extraña - pensó Hasim-, Shara es un sueño».

—¿Pero qué hacen esas mujeres?

—La preparan para ti, señor —respondió Hasim.

—¿Y necesitan tanto tiempo?

—Todo lo que es bueno, se hace de rogar.

Finalmente, Salima bajó.

—La dulce Shara, la flor más hermosa del paraíso, te espera, noble príncipe. ¡Qué pechos esconde y qué calor se desprende de su entrepierna! ¡Oh, señor! ¡Cuando la bañaba le he estado hablando y toda ella suspira por ti! —recitó con pasión.

Alí Bey se levantó, se mordió los labios, dudó unos instantes, miró al intérprete y, finalmente, se dirigió a la habitación

¡Bien! Ya nadie pondría en duda que su señor era un musulmán completo, pensó Hasim.

6 - PRIMERA CONTRARIEDAD

El invierno había entrado con timidez pero, poco a poco, a medida que avanzaba el mes de enero del año 1804, cobró fuerza y acabó por desatarse con virulencia.

La mañana se había levantado desapacible, con un cielo gris cargado de espesos nubarrones que semejaban inmensas bolsas a punto de reventar. El fuerte viento del norte hizo descender las temperaturas hasta el punto de que las calles de Madrid aparecían casi desiertas. Los pocos transeúntes que se dejaban ver caminaban deprisa, vestían gruesos abrigos y mantenían sujeto con fuerza el sombrero. Sólo algunos carruajes, cuyos conductores podrían pasar por espectros envueltos en capas oscuras, almas en pena que renegaban a cada paso de los animales, se atrevían a desafiar los malos augurios que se cernían sobre sus cabezas. El resto, aquellos que no tenían imperiosamente que salir, permanecían encerrados en sus casas y se protegían tras los cristales, desde donde murmuraban oraciones en demanda de una clemencia que el cielo no estaba dispuesto a concederles. Poco después, las nubes reventaron y descargaron todo lo que guardaban en su interior.

Los árboles del jardín del palacio real alzaban sus lamentos ante aquel ataque de la naturaleza y sus hojas gritaban aterrorizadas las quejas que se arrancaban unas a otras cada vez que el viento las obligaba a frotarse entre sí, mientras gruesas gotas las azotaban sin piedad.

Godoy, cubierto por la manta, contemplaba el magno espectáculo desde el interior del carruaje, mientras su secretario para asuntos de África se sujetaba el abrigo con fuerza. Había quedado para despachar con el rey.

El Príncipe de la Paz era más maduro, había aprendido la lección y se plegaba a todos los caprichos de la reina, convencido de que este comportamiento le permitiría manejarla con mayor facilidad. Cuando menos así lo había creído durante un tiempo, pero los últimos dos meses algo había cambiado. A la pasión furiosa de María Luisa había que sumar ahora aquellos súbitos sofocos de quien ya entraba en la edad en la que el carácter de ciertas mujeres se vuelve incontrolable y muy difícil de predecir. Tan pronto se mostraba eufórica y con ganas de comérselo entero, como caía en la mayor de las depresiones y se dedicaba a comprarse nuevas joyas sin tener en cuenta la precaria situación de las arcas reales. Y ya no hablemos de las cuentas del Estado, porque había para partirse de risa. Cada vez que Godoy intentaba aplicar nuevas medidas, era peor. La desamortización de los bienes de la Iglesia había servido para paliar momentáneamente una coyuntura que ya resultaba insostenible después de haber claudicado ante Napoleón y haber comprado la neutralidad de España en el conflicto con Inglaterra con el vergonzoso pago de seis millones de libras cada mes y el permiso de entrada en los puertos de la Península, sin ninguna restricción, para los barcos de guerra franceses.

No. La desamortización continuada no era el camino más adecuado y, tarde o temprano, se agotaría. Por otro lado, plantear ciertos cambios en las estructuras del país, con un rey como Carlos IV, resultaba complicado. Incluso impensable, si tenía en cuenta que detrás del monarca se alzaba la figura omnipresente y dominadora de la reina María Luisa y una nobleza podrida de prebendas que, bajo ninguna circunstancia, se mostraba dispuesta a desprenderse de la menor ventaja.

El carruaje se detuvo y el criado, procurando protegerse con el paraguas, descendió aprisa los peldaños para abrir la puerta y desplegar el taburete que había debajo el vehículo. Godoy suspiró, se levantó y salió para esconderse bajo el paraguas. El criado cerró la puerta lo más rápido que pudo y lo acompañó hasta dejarlo bajo el porche, donde ya lo aguardaba un oficial. El Príncipe de la Paz rezaba para no encontrarse con el infante Fernando, que con sus casi veinte años había cambiado mucho, pero no en sentido positivo precisamente. La animadversión que ya le tenía de pequeño había crecido hasta el extremo de que le daba muestras de desprecio a la menor oportunidad y Godoy sabía muy bien que, en diversas ocasiones, había conspirado para echarlo del gobierno. Por fortuna contaba con el favor del rey y, lo que era más importante, con el de la reina, que había engordado y había perdido los escasos vestigios de su supuesto encanto de juventud, que siempre había procurado realzar gracias a la enorme profusión de joyas que llevaba encima. O, tal vez, con aquel despliegue de aditamentos perseguía deslumbrar los ojos de los hombres hasta dejarlos ciegos e impedir que descubriesen que debajo ya no quedaba demasiado para atraer a nadie. Si años atrás, en ciertas ocasiones, contentarla ya había supuesto un esfuerzo voluntariamente aceptado, ahora, fuera cual fuese la circunstancia, se convertía en un martirio que habría conseguido que muchos santos renegasen de sus creencias, pensó Godoy. Sin embargo, ¡qué le vamos a hacer!, el poder tiene sus servidumbres.

El secretario vio que el criado que había acompañado a

Godoy plegaba el paraguas y ya no regresaba, sino que hacía ademán de irse. No había sido lo bastante rápido y quizás el criado no se había dado cuenta de que había alguien más en el carruaje, porque aquel idiota había cerrado la puerta carruaje de un golpe. Suspiró con rabia, con la cartera bien apretada contra el pecho con la esperanza de que le proporcionara un poco de calor, inspiró con fuerza, retuvo el aire en los pulmones, abrió la puerta, dio un salto, salió como alma que lleva el diablo y llegó al porche calado hasta los huesos y renegando. Miró significativamente al criado, pero éste no se dio por aludido. Resultaba más que evidente que no era que hubiese supuesto que ya no quedara nadie más dentro del carruaje, sino que había decidido que no era lo bastante importante como para darse un remojón por él. ¡Hijo de p...!

Marruecos, indiscutiblemente, constituía la gran apuesta de Godoy. Obtener cereales a bajo precio significaría alimentar a una población que cada día se quejaba más y, lo que era más importante, exportar a Europa y recuperar el prestigio que los últimos desastres económicos y militares habían hecho menguar hasta casi desaparecer. Por esta razón visitaba al rey con mayor frecuencia y le hablaba constantemente de los progresos de Domingo Badía. Incluso, cuando no había recibido noticias o eran banales, tal como había sucedido durante toda la estancia del viajero en Tánger, se las inventaba. Por fortuna aquel día podía explicar que Tánger ya pertenecía al pasado y que el intrépido explorador seguramente andaba camino de Fez, porque las últimas informaciones lo situaban en Mequinez y relataban cómo había sido recibido por Muley Suleimán.

El Príncipe de la Paz se quitó el abrigo y el sombrero y se los entregó al criado. Después enfiló la escalera y se dirigió hacia la sala de los cuadros de escenas de caza, donde ya lo aguardaba Carlos IV. El sirviente abrió la puerta, Godoy entró seguido de su secretario, se detuvo e hizo una profunda reverencia.

—Majestad… —saludó.

—¿Qué tenemos hoy? —pidió Carlos IV, incómodo con el tiempo.

—Grandes noticias del viajero. Ha obtenido permiso de Muley Suleimán para visitar el país, ha abandonado Tánger y ya lo tenemos camino de Fez —informó Godoy.

—Eso significa que lo está tratando como a un amigo, y no debe traicionarse a los amigos —dijo el rey.

—Majestad, la situación interna de España es muy delicada y necesitamos imperiosamente el grano de Marruecos —replicó Godoy.

—El viajero podría utilizar su amistad con Muley Suleimán para conseguir que nos venda cereales, pero no para traicionarlo y conquistar Marruecos —replicó Carlos IV.

—Ya hemos intentado alcanzar un acuerdo de todas las formas posibles y no hemos conseguido nada. Las arcas del Estado se hallan exhaustas y el tiempo se nos echa encima —respondió Godoy y, en vista que el rey mostraba un gesto negativo, mudó de argumentos y añadió—: Sabéis muy bien que Marruecos profesa la religión musulmana, son infieles. Conquistar Marruecos permitiría que su población abrazase la verdadera religión.

—Lo mismo decíamos del continente americano y lo que hicimos fue matar en nombre de Dios Todopoderoso —objetó el rey—. Ahora tenemos problemas por todas partes.

—Las revueltas en las colonias del otro lado del Atlántico no vienen de la mano de los nativos de aquellas tierras, sino de los hijos de los españoles que se asentaron allí —replicó Godoy—. Y todo porque la economía no va como tendría que ir y no podemos mantener la presencia de nuestros barcos en las costas americanas, tal como sería de desear, circunstancia que los piratas ingleses aprovechan a placer.

—Sea como fuere, no es bueno traicionar la confianza de

nadie que nos acoge como a un amigo —insistió el rey.

Ya hacía tiempo que Carlos IV se mostraba contrario al plan de Godoy. Por una vez en la vida el monarca español tomaba decisiones y, desgraciadamente para el Príncipe de la Paz, lo hacía en el peor de los momentos y en un asunto que resultaba vital para los intereses de España, y no había manera de apearlo del burro. Quizás le había explicado demasiado pronto su plan. Y ahora se arrepentía.

El Príncipe de la Paz abandonó el despacho sin haber obtenido victoria alguna. La partida seguía en tablas. Europa bullía por culpa de Napoleón y él hacía equilibrios para mantener a España alejada del conflicto. Sin embargo, el descontento de la población cada vez era más evidente y los liberales cada vez se mostraban más fuertes. No lo entendía. El rey, una vez alejado el peligro que significó la Revolución Francesa, había cambiado de opinión en muchos aspectos. Quizás el infante Fernando tenía algo que ver en ello.

La tempestad se desató de nuevo en el preciso instante en que Godoy abandonaba el palacio y de poco sirvió el paraguas que el criado sostenía, porque en el corto recorrido hasta al carruaje quedó empapado. Peor resultó para el secretario, que de nuevo tuvo que hacer todo el camino corriendo bajo la lluvia y el viento, mientras que el criado regresaba y desaparecía por la puerta.

Quizás no había escogido un buen día para hablar con el rey y tendría que esperar a que mejorase el tiempo y saliera el sol. Tal vez entonces también mejoraría el humor del monarca. Pero, mientras, los días pasaban y, con ellos, las semanas y los meses y la economía iba cada vez peor.

*** ***

Sentado en su palacio de Fez, el sultán intentaba comprender lo que le había explicado aquel sirviente. ¿Qué había hecho mal?, se preguntaba. A él no le parecía que constituyese ningún deshonor. Al contrario. Por eso había ordenado que fueran en busca del intérprete de Alí Bey, ¿cómo se llamaba?, Hasim. Sí, eso mismo. Y había dicho que lo trajeran a su presencia de inmediato.

Los dos soldados llegaron a casa de Muley Idris, preguntaron por Hasim y le ordenaron que los acompañase. El intérprete preguntó el motivo y los soldados le contestaron que habían recibido órdenes y que hiciese el favor de callar y seguirles.

Cuando llegaron al palacio del sultán, Hasim no sabía qué pensar y empezó a temblar. O él había hecho alguna cosa (aunque no tenía conciencia de ello) o el responsable era su señor. ¿De qué podía ser responsable? Pues... no lo sabía, pero seguro que con aquel carácter tan especial los había metido a todos en un buen lío.

Ahora estaba frente al sultán, arrodillado en el suelo y con la espalda bien doblada.

—¿Por qué se ha ofendido Alí Bey? —preguntó Suleimán.

Hasim levantó la cabeza.

—¿Ofendido? —se extrañó.

—¡Sí, hombre, sí! —exclamó el sultán—. Con el asunto de los relojes.

¡Ay, Señor!, pensó Hasim. No, si él ya había dicho que aquello acabaría mal... El sultán se refería al día en que un sirviente de palacio se presentó en la casa de Muley Idris con un documento que nombraba a Alí Bey responsable de los relojes y de dar las horas para las oraciones en la mezquita. Incluso se le asignaba una renta de las arcas reales.

—Quizás ha habido un malentendido —apuntó Hasim.

—¿Qué malentendido? Mis criados dicen que se ofendió hasta el extremo de gritar como un loco.

—Mi señor...señaló que los relojes no... no... estaban bien

orientados —dudó Hasim, procurando encontrar las palabras y las frases más adecuadas—. Es cierto. Sin embargo... él lo hizo sin pedir nada a cambio y... pues... pues... cuando recibió tu carta pensó que... que... que...

—¿Qué pensó? —preguntó Suleimán.

—Pensó... pensó...

—Ya me has dicho que pensó —se desesperó Suleimán—. Ahora me gustaría saber qué es lo que pensó.

—Es que Siria es un país muy extraño, con unas costumbres y una manera de pensar muy especiales —dijo Hasim —. De hecho se enfadó porque no quería ofenderte.

Suleimán se quedó estupefacto.No entendía nada.

—¿Quién es el ofendido y quién ofende a quién? —preguntó.

—A veces yo también tengo problemas para entender a mi señor —medio sonrió Hasim—. Parece que en Siria, cuando se hace algo sin que te lo pidan, hay que hacerlo de corazón, sin aceptar nada a cambio. Entonces... entonces... si quien recibe el regalo... pues... hace otro regalo... pues... parece ser que se puede interpretar como que quien ha hecho lo que ha hecho, no lo ha hecho de buen corazón y perseguía obtener lo que le han dado.

El sultán tuvo que hacer una pausa en la conversación para poder entender lo que Hasim le decía.

—¡Esos sirios son muy retorcidos! —exclamó finalmente.

—A veces resulta un poco difícil comprenderlos —afirmó Hasim con la cabeza y unos ojos como platos.

¡Oh, Señor!, pensó Suleimán. El pobre Sidi Mohamed había sugerido aquel honor y Alí Bey se lo había tomado como un insulto. ¡Malo! El primer ministro se enfadaría mucho ante la reacción del príncipe sirio y quizás no acabaría de entenderlo. ¡En fin!

—Como muy bien has dicho, únicamente se trata de un malentendido. Anularé la orden y ya está —concluyó Suleimán, e hizo un gesto con la mano.

Hasim se levantó y se retiró sin darle la espalda al sultán, con la cabeza gacha.

Una vez alcanzó la puerta, respiró aliviado. ¡Menudas historias le obligaba a inventar su señor! Por un momento, allí delante del sultán, pensó que no saldría vivo. La imaginación es poderosa cuando es mucho lo que te juegas. ¿Dónde hallaría un trabajo tan cómodo y tan bien remunerado como aquél? ¡Hombre, valía la pena jugársela!

*** ***

Godoy dejó la carta sobre la mesa y se frotó la cara con ambas manos. Se sentía cansado. Frente a él tenía al coronel Amorós.

—Con veinte hombres como Badía, el mundo sería nuestro —exclamó—. No me cabe la menor duda —afirmó con la cabeza. Un sólo movimiento, enérgico.

La carta era del viajero y explicaba que había tenido que extremar las precauciones porque sospechaba que tenía algún enemigo en la corte del sultán. Posiblemente algún ministro envidioso que, al ver la devoción que Suleimán mostraba por él, intentaba perjudicarlo. Como ejemplo citaba el lío de los relojes y relataba con todo detalle que él se había mostrado ofendido y no había aceptado de ninguna manera una función tan baja. Tan enérgica había sido su oposición que todos habían entendido que aquello era una terrible ofensa a un príncipe e incluso el sultán había retirado la orden y le había pedido disculpas.

Otros detalles que mencionaba en su carta eran las crecientes y numerosas presiones del ejército de amigos que le rogaban que tomase una mujer. Él, conforme había convenido con Amorós, siempre respondía que no quería casarse hasta no haber peregrinado a la Meca. Sin embargo, en aquellas tierras estaba muy mal visto que un musulmán rico y notable no tuviese al menos una esposa o una concubina. Finalmente, para complacer a sus seguidores y amigos, había acabado por aceptar el regalo de una esclava negra, tras haber rechazado a muchas blancas. Había escogido la negra, explicaba, por dos motivos: el primero porque le permitiría contar con la simpatía de todas las tribus del interior al constatar que escogía a una mujer de su raza. Y el segundo, porque la repugnancia que sentía ante unos labios enormes y una nariz achatada impediría que cayese en la tentación. De esta manera toda su energía se concentraría en la misión que se le había encomendado.

El coronel Amorós también asintió con energía. Estaba de acuerdo con la valoración que Godoy hacía del viajero.

—¡Qué sacrificios ha de soportar nuestro hombre! —exclamó.

—¿Quién se ocupa de tenerlo todo a punto para enviar el material cuando llegue el momento? —preguntó Godoy.

—El marqués de Las Amarillas, excelencia.

—¿Y cómo lo lleva?

—Bien, excelencia.

Godoy se quedó en silencio, meditativo.

—Espero que él, como ya he hecho yo, haya olvidado el desgraciado incidente de Cataluña —dijo—. En su destitución no hubo nada personal.

—El marqués es un caballero, excelencia.

—Por eso mismo —sonrió el Príncipe de la Paz—. Ya llevo conocidos muchos caballeros.

—¿Y con quién podemos contar, si no?

—No sé. Tendremos que pensar en ello.

¡Por supuesto! Y habría que pensar en muchas más cosas para que nada fallase. Su Majestad no acababa de verlo claro, pero él sí. Marruecos era el inicio del nuevo esplendor del imperio español, la puerta de entrada hacia una nueva era en la que la economía crecería hasta el punto de poder mantener toda la flota operativa y recuperar posiciones en Europa y en el contexto mundial.

Quizás debería hacer una nueva visita a la reina, pensó. Una visita de aquellas que en otro tiempo menudeaban y que ahora hacía meses que no realizaba. Sin embargo, sus labios se torcieron en un gesto de disgusto. Resultaría un sacrificio difícil de soportar y aún despertaría en la reina deseos que la naturaleza parecía que ya relegaba al olvido. No –concluyó-, lo mejor será buscar un sustituto al marqués de Las Amarillas.

7 - MARRAKECH

Quien no escucha la voz de la experiencia no debe quejarse de que la suerte no le acompaña. Alá es bondadoso, pero no hasta el extremo de conceder eternamente sus bendiciones a quien sólo persigue una obsesión y olvida el resto.

Hasim, aplicando este principio que le había explicado su padre, había llegado a la conclusión de que Alí Bey no tenía suerte en sus viajes porque aquel hombre no escuchaba a nadie y tenía una idea fija: quería seguir al sultán, que ya había partido hacia Marrakech tras visitar Fez, donde lo había recibido en un par de ocasiones en su palacio.

Otro hecho que tenía que resaltar era que, también muy a menudo, el desconocimiento de las costumbres de un pueblo puede inducir a malinterpretar el comportamiento de los demás y Alí Bey, posiblemente sin tener en cuenta que aquellas audiencias formaban parte de la cortesía marroquí, parecía haber tomado las deferencias que le dedicaba Suleimán por un honor que pocos recibían. Sobre todo cuando en la primera entrevista Sidi Mohamed Salaui, primer ministro, le presentó sus excusas por el asunto de los relojes.

—¿Te das cuenta? —dijo Alí Bey, cuando él y Hasim abandonaban el palacio del sultán—. Queda claro que alguien ha querido menospreciar mi persona ante el sultán y que mi negativa ha conseguido reforzar mi prestigio y ponerme por encima de todos.

Hasim había asentido con la cabeza, aunque no lo interpretaba de la misma forma, pero... ¿quién era él para hacer interpretaciones? Alí Bey ya le había explicado que los nobles, cuando se relacionan entre ellos, emplean un lenguaje diferente al de los demás. De manera que no se extrañó en absoluto cuando lo mandó llamar en cuanto se enteró de que el sultán había abandonado la ciudad.

—Debo seguirle —había dicho Alí Bey.

—¿Por qué?

—¿Acaso no lo has visto? Obligó a Sidi Mohamed a que me pidiese perdón. Eso sólo lo hace un hermano.

—Tardaremos algunos días en poder partir —había dicho Hasim—. Tenemos que hablar con Abdul, recogerlo todo, montar la caravana...

—Date prisa.

Al día siguiente, mientras los criados hacían el equipaje, que cada vez resultaba más voluminoso porque ahora ya contaban con todo el mobiliario que el príncipe había ido comprando más el equipaje de Shara, Hasim habló con Abdul, que le dijo que no era buen momento para viajar y que había que esperar.

—¡Ya volvemos a empezar! —exclamó Alí Bey—. No necesito que nos acompañe. Dispongo de mapas, de una brújula, de sextante, de nonios, de relojes y de todo cuanto preciso para orientarme. Si no quiere venir, nos iremos sin él.

Una semana más tarde, cuando la caravana ya estaba a punto, el cielo se encapotó y unas nubes amenazadoras hicieron realidad los malos presagios y descargó una lluvia inclemente acompañada por un viento huracanado que obligó a Alí Bey a tener en cuenta los consejos de Abdul y quedarse en Fez.

—El cielo se pone en mi contra —dijo al contemplar la tempestad que se avecinaba.

—No es que se ponga en contra de nadie, es que es la época del año —respondió el guía.

—¿Y por qué el sultán ha podido viajar sin ningún impedimento? —se quejó Alí Bey con amargura.

Hasim, sin aguardar la respuesta de Abdul, podía haber respondido él mismo que el sultán, conocedor de la región y de los caprichos del cielo, había partido en el momento oportuno. Sin embargo, prefirió no decir nada. Conocía muy bien aquella expresión de Alí Bey y sabía que no había nada que hacer. «Si dice que el cielo está en su contra, lo está y se acabó», pensaba Hasim. «Este hombre vive en la creencia de que todos somos una pandilla de ignorantes y que la única cosa real es lo que él dice. No vale la pena luchar contra lo imposible», concluyó con filosofía.

Finalmente, cuando el tiempo se calmó, Alí Bey, encorajinado por el cambio, decidió que había llegado la hora de ponerse en camino y el 27 de febrero de 1804 montó en su caballo y se dirigió hacia la puerta de Fez.

—No lo veo claro —comentó Abdul—. Quizás sólo se trata de una tregua y no es buena decisión iniciar un viaje en estas circunstancias.

—Estoy a punto de pagarle más de lo que había pedido y él ha aceptado —respondió Alí Bey cuando Hasim le tradujo sus palabras—. ¿Quizás ahora tiene miedo?

—Se hará como él dice —respondió Abdul ofendido—. A mí tanto me da viajar bajo el viento y la lluvia. Si lo digo es por su bien. No querría que volviese a caer enfermo.

Incluso unos cuantos amigos y conocidos salieron para rogarle que no se fuese.

—Confío en la bondad de Alá, que no puede permitir que ningún daño alcance a un descendiente del tío de su Profeta —contestó Alí Bey ante el desconcierto general.

Después agradeció lo que él calificó de muestras de las grandes amistades que había hecho, y de la prueba más palpable de la ascendencia que había obtenido entre aquella gente, y los dejó allí plantados.

Hasim sonrió beatíficamente, saludó con una inclinación de cabeza a todos los que se habían acercado para impedir que partieran y abrió las manos con las palmas hacia el cielo. «Cuando uno se empeña en sus propias interpretaciones, ya puedes intentar explicarle la realidad de las cosas, que no hay nada que hacer», habría querido decirle a aquella gente. Sin embargo, se calló. Más valía no olvidar otra enseñanza de su padre: «Una fuente que mana poco y de forma continua es mejor que un torrente que baja de pronto y después se agota». Ahora su salario ya había subido hasta diez *dirhams* a la semana y no podía perder de vista que cobraba todas las semanas.

No obstante, fueron muchos los que los acompañaron hasta las afueras de la ciudad. ¿Por qué? Pues, porque Alí Bey, cuando se sentía eufórico, abría la bolsa y regalaba monedas a diestra y siniestra. He ahí la explicación más sencilla, suspiró Hasim.

Fuera de la ciudad, el príncipe, satisfecho y orgulloso, dijo a los que le seguían que regresaran a sus casas y una vez más sorprendió a todos los presentes iniciando la oración que Hasim le había enseñado para dar gracias por la despedida. La pronunciación era calamitosa y la oración no del todo correcta, pero era el mejor resultado que cabía esperar de las lecciones de un maestro como Hasim con un alumno como Alí Bey. Y más teniendo en cuenta la dificultad de la lengua y el poco tiempo. Los milagros no existen.

Todos los presentes se quedaron mudos hasta que uno de ellos empezó a responder a la oración del hombre que siempre acababa abriendo la bolsa, y los otros se le añadieron coreando la plegaria.

Alí Bey se consideró tan halagado que se metió la mano en la cintura, sacó la bolsa que llevaba colgada del cinturón y la vació sobre aquella pequeña multitud.

Trabajo tuvieron los soldados de la escolta para detener las muestras de afecto una vez hubieron desaparecido las monedas del suelo.

Tal como estaba previsto (por parte de Abdul y de un buen número de habitantes de Fez) el viaje hasta Rabat acabó siendo más movido de lo que hubiera sido de desear. La madrugada siguiente, hacia las dos, cayó tanta agua que Hasim creyó que morirían ahogados. Menos mal que hacia las nueve de la mañana pudieron levantar el campamento y continuar. Y el primer día de marzo la lluvia y el viento fueron tan terribles que plantar las tiendas se convirtió en una tarea imposible.

Una vez se hubieron guarecido todos, Shara, que dormía en una tienda separada del resto, salió a la puerta para pedir que le trajesen el pequeño cofre que habían olvidado y que se había quedado entre los animales. Los guardias habían corrido a esconderse bajo las lonas y los criados habían entrado en su tienda y por más que oyeron los gritos de la muchacha, no le hicieron el menor caso. ¿Por qué habían de hacérselo si seguramente Alí Bey, que dormía aún más alejado, no iba a oírla?

—A ver si se cree que vamos a mojarnos por un capricho de mujer malcriada —dijo uno de ellos—. Nadie se llevará su cofre y mañana lo recuperará.

Mucho rato después, Shara, viendo que nadie le iba a echar una mano, decidió apañárselas como Dios le diese a entender y su figura vacilante recorrió los treinta pasos que la separaban del cofre en medio del aguacero.

Hasim acababa de llevar un cubo de agua caliente a la tienda de Alí Bey y cuando se dirigía hacia la suya distinguió una sombra que se deslizaba en mitad de la cortina de agua y se extrañó. Se detuvo para comprobar de quién se trataba. En aquel preciso instante la muchacha resbaló y cayó al suelo. Hasim echó a correr y, al llegar junto a la figura, descubrió que la pobre muchacha estaba cubierta de barro y se había dado un golpe en una pierna. ¡Oh, Gran Señor! Llovía a cántaros.

Sin pensarlo dos veces, la tomó en brazos y la condujo hasta la tienda.

—El cofre —dijo ella, y señaló hacia el lugar donde se había caído.

Hasim observó el cielo inclemente pero, como ya estaba calado hasta los huesos, tanto le daba un poco más de agua. ¡Qué le vamos a hacer! De manera que salió de nuevo y empezó a buscar el cofre en medio de la tempestad.

Shara se desnudó y se envolvió con una manta que anudó en su pecho. Hasim parecía un hombre muy agradable. Lo había visto por primera vez el día que Salima la llevó a casa de Alí Bey. Ella era la séptima hija de Yusef Abu, un pastor que perdió a sus dos esposas y el rebaño en poco más de tres semanas a causa de las tempestades de arena, y no pudo devolver el dinero que debía a Mohamed ben Hisha. Así que no tuvo más remedio que regalarle a una de sus hijas y escogió a Shara. Ben Hisha regresó feliz a su casa y Ébora, su esposa, le dijo que era un idiota por haber aceptado una esclava negra y que ya podía devolverla. Sin embargo, su marido deseaba una muchacha joven y bien dispuesta.

—Para las noches en las que tú no puedas satisfacerme —le dijo, y se la quedó.

Ébora examinó a la muchacha. Era muy bonita y si era

lista y se arreglaba podía convertirse en un peligro.

Un día, en el mercado, se enteró de que había un príncipe que tenía el capricho de comprar una esclava negra y virgen.

—¡Lástima! —se quejó a una vecina suya—. Mohamed está fuera, de viaje y, si Shara todavía fuese virgen, se la vendería a ese príncipe que dicen que es tan rico.

—Podrías hablar con Salima —le sugirió su vecina—. A alguna muchacha de por aquí que tenía que casarse le ha hecho un pequeño zurcido y todos se lo han tragado.

—Sólo lo decía por decir. Mi marido me mataría —se rió ella.

Sin embargo, aquella noche Ébora no pudo dormir. ¿Por qué no?, meditaba. Si el precio fuese atractivo ya se encargaría de convencer a su marido de que había hecho un buen negocio e incluso le compraría otra esclava para, tal como decía él, las noches en que ella no pudiera contentarlo. Pero esta vez la escogería ella.

Al día siguiente, bien temprano, se fue a hablar con la bruja.

—¿Cuánto dices que quieres cobrar? —casi gritó Ébora cuando oyó el precio.

—Dos ducados de oro —repitió Salima—. Quieres venderla al príncipe Alí Bey, que dicen que es muy generoso. Tú sacarás mucho más, si sabes negociar —añadió la vieja.

—¿Sí? —rió Ébora—. ¿Y cuánto crees que podría sacarle?

—He oído decir que ese príncipe Alí Bey no se asusta ante ningún precio. Por lo menos podrías sacarle diez ducados de oro.

—Si dices que se puede sacar tanto, ¿por qué no negocias tú misma? Te daré la quinta parte, que es lo que tú me pides, pero sólo si saco más de diez ducados —ofreció Ébora.

—Si yo negocio, tú te quedarás con los diez ducados de oro y yo con todo lo que consiga de más —añadió la vieja.

—Hecho —aceptó Ébora—. Pero si yo no obtengo diez

ducados, tú no cobrarás nada.

—Hecho —aceptó Salima—. Pero tú callarás y, pase lo que pase, me dejarás hablar a mí.

Ébora trajo a Shara a casa de Salima. La bruja le ordenó tenderse sobre la mesa, le levantó la falda, la obligó a abrir las piernas, tomó aguja e hilo y trajinó en su vagina tanto como quiso hasta que estuvo bien segura de que ningún pene pondría en duda aquella nueva virginidad.

—Y tú, procura no moverte demasiado, que la carne aún está tierna y el hilo podría desgarrarla —advirtió Salima.

Aquella misma tarde, tal como habían quedado, la condujeron a casa de Alí Bey, la bañaron, la perfumaron y la llevaron hasta una habitación, donde la dejaron sola y temblorosa. Antes, sin embargo, la vieja Salima le dijo:

—Espera al príncipe y procura que no sepa nunca que el imbécil del marido de Ébora te ha puesto la mano encima. Ni la mano ni nada de nada. Ni encima ni debajo. ¿Me has comprendido?

Shara asintió en silencio.

—En cuanto te penetre, el hilo se desprenderá y sangrarás un poco. Ni él ni nadie notará la diferencia y a partir de ese instante, si eres lista, podrás vivir como una reina —sonrió Salima. Suspiró y añadió—: ¡Ay! ¡Pero qué envidia me das!

Al día siguiente, tras la celosía de la ventana, vio a Ébora y a Salima discutiendo en mitad de la calle. La vieja se volvía de espaldas y se inclinaba sobre la bolsa que cobijaba con ambas manos, mientras que la otra intentaba arrebatársela. ¡Bien! En el fondo había sido una noche como tantas otras. Sólo que en lugar de tener encima a Mohamed ben Hisha, había soportado las embestidas de otro hombre.

¡Oh, Alá, qué manera de llover!, exclamó Shara en la

puerta de la tienda. Entonces vio que Hasim regresaba con el cofre. ¡Pobre!, pensó mientras tendía la ropa en las cuerdas de las lonas.

Hasim venía tan empapado de pies a cabeza que ya no tenía ninguna prisa. Shara tomó una toalla y empezó a secarse el cabello. Hasim llegó y depositó el cofre en la entrada de la tienda. Temblaba y la tempestad aún cogió mayor fuerza. Desde allí, de tan espesa como era la cortina de agua, ni siquiera podían ver las demás tiendas. El hombre suspiró, contempló su ropa, que había absorbido tanta lluvia que parecía imposible que todavía quedase algo en las nubes, e intentó distinguir con la mirada dónde estaba la tienda en la que dormía. En medio de la oscura noche no sabía hacia dónde tenía que echar a correr.

Ella se acercó hasta casi rozarlo y observó la tempestad. Por primera vez Hasim pudo ver de cerca aquellos grandes ojos. Sólo la había visto el día que la trajeron, porque el resto del tiempo la muchacha había permanecido encerrada en sus habitaciones. Recordaba sus labios carnosos y su piel oscura, así como el cabello rizado hasta el extremo de que parecía que tenía anillos negros adheridos a su cabeza, pero no había podido ver sus ojos con detalle. La muchacha no se había atrevido a levantar la mirada en todo el tiempo. Y ahora que los veía se daba cuenta de que eran preciosos y transparentes como una noche de luna llena.

—Cada vez llueve más —comentó ella, y le ofreció la toalla que llevaba en las manos.

—Gracias —dijo Hasim, tomó la toalla y empezó a secarse el pelo.

—Gracias a ti por haberme ayudado —respondió ella, se acercó, le quitó la toalla de las manos y continuó secándole el cabello.

—Debo irme —dijo él con voz temblorosa, turbado ante aquel acto de confianza.

151

—Ahora no puedes irte. Ni siquiera podemos ver dónde están las otras tiendas. Quítate la ropa —ordenó ella. Entonces, al ver el azoramiento de Hasim, bajó los ojos y la voz y dijo—: No miraré —y le dio la espalda.

Hasim echó una ojeada al exterior. El agua caía cada vez con mayor fuerza y el ruido contra la tela daba pie a pensar que aquello duraría largo rato. De hecho nadie lo había visto y nadie lo echaría en falta. Los guardias estaban demasiado ocupados en buscar refugio del viento y de la lluvia bajo las lonas.

Se quitó la chilaba y se envolvió con la toalla como si fuese una falda, dejando el torso al desnudo. Ella se dio la vuelta, recogió la ropa, la escurrió y la tendió bajo la lona.

—Más vale que nos sentemos. Esto va para largo —sonrió Shara, soltó la lona de la puerta para que el viento no entrase, la ató y se sentó en la estera que había en mitad de la tienda.

Hasim dudó, pero junto a la puerta, aunque estuviese cerrada, hacía demasiado fresco. Anduvo los cuatro pasos que lo separaban de la estera y se sentó en una punta. Shara sonrió y se acercó.

—¡Estás helado! —exclamó cuando su espalda desnuda rozó el hombro de Hasim—. ¡Si estás temblando! Vas a caer enfermo.

Shara se puso en pie detrás del hombre, deshizo el nudo de la manta, la abrió, la pasó por encima de sus hombros, se arrodilló y envolvió a Hasim, mientras lo abrazaba y lo hacía entrar en calor. Él, al sentir la piel desnuda de la muchacha, aún tembló más. Era cálida y agradable. Los pechos duros y firmes se aplastaban contra su espalda y aquellas manos, de dedos largos y finos, le frotaban el pecho, mientras su aliento entibiaba su nuca. Hasim cerró los ojos y sintió una gran excitación. Aquello, a pesar de que estaba muy tenso y lleno de miedo, era el cielo. ¡Ay, ay, ay! ¿Qué sucedería si los pillaban? Alí Bey lo mataría.

Los dulces brazos de Shara lo abrazaron todavía con

mayor fuerza. Entonces, se separó un instante para sentarse y dejar que sus generosos pechos acogiesen la cabeza de Hasim y sus piernas desnudas y de carnes voluptuosas lo envolvieran con un calor tierno, mientras su voz melosa llenaba los oídos del hombre de palabras que eran pura miel. Él empezó a acariciar aquellos muslos. Sentía un fuego inmenso detrás. De pronto se dio la vuelta víctima de la pasión que se desataba en su interior y buscó aquellos labios que lo estaban esperando. Ambos cuerpos abandonaron la posición de sentados y se tendieron, él sobre ella. La besó. Cada una de sus caricias recibía otra a cambio y cada suspiro se convertía en el eco de otro suspiro. El frío quedaba fuera y el calor dentro, bajo la manta. Shara lo deseaba y lo arrastraba. Hasim tentó las puertas del templo, pero sin atreverse a entrar. Ella sonrió feliz, lo abrazó y le pidió sin palabras, con ambas manos atrapándole las nalgas, que llegase hasta el fondo. Era la primera vez que sentía que un hombre la abrazaba de veras. Notaba todo el poder de aquel cuerpo masculino y que todo su interior cantaba alabanzas a la vida. Shara cerró los ojos, abrió la boca y dejó escapar un suspiro de placer. Ningún otro hombre le había hecho sentir aquello.

Al día siguiente la claridad empezó a filtrarse por debajo de la lona.

—¡Hasim, despierta! —oyó el hombre la voz de Shara.

Abrió los ojos y vio que ella permanecía tal como él la recordaba de la noche anterior, entre sus brazos, y ambos envueltos en la manta.

—Tienes que irte —dijo ella—. El día empieza a despuntar.

Él se levantó, se vistió deprisa y salió por la parte de atrás levantando la lona. Sin embargo, antes de desaparecer le dedicó una mirada a Shara y ella le devolvió una sonrisa.

¡Dios del cielo! ¡Menuda noche!

Alí Bey había pagado treinta ducados de oro por ella. Hasim, ahora, pagaría el doble y más si fuese necesario para quedársela para él sólo.

Una vez hubieron levantado el campamento, la caravana se dirigió al este. A media mañana toparon con un campamento de beduinos, que allí recibe el nombre de *aduar*. Alí Bey vio que ofrecían naranjas y, como con las tempestades habían perdido parte de las provisiones, ordenó a Hasim que preguntara el precio.

—Dos *flus* por todo el cesto —contestó el hombre que las vendía.

—Compra todas las que necesitemos y paga el doble de lo que te ha pedido —dijo Alí Bey.

Hasim iba a replicar, pero el príncipe espoleó su caballo y lo dejó atrás.

El intérprete no entendía nada. Ya había constatado que los precios resultaban más bajos que en Fez y mucho más que en Tánger. Sin embargo, ¿por qué tenía que pagar el doble de lo que pedían?

Los beduinos, profundamente agradecidos, los siguieron hasta que Alí Bey se vio obligado a ordenarles que regresaran al *aduar*. No cesaban de gritar su nombre y alabar a Dios.

La sorpresa fue que en el siguiente *aduar* que encontraron la gente salía a recibirlos y se acercaba para hacer los honores al príncipe. Se llegaban hasta su caballo y besaban las rodillas del príncipe mientras él los contemplaba desde lo alto de la montura. Evidentemente, las noticias de su generosidad habían corrido como la pólvora y Hasim observó que el rostro de Alí Bey cambiaba y una expresión de grandeza aparecía en su mirada, mientras hinchaba el pecho y levantaba la frente bien alta. Entonces compró fruta y pagó generosamente y aquellas gentes aún le dedicaron mayores reverencias.

Unos beduinos, en otro *aduar*, se acercaron y le rogaron que se quedara porque el tiempo iba a empeorar. Alí Bey no entendió ni una palabra y Hasim sólo tuvo tiempo de traducir la parte en la que le rogaban que se quedase, porque ante la sorpresa general Alí Bey empezó a recitar la oración aprendida de memoria que ya había soltado a las puertas de Fez y aquella pobre gente lo coreó.

A partir de aquel instante, cuando llegaban a otro *aduar* su señor rezaba y abría los brazos como si fuese un profeta.

¡Dios mío! Quizás su señor, por causa de la fiebre, había perdido el juicio.

Durante el resto del viaje Shara y Hasim, cuando nadie les veía, se dedicaban tiernas miradas. Cada noche él soñaba con ella y en la oscuridad recordaba cada caricia, aquella piel suave y aquellas formas voluptuosas que desprendían un calor indescriptible y amable que lo había abrazado.

Finalmente, tras una larga semana repleta de tempestades y de problemas de todo tipo, llegaron a Rabat.

Alí Bey había ordenado enviar a unos criados para que le preparasen un lugar donde reposar. Su fama de hombre generoso le precedía hasta el extremo de que el propio caíd de Rabat no quiso perder la ocasión y él mismo le asignó por residencia el castillo, que llenó de manjares para el príncipe y de heno para los animales, diciendo que se trataba de un regalo para tan alta y digna personalidad. Ya se lo cobraría con creces, pensó Hasim.

De forma increíble, los días 5 y 6 de marzo, cuando ya estaban en la ciudad, el tiempo cambió y un sol radiante apareció en el cielo. Alí Bey no tenía demasiada suerte en sus viajes. Al contrario: llegó enfermo y tuvo que guardar reposo y tomar baños.

La primera noche se encerró en su habitación, ordenó que le trajesen caldo caliente y que no lo molestasen para nada ni que lo despertasen al día siguiente.

Hasim dio las oportunas instrucciones y todos se retiraron a descansar. El viaje había sido largo y penoso.

Una vez la casa se quedó en silencio, Hasim se escabulló hasta la habitación de Shara y juntos revivieron todas las experiencias que habían tenido lugar dentro de la tienda en mitad de la tormenta.

—Si tuviese treinta ducados de oro te compraría —dijo cuando se retiraba de encima de la muchacha y se quedaba tendido a su lado.

—Quizás no valgo tanto para el príncipe —respondió ella.

—¿Por qué dices eso?

—Después de la primera noche no ha vuelto a tocarme —explicó ella—. Ni siquiera me ha visitado.

—No es un hombre muy fuerte y siempre está enfermo —lo disculpó Hasim.

—Es un hombre muy extraño —dijo Shara—. Aquella noche se tendió junto a mí y me habló con voz dulce. Yo no entendía nada de lo que decía. Me descubrió los pechos, empezó a besármelos y de pronto se echó para atrás, como si se hubiese enfadado. Me quedé quieta, sin saber qué tenía que hacer. Él estaba muy excitado y me miraba de una forma extraña. Parecía dudar. De pronto se echó encima de mí, me levantó la camisa, me abrió las piernas y me penetró con violencia. Su embestida me dolió, pero me mordí la lengua. Lo tenía encima pero no me miraba, sino que apartaba el rostro. Incluso me había puesto la mano sobre la mejilla para mantenerme alejada. Se movía como un loco, desesperado, como si tuviera mucha prisa. Eyaculó enseguida e inmediatamente después se retiró y me dio la espalda. Yo no entendía nada. Únicamente sentía miedo. De manera que me quedé callada y quieta. Ni siquiera me atreví a taparme. Al día siguiente vi que se levantaba y que salía. Y ya no ha vuelto a tocarme.

—Sí —afirmó Hasim—. Es un hombre muy extraño.

Y se quedó pensativo.

Unos días después, viendo que el buen tiempo se mantenía y que recuperaba las fuerzas tras los baños que le curaron el resfriado, el día 10 de marzo Alí Bey ordenó tenerlo todo a punto para emprender la última etapa de su viaje.

Mucha gente lo acompañó hasta las puertas de la ciudad para recibir las monedas que repartía a diestra y siniestra. Aquel hombre había perdido el juicio, no paraba de reflexionar Hasim. Las noticias de su generosidad lo hacían ser casi más conocido que el propio sultán. Todos pronunciaban su nombre y todos querían estar muy cerca de él. El problema es que estos actos, si bien despiertan la admiración del pueblo llano, también despiertan la envidia de los nobles.

Por desgracia la tregua de los cielos apenas duró dos jornadas más y el tercer día de viaje tuvieron que hacer un alto en el camino. Resultaba imposible avanzar. Incluso los animales protestaban y se negaban a dar un paso más. Sin embargo, Alí Bey tenía prisa por llegar a Marrakech y Hasim no se atrevía a contradecirlo. ¡Por Alá que aquel hombre tenía una voluntad de hierro! Enfermo, con fiebre y débil, aún era capaz de seguir caminando. Menos mal que en esta ocasión Abdul se cuadró y consiguió imponer su criterio.

Cada vez que se detenían para pasar la noche, mientras plantaban las tiendas, Shara le dirigía a Hasim tiernas miradas y los ojos cantaban todo aquello que los labios callaban. En ciertos momentos ella le pedía, como haría con cualquier criado, que moviese algún equipaje para situarlo en un lugar diferente de la tienda y aprovechaba para tocar su mano o para acercarse un poco y rozarlo ligeramente. Entonces, Hasim casi temblaba de excitación. En cierta ocasión, justo cuando habían plantado la tienda, sabiendo que su señor acababa todos los días con los pies metidos en una jofaina de agua caliente y con una manta sobre los hombros mientras tosía constantemente, la muchacha se quedó de pie en la puerta en una clara insinuación de que fuera a visitarla cuando todos durmiesen. Ya le habría gustado a Hasim, ya, pero había algo que le preocupaba.

—Es peligroso —le dijo él cuando ya se retiraban todos—. Me parece que hay un criado que sospecha. Debemos actuar con prudencia y esperar a que lleguemos a Marrakech.

—Yo te esperaré cada noche y cada minuto del día —le respondió ella.

Aquella noche Hasim pensó en su señor. Alí Bey, aquel hombre que levantaba pasiones entre el pueblo porque regalaba dinero, no era un hombre fuerte, físicamente hablando. Cuanto más viajaban, más enfermo estaba. Si muriese, como no tenía ningún pariente, él podría quedarse con Shara.

—¡Perdóname, oh Dios! —musitó.

¿Cómo podía siquiera pensar en semejante idea? Se arrepintió de inmediato. Nunca hay que desear la muerte a nadie. Ni al peor de tus enemigos.

Milagrosamente, tras un viaje acompañados por todos los demonios, el día 22 de marzo se plantaron ante las impresionantes murallas de Marrakech. El nombre de la ciudad procedía de Marrakouch, que significa «el país del hijo de Kouch», guerreros negros venidos de Aoudaghost, una gran ciudad de Mauritania rodeada de palmeras. La ciudad había nacido en el siglo XI, cuando Abu-Bekr, al frente de un gran ejército llegó al pie del monte Gueliz y encontró la piedra necesaria por levantar una ciudad. Entonces ordenó construir una mezquita y dejó la ciudad en manos de su primo Yusef ben Tashfin. Marrakech se enriqueció deprisa con la llegada del oro y del marfil que traían las caravanas y se convirtió en el centro del imperio que se extendía desde el río Ebro hasta Tafilatet y desde el Atlántico a Argelia. Su hijo Alí, de madre cristiana, fue uno de los soberanos más importantes de Marruecos y un apasionado de la arquitectura. Mandó venir a un ejército de artesanos de Andalucía para construir un nuevo palacio y una nueva mezquita. Bajo su reinado la ciudad creció hasta el punto de convertirse en un centro de primer orden. Sus sucesores la dotaron de jardines, como el de Agdal, uno de los más hermosos que jamás había visto ojo humano. Poco después, a finales del siglo XII, llegó la decadencia de tan magnífica ciudad a manos de los meriníes, que la desnudaron por entero. Y no fue hasta al siglo XVI cuando Muley Abdallah le devolvió su aspecto de capital y, después, Ahmed el-Mansur, Almanzor el victorioso, mandó traer tres toneladas de oro de Tombuctú para acabar de enriquecerla. A partir de aquel momento, la ciudad se erigió en la capital del reino, pero su historia de desgracias aún no había concluido. Un siglo más tarde perdía el título de capital del reino y lo recuperaba de nuevo bajo el poder de Mohamed III, que restauró los santuarios, las mezquitas, las puertas, las madrazas y las alcazabas.

Hasim pudo contemplar los grandes jardines y la riqueza de aquella ciudad hasta que llegaron a la casa de Sidi Benhamed Duqueli, que ya tenían preparada para recibir a su señor. Una casa grande, situada en medio de la ciudad. Alí Bey descansó durante unos días y curó el resfriado sin salir para nada, excepto en una ocasión, después de que un hombre que venía del consulado español le visitase y le comunicara que el señor Rodríguez Sánchez, vicecónsul español en Mogador que estaba de visita en Marrakech, le traía noticias de su familia en España y le preguntara si le haría el honor de recibirle.

—Decidle que le recibiré encantado. Mañana por la mañana —respondió Alí Bey, y el hombre se fue.

Hasim abrió la puerta para dejar entrar a Antonio Rodríguez Sánchez. Se trataba de un hombre moreno, un poco grueso, bien vestido y con bigote.

—El príncipe Alí Bey te espera —le dijo el intérprete, con una ligera reverencia con la cabeza mientras se llevaba la mano al pecho.

El vicecónsul español en Mogador siguió a Hasim hasta lo alto de la estrecha escalera que conducía a la parte superior y después a través del largo pasillo que desembocaba en una sala llena de cojines al más puro estilo marroquí.

—Mi señor vendrá enseguida —anunció Hasim.

Rodríguez Sánchez escogió unos cojines que había sobre unos bancos. Aquello de sentarse en el suelo no le resultaba demasiado cómodo. Cuando tenía que levantarse, la barriga lo estorbaba demasiado.

—Bienvenido seáis —oyó una voz a su espalda. Se levantó y se dio la vuelta.

Ante sí halló a un hombre delgado vestido con pantalones anchos, una camisa y un turbante. Si no estuviese al corriente de la verdadera identidad del personaje, habría jurado que se trataba de un musulmán. Aquella barba y aquel bigote, la vestimenta, la piel morena, el aire señorial... Todo era perfecto.

—Déjanos solos, Hasim —ordenó Alí Bey.

Rodríguez Sánchez aguardó hasta que el intérprete hubo salido.

—¡Es increíble! —no pudo menos que exclamar.

Alí Bey se sentó.

—¿Qué noticias tenéis de España? —preguntó.

—No las que desearía —respondió el vicecónsul.

A partir de aquí y durante un buen rato, puso a Alí Bey al corriente de la situación en Madrid, de los problemas que encontraba Godoy para convencer al rey y, en consecuencia, de las dificultades para almacenar las armas, disponer de los hombres y tenerlo todo a punto para el envío.

—Si he llegado hasta aquí, no es para detenerme —se quejó Alí Bey.

—Con un poco más de paciencia el rey capitulará —afirmó el vicecónsul—. Mientras, el Príncipe de la Paz me ha enviado diez mil duros para que podáis hacer frente a los gastos y para que podáis pagar a los rebeldes que reclutéis.

—No es dinero lo que necesito ahora, sino armas.

—Godoy es consciente de ello, pero por el momento tiene las manos atadas.

—Esperaré, pero hacedle saber que no podemos dormirnos.

Se despidieron con un fuerte apretón de manos y Hasim acompañó al vicecónsul hasta la puerta. Después, regresó a la sala y encontró a su señor sumamente preocupado.

—¿No son buenas noticias? —preguntó Hasim.

—No muy buenas. La familia no se pone de acuerdo en ciertos asuntos —contestó, y ya no volvió a hablar más de ello.

*** ***

—¿Tan grande es su fortuna? —preguntó Suleimán, después de escuchar el relato de las aventuras de Alí Bey por los *aduares* y cómo lo recibían en todas partes.

—Parece inagotable, señor —respondió el oficial de la escolta que había acompañado a Alí Bey hasta Marrakech—. Abre la bolsa con tanta facilidad que dudo que nunca acabe de cerrarla por completo.

—Y, por lo que sabemos, acaba de recibir una gran cantidad de dinero procedente de España —apuntó Sidi Mohamed—. Lo ha traído personalmente el vicecónsul español en Mogador.

—Quizás no lo hemos tratado como se merecía —reflexionó el sultán—. Lo invitaré a visitarme de nuevo.

El palacio de Suleimán era enorme, situado en el sudeste de la ciudad y rodeado por una muralla. Alí Bey, acompañado de Hasim, cruzó dos de los jardines y pudo contemplar una de las dos mezquitas que había en el interior de la muralla y que pertenecían a los dominios privados del monarca. Más allá se alzaban las numerosas dependencias de los familiares, de las incontables esposas y del ejército de servidores y guardias que tenían a su cargo la seguridad y la comodidad del rey de Marruecos.

Entraron en uno de los edificios y cruzaron siete salas hasta alcanzar la que el sultán destinaba a recibir a los visitantes.

Suleimán le esperaba en compañía de Muley Abd-as-Salam, su hermano ciego, que era mayor que el sultán y que hablaba francés. No perfectamente, pero lo bastante como para entenderse con el curioso visitante. De manera que el papel de Hasim se vio muy reducido.

Durante casi dos horas Suleimán se interesó por conocer la impresión que Marruecos había causado en Alí Bey. El príncipe se despachó a gusto hablando en francés y dirigiéndose al hermano del sultán, que hacía las veces de intérprete.

Cuando la entrevista concluyó, Alí Bey se despidió con grandes reverencias y abandonó el palacio con la frente muy alta.

—Estoy muy contento de haber vuelto a encontrar a mi hermano —dijo.

Hasim asintió sin despegar los labios. Para él resultaba claro que la vida se le podía complicar mucho. Muley Abd-as-Salam hablaba francés y no necesitaba de ningún intérprete. A partir de aquel instante debería andarse con ojo con lo que decía si quería conservar su trabajo. Más aún, tendría que ir con mucho tiento si quería seguir junto a Shara y no perder la cabeza.

*** ***

Rasid tenía un cuerpo enorme e hinchado, hasta el extremo de que las carnes le colgaban por todos lados. Sus andares eran lentos y sus movimientos procuraban imitar la gracia femenina, aunque a la postre resultaban exagerados e incluso patéticos. Su señor, Muley Abd-as-Salam, tenía depositada en él toda su confianza y no había nada en palacio que él no supiese.

—Lo he invitado sólo a él —le había dicho Abd-as-Salam.

Mientras acompañaba al soldado que acababa de anunciar la llegada del príncipe Alí Bey, Rasid observó las dos figuras que se recortaban bajo el arco que daba al patio. El hombre del turbante era, sin duda, el invitado. El otro debía de ser el intérprete. Arqueó las cejas. Si a él le dejasen escoger, no dudaría ni un instante. El intérprete era más alto que el príncipe, y más masculino y más esbelto y más joven y más musculoso y más... ¡Ay! Y pensar que tenía que impedirle el paso...

—Príncipe Alí Bey... —saludó con una especie de simulacro de reverencia. Su cintura no daba para más—. Muley

Abd-as-Salam te espera impaciente.

Se apartó ligeramente para dejarlo pasar y cuando Hasim iba a seguir a su señor lo detuvo poniéndole la mano en el pecho, mientras se acercaba hasta casi rozarlo con su enorme cuerpo.

—Sólo él —murmuró con una mirada llena de insinuaciones.

—Lo esperaré fuera —dijo Hasim y se apartó.

Rasid condujo a Alí Bey por unos jardines, en mitad de los que había una fuente de la que brotaba agua pura como el cristal. El príncipe, durante aquel corto paseo, vio que los movimientos de aquel sujeto eran descaradamente femeninos y que permanecía con la cara baja, levantando los ojos de vez en cuando en una mirada entre provocadora, sumisa y seductora. Alí Bey dedujo en seguida que se trataba de un eunuco. Había oído hablar de aquellos personajes, pero era la primera vez que veía uno. Rasid se detuvo ante una cortina y la descorrió. Detrás apareció una sala grande y ricamente adornada con tapices. Entraron. En cada rincón de la estancia había unos pequeños recipientes con perfumes embriagadores y los cojines, mullidos como el algodón, cubrían el suelo. Abd-as-Salam lo esperaba tendido en los cojines.

—¿Puedo ofrecer a mi amigo una taza de té? —preguntó.

—Será un honor recibir tan delicado detalle de un príncipe como tú —respondió Alí Bey.

—¡Rasid! —ordenó Abd-as-Salam.

El eunuco le dedicó a Alí Bey un nuevo simulacro de reverencia que todavía hizo que su enorme barriga colgase más y dio dos palmadas. Una puerta situada a su derecha se abrió y aparecieron cinco mujeres jóvenes que traían bandejas. Todas llevaban un velo muy tenue que les cubría desde la nariz hasta más abajo de la barbilla, que permitía entrever la pureza de las formas de aquellos rostros y obligaba a imaginar unos labios en consonancia con los ojos llenos de embrujo que quedaban al descubierto. Las había escogido para la ocasión siguiendo las instrucciones de su señor.

La primera muchacha se arrodilló y depositó la bandeja sobre la mesita. Rasid captó que Alí Bey observaba los anillos que aquellas manos de dedos largos llevaban y que servían para atar los velos de gasa que partían de su cuello y flotaban en el aire con cada movimiento. La muchacha se levantó, bajó la mirada con timidez y se retiró unos pasos.

Las demás muchachas se distribuyeron: dos a cada lado de los dos hombres. Se arrodillaron y con voluptuosos movimientos depositaron las tazas, el té, la leche y la miel. También lucían velos que les llegaban a los anillos de los dedos y también partían del cuello, sólo que, en su caso, no había más ropa y se adivinaban unos pechos que también se movían con absoluta libertad bajo un par de capas de gasa que obligaba a mirarlos y excitaba la imaginación.

Rasid sonrió. Alí Bey se sentía profundamente turbado. El eunuco tosió dos veces. Ésta era la señal convenida con su señor.

—¿Has leído *El jardín perfumado* de Nefzawi? —preguntó Abd-as-Salam.

—No conozco ni la obra ni el autor —respondió Alí Bey.

—¡Oh! —exclamó Abd-as-Salam decepcionado—. Debí suponerlo porque, según tengo entendido, viajas con una sola mujer.

—Con una que te sirva bien, ya es suficiente.

—Quien tiene suficiente, no desea nada más ni mira nada más.

—Yo no... —intentó protestar Alí Bey.

—El sultán siente una gran estima por ti y yo he de tratarte como a un hermano —lo cortó Abd-as-Salam—. Te ruego que te sientas como en tu propia casa y que no veas en mis palabras ningún reproche. Ellas son esclavas y no mis esposas.

Puedes mirarlas cuanto quieras sin temor alguno e incluso extasiarte con sus pechos.

Rasid sonrió divertido. Alí Bey parecía un niño a quien han pillado en una travesura. ¿Cómo reaccionaría ahora?

—Agradezco infinitamente tus muestras de afecto —respondió el príncipe—. Me siento un poco cohibido, a pesar de que sólo sean tus esclavas.

—¿Por qué? —fingió Abd-as-Salam extrañeza—. Has de saber que Nefzawi fue un jeque profundamente religioso y muy devoto. Dedicó buena parte de su vida a alabar a Alá y a su Profeta y escribió un libro muy interesante. En él dice que el sexo es un regalo de Dios y que nosotros tenemos el derecho y el deber de disfrutar de él —explicó mientras su mano se adelantaba y acariciaba el pecho de una de las muchachas, que entornó los ojos y empezó a respirar agitadamente.

Aquello, para un hombre, no era fácil de soportar, pensó Rasid y vio que Alí Bey tragaba saliva y respiraba hondo.

—Si quieres, puedes tomar la que prefieras, ahora mismo, aquí —sonrió Abd-as-Salam—. Eres mi hermano y, además, yo no miraré —soltó una risotada.

Era evidente que Alí Bey nunca se había encontrado en parecida situación. Los ojos se le iban hacia la muchacha que tenía a su derecha.

—Quizás te molesta que Rasid esté aquí, con nosotros. Yo siempre lo tengo cerca por si sucede algo —dijo Abd-as-Salam, mientras agarraba el brazo de la muchacha que tenía más cerca. Alargó la mano y empezó a acariciarle la mejilla, después el cuello, la espalda... Entonces ordenó—: Rasid, déjanos solos.

El eunuco se puso tenso. Nunca, en todos aquellos años, su señor lo había echado y siempre había gozado de todos los espectáculos.

—No veo por qué no puede quedarse —dijo Alí Bey.

—Rasid, la bondad del príncipe Alí Bey permite que te

quedes —sonrió Abd-as-Salam.

El eunuco también sonrió. Aquel hombre, sólo por haber tenido semejante gesto con él, contaría con un amigo para toda la vida. Le dedicó una reverencia mucho más profunda que todas las precedentes y se retiró unos pasos para acomodarse en un cojín. No quería perderse ni un detalle.

A una señal del anfitrión, las dos esclavas que Alí Bey tenía junto a él empezaron a moverse. Rasid sonrió y abrió bien los ojos. Aquellas muchachas sabían muy bien lo que tenían que hacer.

*** ***

—Llevaba los cojones tan llenos que por un momento pensé que ahogaría a la primera esclava que le ofrecí —dijo Abd-as-Salam.

Suleimán puso cara de disgusto.

—Emplea otras palabras cuando estés conmigo —lo riñó.

—No sabría cómo expresarlo mejor —sonrió Abd-as-Salam —. Lo que puedo asegurar es que ahora se le han vaciado. Las quería probar todas, pero no pudo pasar de la tercera. En Siria no deben de conocer los secretos de cómo gozar de muchas mujeres sin que te expriman hasta la última gota. El pobre, cada vez que entraba en de una de ellas salía mojado.

Era su hermano y eso lo salvaba, juntamente con la desgracia de no ver y que el sultán hubiese prometido a su padre que velaría por él, y una promesa de un musulmán a su padre es sagrada. En caso contrario, ya llevaría años pudriéndose en una mazmorra, o quizás incluso muerto, porque era un ser que sólo vivía para el placer. Abd-as-Salam conocía la promesa que su hermano le había hecho a su padre y sabía muy bien que, a pesar de que no procedían de la misma madre, la cumpliría. Por eso se aprovechaba.

—Ahora ya sabes que no es... —añadió Abd-as-Salam, y dejó la frase en el aire.

—De hecho no era preciso que comprobaras nada. Ha llegado a Marrakech con una esclava que compró en Fez —respondió Suleimán.

Abd-as-Salam rió divertido.

—Tal como lo he visto, puedo jurar que con una no tiene suficiente. Además, se nota enseguida que ha vivido casi toda su vida en Europa —dijo Abd-as-Salam—. Rasid dice que las posee sin más ni más. No es capaz de retenerse ni dedica bastante tiempo a satisfacer a su compañera ni tiene en cuenta los desequilibrios de la naturaleza que hacen que ellas tarden tres veces más que nosotros en alcanzar el clímax. Desconoce que Nefzawi compara la mujer con una fruta y que dice que no nos libra toda su dulzura hasta que no la hemos frotado con las manos. Alí Bey las agarra y las exprime en lugar de acariciarlas. Así que podemos decir que sólo disfruta de una ínfima parte del placer que podría conseguir.

—Los europeos y los infieles pueden corromper a cualquiera —dijo el sultán, y se quedó pensativo—. Procura que recupere las buenas costumbres y que saque algo de provecho.

—Así lo haré —respondió Abd-as-Salam.

Lo que Abd-as-Salam había silenciado era el generoso regalo que Alí Bey le había enviado. Era evidente que el príncipe sirio había quedado muy contento y que regresaría. Sólo que ahora, siguiendo el deseo del sultán, habría que explicarle algunas cosas y hacer que probase otras.

Al día siguiente Hasim vio que su señor se dirigía hacia la puerta y se dio prisa en seguirle.

—No es necesario que me acompañes —dijo Alí Bey.

—No puedes salir solo —protestó Hasim.

—Conozco el camino y Abd-as-Salam habla francés.

—Sí, pero no es bueno que un príncipe ande solo por la calle. ¿Qué pensará la gente? —replicó Hasim.

—¿Qué ha de pensar la gente?

—Si no te acompaña ningún sirviente, la gente pensará que no eres nadie.

El príncipe se detuvo. Hasim había tocado un punto muy sensible y Alí Bey aceptó que lo acompañase.

Una vez en el palacio del hermano del sultán, Rasid detuvo de nuevo al intérprete.

—¿Noble príncipe, podría solicitar que dejen que me siente a la sombra mientras os espero? —preguntó Hasim—. El otro día resultó muy duro quedarme en mitad del patio.

Alí Bey se volvió hacia Rasid e hizo un gesto para señalarle que escuchara a su acompañante. El eunuco escuchó y asintió con la cabeza, mientras indicaba que lo siguiesen. Llegados a un jardín, señaló un banco de piedra.

—Siéntate aquí y espera a tu señor —dijo Rasid.

Hasim se sentó. El banco se hallaba a la sombra y junto a una fuente. El agua manaba de la parte superior y salpicaba contra una piedra, que la hacía estallar en infinitas gotas que la ligera brisa esparcía. Era un rincón muy fresco. Cerró los ojos y respiró hondo. Casi era el paraíso.

Mucho rato después el ruido de unas tazas que caían al suelo llamó su atención. Provenía del fondo de un patio donde había unos portales protegidos por cortinas. Miró a uno y otro lado. En aquel jardín sólo estaba él. Se levantó y anduvo unos pasos hasta alcanzar la portalada que daba paso al patio. Unos gritos femeninos, entre ahogados y divertidos, lo detuvieron. Quizás se estaba dirigiendo hacia las dependencias de las mujeres. Por un instante pensó que lo mejor sería regresar al banco, pero todos habían oído hablar de la riqueza del harén del hermano del sultán y él no era ninguna excepción. De manera que la curiosidad pudo más que el temor a ser descubierto.

Avanzó lentamente, asegurándose de que efectivamente no había nadie más y llegó hasta una cortina que separó ligeramente.

¡Ah! Estuvo a punto de gritar. Allí dentro, de pie, estaba su señor. ¡Llevaba los ojos vendados y andaba sin pantalones! A su alrededor danzaban cinco mujeres sólo cubiertas por un velo que les colgaba del cuello hasta los pies, pero que no escondía nada. Él reía, alargaba las manos e intentaba atrapar a alguna. Un poco más allá, Abd-as-Salam también reía echado sobre unos cojines, mientras dos mujeres, también desnudas, lo frotaban de arriba abajo con unos paños humedecidos con agua de rosas. El hermano del sultán tenía un vaso en una mano y con la otra fumaba la pipa que tenía junto a él.

¡Eso no es té!, pensó Hasim con una sonrisa de complicidad al ver el color rojo del líquido que resbalaba por el cuello del hermano del sultán. Y lo que fuma no es tabaco, se dijo pensativamente. Él había probado el hachís y aquel olor le era familiar. ¡Claro que su señor se reía! Recordaba el día en que fumó hachís. Se sintió contento y feliz. También reía y reía. Después gozó de unos sueños divinos. Pero al día siguiente padeció un dolor de cabeza horrible. Había mezclado hierba con vino y había cargado demasiado la mano.

De pronto oyó un ruido que procedía de un extremo del patio, soltó la cortina y echó a correr hacia el banco lo más rápido que pudo.

Al llegar se sentó y respiró aliviado. No había sido nada. Se calmó.

Para haber hecho la promesa de mantenerse puro hasta entrar en La Meca, su señor se lo pasaba en grande, pensó. Y si obtenía tanta satisfacción, quizás no pondría demasiados reparos en desprenderse de Shara.

8 - EL FANTASMA DEL DESIERTO

La suave brisa de media mañana entraba por el ventanal y agitaba las cortinas. Sidi Mohamed y Abdelmelek permanecían echados sobre cojines y escuchaban las palabras del médico.

—Tiene el hígado muy cargado y el estómago revuelto a causa del exceso de vino, pero lo que más me preocupa son esas fiebres que de vez en cuando padece. Son extremadamente altas y se empeña en curarse él mismo. Tiene costumbres muy extrañas. No permite que nadie lo ayude a desnudarse y cuando está enfermo no quiere quitarse la camisa bajo ningún concepto. Yo diría que si sigue así, no tendrá fuerzas para peregrinar a la Meca —explicaba Sayyidi—. Además, mucho me temo que le gusta con locura el hachís y que cuando fuma no tiene medida ni control.

—Quizás no haya sido una buena idea encargarle a Abd-as-Salam que eduque a Alí Bey en el delicado arte del amor —intervino Abdelmelek, meneando la cabeza—. Una cosa es gozar del placer del cuerpo y otra, muy distinta, convertir el placer en obsesión.

—Me parece que cuando conozca esta noticia Muley Suleimán no se mostrará muy satisfecho —dijo Sidi Mohamed con una sonrisa maliciosa—. Yo creía que Alí Bey era un hombre débil en el aspecto físico, pero inteligente y con un carácter fuerte.

—Yo aún lo creo —replicó Sayyidi—. Dicen que trabaja duro y que toma notas de todo y dibuja y estudia. He podido echar una ojeada a alguno de esos dibujos y son verdaderamente buenos. Incluso empieza a hacerse comprender en nuestra lengua. Mal, pero pone mucha voluntad y dedica mucho tiempo.

—Cuando no visita a Abd-as-Salam y a sus esclavas o no está enfermo —se burló Sidi Mohamed.

—¿Quién puede escapar a las sutilezas del hermano del sultán? —preguntó Abdelmelek—. Quizás Alí Bey necesita apartarse un tiempo para serenarse.

—Quizás sí —asintió Sidi Mohamed—. ¿Qué crees tú? —preguntó a Sayyidi.

—Es un hombre muy curioso —sonrió el médico—. Como ya te dije, no es fuerte, físicamente hablando, pero puedo asegurarte que posee un carácter de mil demonios cuando se enfada. No hay quien lo doblegue ni quien lo haga entrar en razón y no puedes prohibirle que visite a nadie.

—Sí —afirmó Sidi Mohamed—. Reacciona muy mal cuando algo no le hace demasiada gracia. Eso puede acarrearle algunos enemigos. Gente que no comprenda que se trata de un extranjero que no conoce nuestras costumbres —se apresuró a corregir.

En su memoria aún seguía vivo y presente el asunto de los relojes. Desde entonces Alí Bey no era santo de su devoción. El sultán lo había obligado a presentarle sus excusas y aquel príncipe sirio se había comportado con soberbia y, como quien dice, le había perdonado la vida. No obstante, no podía perder de vista que Muley Abdelmelek le tenía cierta simpatía.

—Sin embargo, su amabilidad hace que se le quiera. Más todavía teniendo en cuenta que posee una conversación fluida y unos buenos conocimientos —replicó Sayyidi—. Quizás pretende aparentar que es autoritario, pero en el fondo es amable con el servicio. Hasim, sin ir más lejos, le sirve con devoción. Yo diría que con él hay que actuar con sutileza. Si el sultán tuviese un gesto... lo bastante elocuente... —sugirió.

Aquel mismo día Sidi Mohamed fue a ver a Suleimán y lo puso en antecedentes.

—¿Y yo qué puedo hacer? —preguntó el monarca.

Sidi Mohamed había meditado sobre el tema. Sayyidi también sentía simpatía por Alí Bey, pero él no, y había jurado que, tarde o temprano, se vengaría de la ofensa. Sin embargo, tenía que darle la razón al médico y actuar con sutileza.

—Ofrécele la casa de Semelalia para que pueda recuperarse. De esta manera lo alejarás de Abd-as-Salam —sugirió.

El sultán envió un documento a Alí Bey en el que le «hacía gracia» de una casa llamada Semelalia, situada en las afueras de Marrakech, y le rogaba que la aceptase para poder recuperar la salud.

—Es un honor impensable —exclamó Hasim cuando tradujo el documento.

Ya hacía tiempo que el intérprete se mostraba muy preocupado. Su señor abandonaba a menudo el palacio del hermano del sultán en un estado deplorable, hasta el extremo que había decidido alquilar una litera para llevarlo a casa. Había intentado razonar con él y hacerle ver que aquél no era un buen camino, pero Alí Bey le había respondido que él no era nadie para decir cómo debe comportarse un príncipe.

—Disponlo todo para marchar. La acepto como un regalo de un hermano y la conservaré por siempre jamás —dijo Alí Bey.

—¿Ordeno a Shara que prepare sus cosas? —preguntó Hasim.

—No. Ella se queda aquí.

El intérprete hizo una ligera reverencia con la cabeza y salió. Tal como le había explicado la propia Shara, su señor ni la miraba y ahora no se la llevaría a Semelalia. O él estaba muy equivocado o Alí Bey no sentía el menor interés por la esclava. Quizás había llegado el momento de plantearle la cuestión. Se armaría de valor y lo haría en Semelalia, cuando estuvieran solos. No era bueno ni correcto ni prudente seguir engañándolo y aprovechar sus enfermedades y sus recaídas, o cuando regresaba de casa de Abd-as-Salam completamente ebrio, para disfrutar de las mieles de la esclava. Su padre siempre le había dicho que un guía de caravanas, por más que conozca el camino y por más que cada viaje sea un éxito, nunca ha de confiarse, porque la confianza es traidora y el desastre llega el día menos pensado.

*** ***

Una mañana el sultán se levantó con náuseas y vómitos. Le dolía la cabeza y tenía fiebre. Llamaron a los médicos, que llegaron enseguida. Lo visitaron y ordenaron que lo condujeran a la cama de inmediato. Entonces prepararon pócimas con hierbas e intentaron calmarle los vómitos, pero el paciente no respondía.

Los días siguientes resultaron muy complicados. Los médicos no se ponían de acuerdo y la noticia de la grave dolencia del sultán traspasó las murallas de la ciudad y se extendió por todo Marrakech. Una semana después, durante una recepción, el sultán cayó desvanecido y tuvieron que llevárselo. Inmediatamente surgió el rumor: Suleimán tenía un pie en la tumba. Pocos días más tarde los comentarios habían llegado al extremo norte del país. Tan grande fue el jaleo que en algunos lugares ya se hablaba abiertamente del difunto Suleimán.

Sidi Mohamed y Abdelmelek, tomaron la decisión de llamar a Sayyidi, que nada más ver al enfermo sugirió que se consultase con un par de médicos británicos que trabajaban en el consulado. Finalmente, entre todos consiguieron que la enfermedad remitiese. El sultán había perdido mucho peso y su debilidad era extrema.

—Preparadlo todo por partir —ordenó Suleimán al general de la guardia en cuanto se sintió un poco mejor.

—¿Adónde hemos de ir? —preguntó Abdelmelek.

—Hay que acallar todos los rumores que ya han viajado hasta Tánger y que van camino de Tlencem —respondió Suleimán.

—Señor, aún estás muy débil y los médicos desaconsejamos un desplazamiento tan largo —intervino Sayyidi en nombre de sus colegas—. Más aún que pretendas llegar hasta Tánger y después regreses a Marrakech.

—De la misma manera que el rumor de tu enfermedad ha llegado a Tánger, la noticia de tu restablecimiento hará lo mismo —dijo Abdelmelek.

—No —negó el sultán con energía—. Los problemas que tenemos con las tribus de la frontera con Argelia pueden estallar en una revuelta. Debo atajar de inmediato cualquier peligro y la gente sólo cree en lo que ve.

—Tu cuerpo no resistirá ni dos jornadas a caballo —insistió Sayyidi.

—Me recuperaré durante el viaje —replicó Suleimán—. Que tomen dos mulas y que carguen una litera.

—Aun así, señor, el desplazamiento será duro y penoso. No podrás recuperarte y la enfermedad se alargará —replicó otro médico.

—Lo único que tendréis que hacer es mantenerme vivo. Ya

me restableceré cuando regrese.

Nadie pudo lograr que mudase de parecer y se iniciaron los preparativos.

Como tenía previsto estar fuera de Marrakech durante un mes, antes de partir hacia Mequinez Suleimán despachó con Sidi Mohamed y le confió sus últimas instrucciones.

—¿Qué hago con el príncipe Alí Bey? —preguntó el primer ministro hacia el final de la conversación—. Por el momento está en Semelalia y se recupera, pero cuando tú no estés seguramente regresará y visitará de nuevo a tu hermano. Y yo no podré controlarlo. Tengo que ir a Larache. Ya hace demasiado tiempo que estoy fuera y un gobernador debe estar en su puesto.

—¡Ah! —exclamó Suleimán—. Alí Bey —dijo meneando la cabeza a uno y otro lado—. Sería peligroso dejarlo en manos de Abd-as-Salam. ¿No crees?

—Tu hermano, si me permites decirlo, lo está exprimiendo como un limón y lo dejará más seco que un higo de tres meses —respondió Sidi Mohamed—. Dicen que saca buenos beneficios, porque cada vez que Alí Bey lo visita llega con un presente en las manos. Además, creo que la presencia de Alí Bey lo espolea a seguir con sus orgías. De hecho, parece que se han unido dos almas gemelas y la gente empieza a hacer comentarios.

Suleimán se quedó pensativo. En tan delicadas circunstancias no podía permitirse el lujo de un escándalo.

—Según tengo entendido tenía intención de viajar hacia el sur —meditó el sultán.

—Ha insistido en diversas ocasiones —afirmó Sidi Mohamed.

—Ordenaré preparar para él un viaje de placer. Que dure un mes, aproximadamente. Eso lo mantendrá alejado de mi hermano mientras yo sigo fuera.

Al día siguiente Alí Bey recibió una carta del sultán. Suleimán le había organizado un viaje de placer a Mogador, ciudad bautizada por los árabes con el nombre de Esauira, que significa lugar fortificado.

Hasim tradujo la carta y, a medida que lo hacía, Alí Bey no cesaba de repetir que aquello representaba un inmenso honor y que, con este detalle, el sultán no hacía más que manifestarle una y mil veces que lo consideraba como a un hermano.

—Quiero que regresemos a Marrakech y que lo dispongas todo para partir —dijo Alí Bey.

—¿Esta vez Shara nos acompañará?

—No —dijo Alí Bey—. Se quedará aquí.

—No soy más que un sirviente y nunca me atrevería a entrometerme en tus asuntos —dijo Hasim—. Sin embargo, hay algo que no entiendo. Aquellas mujeres trajeron a Shara y al día siguiente tú pagaste treinta ducados de oro. No obstante, desde de aquel día no... —dudó. No se atrevía a seguir hablando.

—No he vuelto a tocarla, a pesar de que pagué una fortuna por ella —acabó la frase Alí Bey—. ¿Es eso lo que querías decir?

Hasim afirmó con la cabeza, sin levantar la vista del suelo.

—¿Y...? —preguntó Alí Bey.

—¿Si no te gusta, por qué no la vendes? Es joven, hermosa y fuerte. Cualquier hombre daría cuanto posee por una mujer como ella.

—Dice el Profeta: una esclava creyente vale más que una mujer libre idólatra, aunque ésta os agrade más —respondió el príncipe—. Shara es creyente y yo, después de haber sido el primero en dormir con ella y romperle el velo, no puedo considerarla sólo una esclava. He de tenerla por concubina.

—Pero hace meses que no la tocas —se atrevió a decir Hasim.

Alí Bey lo miró. Hasim bajó los ojos. Quizás no debería haber dicho aquello.

—Es cierto. Sólo la he tocado una vez —aceptó el príncipe.

—Entonces, puedes repudiarla.

—Dice el profeta: «Dios no os castigará por un error en vuestros corazones, sino por las obras de vuestros corazones».

—El Profeta también dice: «los que se abstienen de sus mujeres dispondrán de un tiempo de cuatro meses para reflexionar». Y añade: «si el divorcio es definitivo, Dios sabe y entiende todo».

—¿Y dónde iría la pobre si la repudio? —dijo Alí Bey—. Ya no es virgen.

—El Profeta dice: «una mujer repudiada dejará pasar el tiempo de tres menstruaciones y entonces podrá volver a casarse» —recitó Hasim—. Quizás algún hombre la acogerá con amor y le hará un hijo.

Alí Bey seguía mirando a Hasim, que no se atrevía a levantar la mirada.

—Antes me has dicho que cualquier hombre daría por ella todo cuanto posee. ¿Lo harías tú? —preguntó.

—¡Sí! —exclamó Hasim, levantando la frente.

—¿Tienes treinta ducados de oro? —se extrañó Alí Bey.

—No, señor —bajó de nuevo la mirada.

—Sin embargo, lo darías todo por ella.

—¡Sí! —repitió Hasim.

—Entonces, darías más de lo que yo pagué —sonrió Alí Bey.

—Tú pagaste treinta ducados de oro —dijo Hasim, sin entender a su señor.

—Yo no lo di todo, sino que me desprendí de una pequeña parte de cuanto poseo. De manera que a los ojos de Dios tú pagarías mucho más que yo —seguía sonriendo Alí Bey—. Además, pagué treinta ducados de oro por una virginidad, no por una mujer, y ya he obtenido lo que deseaba. Tú, en cambio, deseas todo lo que yo he dejado de lado. Si Dios fue tan bondadoso que concedió a aquellas dos mujeres el precio que pedían y a mí me concedió una virginidad, justo sería que a ti también te concediera lo que le pides. Porque... ¿es eso lo que quieres?

—No deseo otra cosa. Y juro por Alá que te serviré como el más fiel de los criados hasta que me resulte imposible seguir haciéndolo.

—Así lo espero. Si me sirves fielmente y haces todo lo que yo te ordene, Shara será tuya cuando regresemos de Mogador.

Hasim se echó a los pies de Alí Bey y besó sus zapatos. Tenía ante sí al más grande de los príncipes de este mundo y así lo repitió una y otra vez.

*** ***

A finales de junio de 1804 en Madrid se recibieron noticias de Mogador. El vicecónsul Rodríguez Sánchez comunicaba que el viajero ya había hecho más de lo que cualquier hombre habría sido capaz de imaginar. Según escribía en su carta, Alí Bey había conseguido engañar a todos hasta el punto de que gozaba de la absoluta confianza de Abd-as-Salam, el hermano de Suleimán, y hablaba del propio sultán y de la gran amistad que los unía con unas palabras que daban pie a imaginar que eran poco menos que hermanos. Era prueba más que evidente el hecho de que Suleimán le había regalado una casa en Semelalia, cerca de Marrakech, que el viajero describía con todo detalle, sobre todo los inmensos jardines y la gran profusión de árboles frutales que poblaban sus huertos.

A todo ello había que añadir que el sultán había caído gravemente enfermo, circunstancia que había hecho correr el rumor de que tenía un pie en la tumba y que lo había obligado a efectuar un viaje hasta el norte del país para desmentirlo, momento que Alí Bey aprovechó para obtener el permiso del sultán para visitar Mogador, donde se había entrevistado con el vicecónsul.

Durante la entrevista, el viajero había explicado que Abd-as-Salam, el hermano ciego de Suleimán, estaba dispuesto a apoyarle en caso de que decidiera tomar el poder. La amistad que los unía era más estrecha que la de dos hermanos de sangre. Evidentemente, para conseguir que lo respaldase, el viajero había tenido que acceder a ciertas peticiones y hacerle creer que él también gozaba con buena parte de los vicios de aquel depravado. Sin embargo, el sacrificio había valido la pena.

Alí Bey, explicaba el vicecónsul español, había permanecido unas semanas en Mogador, desde donde, según le había manifestado el propio viajero, había podido realizar varias excursiones que había aprovechado para encontrarse con diversos grupos de rebeldes que habitaban en las montañas del Atlas. El grupo principal, según le había informado Alí Bey poco antes de regresar a Marrakech, actuaba bajo el mando de un tal Sidi Hescham, que podría ser un candidato a sultán. Sin embargo, añadía que la situación resultaba tan compleja y que había tantos candidatos al trono que el mismo Alí Bey podría tener aspiraciones. Y tenía que ser cierto porque el viajero le había dicho textualmente: «Sólo con presentarme con tres mil hombres me entregarían el cetro, y en estos momentos ya dispongo de más de diez mil». No había que perder de vista la posibilidad de que el viajero accediese al trono de Marruecos y después abdicase en favor de Su Majestad Carlos IV.

—¡Dios mío! —exclamó Godoy—. ¿Es posible?

—Yo no me atrevería a ponerlo en duda —respondió el coronel Ventura—. El coronel Amorós también ha recibido noticias de nuestro cónsul en Marrakech que explica que el viajero está alcanzando un notable prestigio entre la población. Incluso comenta que se han hecho desfiles y espectáculos en su honor y que recibe presentes por parte de la población.

—He de convencer al rey —casi gritó Godoy.

Y rápido, pensó Ventura, mientras seguía relatando los hechos que recogía el informe. El plan tomaba forma y el reparto del reino estaba muy avanzado.

—Por lo que dice, si pensamos en Sidi Hescham como rey de Marruecos, una vez acceda al trono con nuestra ayuda, cederá a Alí Bey toda la región de Fez, con Tetuán, Tánger, Larache y Sales y con todos los cultivos que se encuentran en dicha región, la más fértil de todas.

—¡Y Su Majestad sigue sordo y ciego! —esta vez sí que gritó el Príncipe de la Paz.

—Podemos nombrarlo brigadier, aunque sea en secreto. De esta manera todas las conquistas que haga serán en nombre de España —sugirió Ventura.

—¿Está él al corriente de la situación en España?

—Sí, excelencia —respondió Ventura—. Rodríguez Sánchez lo mantiene informado, le ruega que tenga paciencia y ya le ha hecho el segundo pago de diez mil duros. Aún así el viajero nos hace saber que no es dinero lo que necesita, sino armas y oficiales y que sigue adelante y que, si es preciso, él tomará el mando de la operación. Pregunta insistentemente cómo tenemos el asunto de las armas y de los hombres, porque algo tendrá que explicarle a Sidi Hescham.

—Respondedle que hoy mismo se cursarán las órdenes oportunas al marqués de Solana —dijo Godoy.

—¿Solana? —se extrañó Ventura.

—Es el gobernador general de Andalucía, es muy eficiente y ahora estamos en muy buenas relaciones —sonrió Godoy—. De manera que he decidido que se haga cargo del asunto.

Ventura no respondió. No pensaba en si Solana era o dejaba de ser eficiente, sino que recordaba su enfrentamiento con Godoy, que acabó en una ofensa en la que hubo de intervenir el rey para apaciguar los ánimos. Ventura, que conocía muy bien a Solana, no lo veía tan claro. ¿De veras el marqués sentía devoción por Godoy o simplemente esperaba el momento oportuno para vengarse?

*** ***

Salima le había dicho que si actuaba con astucia viviría como una reina. Alí Bey nada más regresar de su viaje a Mogador la había llamado para comunicarle que había decidido repudiarla. Al oír aquellas palabras, Shara fue consciente de que el abandono a que su señor la sometía no había sido más que el preludio de aquella decisión y que el sueño pronosticado por Salima nunca se haría realidad. ¿Qué había sucedido?, se preguntaba. ¿En qué había fallado? La noche que durmió con Alí Bey hizo cuanto le pidió. ¿Quizás el príncipe había notado algo? ¿Tal vez se había dado cuenta de que ya había conocido hombre? No podía ser, porque le costó lo suyo romper el zurcido que le había hecho Salima. Hasta se enfadó y, si no hubiera sido porque hablaba una lengua extraña, hubiera jurado que renegaba. Ella estuvo tentada de echarle una mano, y nunca mejor dicho, agarrándole el miembro e introduciéndoselo o cogiéndolo por las nalgas y empujándolo con fuerza para clavárselo. Sin embargo, se quedó quieta. Salima le había advertido que, sobre todo, no tomase ninguna iniciativa. El hombre tiene que sentirse conquistador del castillo y él solito tiene que echar abajo las puertas. Cualquier intento por mermar su protagonismo constituiría un desastre. Además, al día siguiente pagó el precio pactado con Salima. Y lo hizo sin rechistar.

Era extraño. En la habitación sólo estaban ellos dos. Hasim no había venido. ¿Quizás Alí Bey había descubierto que ella abría la puerta de su alcoba y dejaba entrar al intérprete?

—Tal vez te he ofendido o no he sido capaz de servirte ni de proporcionarte el placer que mereces —dijo temblorosa y con la mirada baja.

—Ocuparás las mismas habitaciones y todos te tratarán como hasta ahora —respondió Alí Bey en un árabe precario pero comprensible—. Esperarás tres menstruaciones. A la tercera tomarás tus cosas y te irás.

—¿Adónde iré, señor? —preguntó ella.

—Hasim te tomará por esposa —prosiguió Alí Bey con su pequeño discurso, que bastante le costaba.

—Como tú ordenes, señor —inclinó Shara la cabeza.

—Puedes retirarte —ordenó Alí Bey.

La muchacha le dedicó una reverencia y se dirigió a la puerta.

Una vez salió al pasillo, sonrió feliz. Hasim la había reclamado, tal como le prometió que haría, y su señor había aceptado. Ahora ya no viviría como una reina, pero se convertiría en una mujer que se siente amada y que ama de veras. Su madre siempre decía que aquello era mucho mejor. Sí. Sonrió feliz porque no había ofensa. Su señor había respetado la ley de Dios y había seguido a pies juntillas todo cuanto rezaba en el versículo 231 del Segundo Sura. «Cuando repudiéis a una mujer y llegue el momento de despedirla, guardadla tratándola con honradez o bien despedidla con generosidad». Alí Bey le permitía que siguiese ocupando sus habitaciones hasta que llegase la hora de irse con Hasim, que seguramente ya habría empezado a buscar una casa en Marrakech. Eso también lo habían hablado. Él continuaría al servicio del príncipe, pero ya no dormiría en aquella casa.

Desde el patio, Hasim distinguió la figura de Shara que se recortaba tras la celosía. Juraría que le sonreía. Eso significaba que Alí Bey ya había hablado con ella. Durante tres meses no la tocaría, aunque se le presentase la oportunidad servida en bandeja de plata. El príncipe había sido honesto y él tenía que pagarle con idéntica moneda. Alá había sido infinitamente generoso y él le correspondería.

¡Qué lejos quedaban los tiempos de Tánger, cuando tenía que robar y engañar para poder vivir!

Aunque ya llevaba muchos meses al servicio del príncipe, no dejaba de sorprenderse continuamente. Era un hombre muy generoso en todos los aspectos, como ya había demostrado, pero había un detalle que no acababa de entender.

El último viaje había resultado muy interesante. Mogador era una base naval diseñada por Théodore Cornut, un ingeniero francés prisionero del monarca Sidi Mohamed ben Abdallah, durante el año 1764, que con esta decisión quiso castigar a la gente de Agadir, más al norte, que pretendía monopolizar el comercio con Europa y que se había atrevido a enfrentarse con el poder del sultán. El ingeniero francés estableció un plano rectilíneo de la ciudad, con calles anchas y bien construidas que hacían de la ciudad un lugar digno de ser visitado. Quizás la única ciudad marroquí como Dios manda, limpia y bien acabada que todavía ninguna guerra había conseguido destruir.

Un día se encontraban cerca de Diabet. Nada más cruzar el río distinguieron a un bereber que mataba un gran pez de un disparo de fusil, en lugar de pescarlo. Alí Bey se sorprendió y preguntó por el nombre del bereber.

—Su nombre es Deib, noble príncipe —le comunicó Hasim.

—Cómprale el pez al precio que te diga y que él mismo me lo traiga a casa —ordenó Alí Bey.

Aquel mismo día, cuando regresaban a Mogador, se encontraron con un grupo de jinetes que apostaban sobre quién sería capaz de acertar con un disparo de escopeta una naranja clavada en un palo mientras cabalgaban veloces. Alí Bey alabó la destreza de los jinetes y, una vez concluido el espectáculo, solicitó que lo repitiesen, pero aquellos hombres estaban cansados y se negaron. Entonces, el príncipe abrió la bolsa y empezó a repartir monedas con tanta magnificencia que aquellos hombres no sólo repitieron el juego, sino que acabaron desfilando en su honor.

Alí Bey se fue entusiasmado y al llegar la noche llamó al intérprete.

—Cuando regresemos a Marrakech y relates estos hechos, no digas nunca que he pagado para obtenerlos.

—Entonces, mentiré —se quejó Hasim.

—No si te limitas a decir que he preguntado el nombre de Deib y que él me ha traído personalmente el pez a casa. Y en cuanto a los jinetes de las naranjas, di que les he rogado que lo repitiesen y ellos han acabado desfilando en mi honor. No habrás mentido, sino que simplemente habrás explicado una parte de la historia, pero todo lo que habrás dicho será verdad —replicó Alí Bey.

Aquel príncipe sirio tenía unas manías muy peculiares, sonrió Hasim. Pero, como era tan generoso y a él no le costaba ningún esfuerzo, explicó a todo el mundo lo que había sucedido en Mogador omitiendo el detalle de los pagos. Lo hizo con tanto entusiasmo que enseguida empezaron a circular rumores sobre la ascendencia que había alcanzado su señor y el prestigio del príncipe llegó a oídos de Sidi Mohamed, que había regresado de Larache.

«No es precisamente eso lo que yo pretendía», exclamó el primer ministro y se quedó pensativo. Alí Bey había dejado de ser un incordio y se había convertido en un peligro.

9 - DOS MUJERES

Durante meses Godoy había preparado minuciosamente cada detalle y cada movimiento. Había estudiado y analizado todas las noticias que le llegaban de Marruecos y cada noche soñaba con aquella expedición y con el éxito que, indudablemente, coronaría tanto trabajo y tanto esfuerzo y que lo convertiría en uno de los hombres más prestigiosos de Europa, ahora que en Inglaterra William Pitt había recuperado el cargo de primer ministro y había iniciado conversaciones para establecer una nueva coalición contra Napoleón.

El 5 de mayo de 1804 pensó que había llegado el momento. Domingo Badía había escrito para comunicar que ya había entrado en contacto con los rebeldes que se escondían en el Atlas y que le urgía cada vez más el envío del material bélico que con tanto esmero había establecido en Tánger durante los encuentros con el coronel Amorós. Sin embargo, el rey seguía mostrándose reticente a la hora de aprobar la expedición y el Príncipe de la Paz no albergaba duda alguna de que el infante Fernando se escondía tras aquella negativa. No obstante, él consideraba que el príncipe era un joven sin la menor experiencia y que no sería ningún rival serio. Por esa razón siguió adelante con el proyecto, confiado en que conseguiría convencer al rey, y el día 4 de junio había escrito al marqués de Solana, comandante general de Andalucía, para ordenarle que lo tuviese todo a punto. El día 11 del mismo mes escribió una nota en la que decía que todo iba según estaba previsto y que confirmaba y firmaba los pedidos que esperaban en Cádiz la orden de embarco. El 17 volvía a escribir al marqués de Solana y le recordaba las peticiones de Badía: veinticuatro artilleros y dos oficiales, tres ingenieros y dos minadores, algunos médicos cirujanos con medicinas, algunas piezas de campaña de diversos calibres, dos mil fusiles y munición, cuatro mil bayonetas y un millar de pares de pistolas.

Todo estaba a punto, pero el Príncipe de la Paz no cesaba de recibir una negativa tras otra. Entonces llegó a la conclusión de que alguien, que no era precisamente el infante Fernando, cuchicheaba junto al rey y el monarca le prestaba oídos. Tenía que ser alguien que le profesaba envidia y que no quería que alcanzase un triunfo como aquél, porque él vivía convencido de que nadie podía dudar de su éxito. Quien tiene el poder también tiene enemigos. Eso era lo que sucedía, no paraba de repetirse. ¡Bien podría apuntar unos cuantos nombres y no se equivocaría!

¡Maldito sea quien sea! Ahora tenía que detener toda la operación. De manera que escribió al marqués de Solana e incluso le rogó que le devolviera las cartas para poder borrar todo rastro de su desobediencia. El marqués le contestó el día 22 de junio lamentándose de la decisión real. Había en aquella carta frases que aún enaltecían más el orgullo del Príncipe de la Paz: «Una empresa que habría hecho inmortal vuestro nombre... El gran golpe que Su Excelencia iba a dar habría dejado boquiabierta a toda Europa... El admirable proyecto concebido por Su Excelencia habría hecho diana y habría dado a nuestra nación las colonias más hermosas».

¡Por supuesto que sí! El plan era perfecto, la ejecución impecable, el momento preciso y la ocasión única en la historia, no dejaba de lamentarse Godoy. Sin embargo, el rey se negaba a ver la conveniencia de la operación.

¿Detenerlo todo porque cuatro desgraciados querían hundirlo? ¡Ni hablar! No podía enviar el material, pero nadie le impedía que continuase adelante en secreto. Sólo estaban enterados Badía, el coronel Amorós, el marqués de Solana y Rodríguez Sánchez, el vicecónsul en Mogador. Hombres de su absoluta confianza. En lugar de material, enviaría dinero para que el viajero hiciese las compras pertinentes. Badía había escrito que, si era preciso, él continuaría adelante solo. De manera que el 18 de agosto envió a Mogador diez mil duros que había que sumar a los veinte mil que ya había ido enviando anteriormente. Todo adoptaría la apariencia de una operación comercial, Rodríguez Sánchez se encargaría de hacer llegar el dinero a manos del viajero y nadie sospecharía.

El mismo mes de agosto, Badía había escrito otra carta en la que se expresaba en términos dolorosos. «De veras que la contraorden me ha conmovido más que si hubiese perdido diez batallas», decía hacia el final, después de haber explicado otra vez que tenía el trono en la punta de los dedos y que sólo necesitaba una orden.

Godoy siguió con su idea de convencer al rey y entonces llegó una noticia desastrosa. Rodríguez Sánchez informaba que el viajero había caído enfermo y, según todas las noticias, la enfermedad lo había atrapado justo después de conocer la noticia de la cancelación del proyecto. El disgusto había resultado tan grande que había estado entre la vida y la muerte durante semanas y el día 8 de octubre aún guardaba cama. Él lo había visitado en diversas ocasiones y el viajero no cesaba de repetir que estaban perdiendo la gran ocasión de la historia. No podría seguir manteniendo eternamente quietos a los rebeldes de las montañas, que tarde o temprano dejarían de creer en él.

Finalmente, el viajero se había recuperado, escribía Rodríguez Sánchez. Y Godoy respiró aliviado. La batalla aún no estaba perdida.

A finales del año 1804 la situación tomó un rumbo inesperado. Napoleón fue coronado emperador el día 2 de diciembre, en París, durante una ceremonia que levantó polvareda, porque él mismo había tomado la corona de manos del Papa Pío VII y se la había puesto en la cabeza ante la sorpresa de todos los presentes. A partir de aquel instante todo el mundo tenía muy claro quien mandaba en Inglaterra tenía que empezar a temblar.

Aquel mismo mes de diciembre se declaró la guerra y Napoleón exigió al rey Carlos IV de España que se uniese a él porque necesitaba una flota más que poderosa para hacer frente a quien ya lo había derrotado en dos ocasiones. Napoleón sólo respetaba a los hombres inteligentes y, aunque Nelson era su enemigo, sentía admiración por aquel hombre delgado de nariz afilada que había perdido un brazo y un ojo, pero que era capaz de imaginar las estrategias más impensables.

Godoy intentó por segunda vez mantenerse neutral, pero Napoleón no lo admitió e insistía en que en esta ocasión España tendría que luchar a su lado.

Otro hecho tuvo lugar por aquellos días. La marina británica capturó cuatro barcos españoles. Ante semejante ofensa, el Príncipe de la Paz vivió unos días horribles, de grandes preocupaciones y no menos incertidumbres. Evidentemente, no podía negarse a luchar al lado de Francia, a pesar de que era consciente de que la economía no soportaría una nueva guerra y de que el pueblo cada día mostraba más su descontento.

Finalmente, una mañana recibió la orden de presentarse en palacio, donde lo aguardaba el rey. ¿Y ahora, qué se le había podido ocurrir a Carlos IV?, pensó.

El criado le abrió la puerta, pero no lo condujo al despacho del monarca, sino que le rogó que lo siguiera hasta el ala este, la que ocupaban las habitaciones de la reina.

María Luisa le esperaba sentada y con tres damas junto a ella que bordaban. Cuando Godoy entró en la sala se acercó a la reina, dobló una rodilla, tomó la mano real y la besó con pasión. La reina apretó el dorso de su mano contra la boca de Godoy y la restregó ligeramente mientras se mordía discretamente los labios. Ninguna de las tres damas que acompañaban a la reina levantó la mirada ni hizo el menor gesto hasta que ella no habló.

—El rey os ha hecho venir porque yo le he hablado del asunto Badía —dijo María Luisa—. Ahora que no tenemos más remedio que entrar en guerra junto a Francia y contra Inglaterra, Su Majestad ha comprendido que una invasión de Marruecos puede debilitar la posición británica en el Mediterráneo.

—¡Majestad! —exclamó Godoy, tomando de nuevo la mano real y besándola.

La reina sonrió complacida.

—Espero que todos sabremos aprovechar la ocasión —dijo, mientras apretaba la mano de Godoy.

El Príncipe de la Paz levantó los ojos y miró a la reina.

—Debido a lo delicado de la situación, ahora deberéis suportar con mayor frecuencia mi presencia en este palacio —dijo.

—Aceptaremos ese sacrificio por el bien de España —respondió la reina, mientras dedicaba una mirada de complicidad a sus damas, que bajaron la mirada y dejaron escapar tímidas sonrisas.

Cuando abandonaba el palacio real, el humor del Príncipe de la Paz había cambiado. Cuando Dios cierra una puerta, abre una ventana. El rey accedía al plan de invasión de Marruecos.

Bajó las escaleras con paso alegre y entró en el coche de un salto.

—¡Deprisa, cochero! ¡A palacio! —gritó—. Que aún nos queda mucho por hacer.

Sin embargo, nada más poner los pies en su despacho, todo su buen humor se esfumó.

—Excelencia, noticias procedentes de Mogador informan de que el viajero vuelve a estar enfermo. Muy grave.

—¡Santo Dios! —exclamó Godoy—. Es desesperante.

Había mentido una y otra vez, había escondido lo que hacía y había tomado decisiones incluso al margen de la legalidad, pero lo había hecho convencido de que la empresa valía la pena y ahora que por fin podía seguir adelante sin más impedimentos, llegaba aquella noticia. Verdaderamente, la suerte no estaba de su parte.

*** ***

El viaje del sultán duró todo el verano, todo el otoño y buena parte del invierno, hasta mediados del mes de enero de 1805. Fue un desplazamiento extraordinariamente lento. Dos días después de abandonar Marrakech, la comitiva aún podía ver las murallas de la ciudad.

Quien hace caso omiso de los médicos acaba pagando una enorme factura, había advertido Sayyidi, y Suleimán, después de un largo periplo por aquellas tierras que lo había conducido hasta al norte, regresó de la misma manera que había salido: sobre una litera que transportaban dos mulas.

Durante unos días se repuso del agotamiento que había supuesto tan largo viaje. Después, cuando se sintió un poco mejor, se interesó por cómo andaban las cosas en Marrakech y por todo lo que había sucedido durante su ausencia. Los ministros lo informaron de la situación y, finalmente, Sidi Mohamed Salaui le habló de Alí Bey. Lo hizo sin darle mayor importancia, pero convencido de que despertaría la curiosidad del monarca.

—¿Cómo está? —preguntó Suleimán.

—Muy enfermo —contestó el primer ministro fingiendo un gesto de preocupación.

—¿No viajó a Mogador?

—Fue y regresó muy contento. Ya no tiene la esclava.

—¿La ha vendido?

—No —negó Sidi Mohamed—. Se la ha regalado a su intérprete, que la ha tomado por esposa, y les ha dejado unas habitaciones para que puedan vivir. Ambos trabajan para él. Hasim, además de intérprete, ahora hace de secretario particular y lo atiende cuando está enfermo, mientras que Shara se dedica a la limpieza.

—Ha sido muy generoso.

—Sí —afirmó el primer ministro. Entonces suspiró y añadió—: ¡Lástima! Alí Bey había retomado su actividad y visitaba muchas casas, pero pasado el verano y de forma inexplicable, todo cambió. Eso es lo que vino a decirme el propio Hasim.

—¿Ah, sí? —Suleimán se mostró muy interesado.

—Sí. Yo había regresado de Larache y un día me anunciaron que Hasim solicitaba que lo recibiese para hablarme de su señor —siguió contando Sidi Mohamed—. Entonces me dijo que estaba muy preocupado porque Alí Bey volvía a visitar el palacio de Abd-as-Salam, bebía de nuevo en exceso e incluso fumaba hachís en su propia casa. Por lo que él me dijo, todo había coincidido con una carta que su señor recibió del consulado español en Mogador.

—¿Malas noticias?

—Nadie lo sabe. Su señor se enfadó muchísimo y quemó la carta. Desde entonces cae de enfermedad en enfermedad y cuando se levanta vuelve a visitar a tu hermano. Ya lleva cinco meses así.

El sultán sopló con fuerza. Conocía muy bien a su hermano y sabía que lo exprimiría como un limón, lo dejaría hecho un guiñapo y lo echaría al río.

—Como buenos musulmanes no podemos permitir que un hombre pierda su alma sin haber cumplido con el precepto de visitar la Ciudad Santa —dijo Sidi Mohamed.

Alí Bey era la menor de las preocupaciones del sultán, pero el primer ministro tenía razón. No podía permitir que aquel hombre muriese sin haber visitado la Meca. No sería propio de un buen musulmán.

—Decidí enviarle a Sayyidi, pero ni siquiera ha querido recibirlo —se quejó Sidi Mohamed.

—¿Y qué puedo hacer? —exclamó Suleimán.

—Al único que Alí Bey escucha es a Abd-as-Salam. Y sabes muy bien que es peligroso. No quería decírtelo, pero creo que tu hermano está corrompiendo a Alí Bey por despecho hacia ti.

El sultán asintió. Él ya lo había pensado. Abd-as-Salam sabía que el sultán había hecho una demostración de poder cuando le cortó los bigotes a Alí Bey y ahora él pretendía demostrar al pueblo que podía quitarle un amigo y hacerlo exclusivamente suyo. ¡Claro! Eso era lo que perseguía y lo conseguiría, porque su hermano tenía una habilidad única para atrapar a la gente en sus redes. Era peor que una araña. Los engañaba, los atraía, los embrujaba y ya no los dejaba escapar. Alí Bey era su última víctima.

—Esto tiene que acabar, cueste lo que cueste —dijo el sultán.

¡Por supuesto que se tenía que acabar! Permitir que continuase significaría admitir que Abd-as-Salam podía jugar con él.

Sidi Mohamed agachó la cabeza. Él ya había comunicado los hechos y ahora el sultán tomaría sus decisiones. Si todo iba bien, el problema Alí Bey se habría acabado y él se habría vengado. No ponía en duda que Suleimán lo echaría de Marrakech, porque no había más solución si quería acabar con aquella relación.

Dos días más tarde el sultán llamó a su hermano. Quería hablar con él. Era urgente.

—No quiero que Alí Bey vuelva a visitarte —le ordenó el sultán a Abd-as-Salam cuando lo tuvo delante.

—La hospitalidad musulmana me impide echarlo de mi casa —se disculpó Abd-as-Salam—. Si él me visita no puedo hacer nada. Además, fuiste tú el que me pidió que lo tomase como amigo y que le enseñara los secretos del placer.

—Le ordenaré que no vuelva a visitarte —exclamó Suleimán.

—Es un príncipe sirio, descendiente del tío del Profeta, y yo soy tu hermano. No es el mismo caso que el palacio que me prohibiste construir en Fez y ahora careces de autoridad moral para prohibir nada. Representaría un acto de muy mala educación —sonrió Abd-as-Salam.

¡Maldito seas!, pensó el sultán. Su hermano se vengaba de un episodio que le había costado doscientas mujeres. El problema era que ahora tenía razón. No obstante, bien podía tomar otro camino.

Despidió a Abd-as-Salam y llamó a Omar, su mayordomo principal.

—Ve al harén y escoge dos esclavas —ordenó Suleimán—. Una blanca y otra negra. Que sean jóvenes y hermosas y procura que también sean inteligentes. Instrúyelas para que sirvan a Alí Bey de tal manera que olvide por completo la existencia del palacio de mi hermano. Llévalas a su casa como un presente mío. Si es un príncipe como debe ser, enseguida entenderá que si después de recibir tan digno honor visita de nuevo la casa de Abd-as-Salam en busca de placeres, será una ofensa imperdonable. Será tanto como decir que mi regalo no vale nada y las consecuencias pueden ser terribles. Supongo que entonces a Abd-as-Salam se le habrán acabado los magníficos presentes que obtiene de Alí Bey.

Omar siguió las instrucciones del monarca, habló con la mujer que estaba a cargo del harén y escogió a dos muchachas de dieciséis años. Mohanna se llamaba la blanca y Tigmu la negra. Ambas eran tan hermosas que harían perder la razón a cualquier hombre. Las bañaron, las vistieron y Omar las condujo a casa de Alí Bey.

Hasim vio llegar a Omar seguido por las dos muchachas escoltadas por la guardia y se asustó. ¡Oh, poderoso Alá! No había bastante con las visitas a Abd-as-Salam, sino que ahora que Alí Bey estaba débil hasta se las traían a casa. Sin duda lo iban a matar.

Sin embargo, todas sus preocupaciones se desvanecieron y la sonrisa se hizo amplia y generosa cuando se enteró de que eran un regalo del sultán para su señor. Conocedor de las costumbres de aquellas tierras, entendió enseguida el mensaje. Había hecho bien yendo a ver a Sidi Mohamed. Se alegró.

Condujo a las dos mujeres a presencia de Alí Bey y, evidentemente, no escatimó palabras para explicarle con todo detalle el inmenso honor que representaba aquel gesto y la magnitud de la ofensa si se atrevía a rechazarlas. Escogió las palabras más adecuadas y procuró que todo quedase muy claro, repitiéndolo una y otra vez hasta que se convenció de que no quedaba ninguna duda. Por desgracia dio por supuesto que Alí Bey también comprendía que si continuaba visitando la casa de Abd-as-Salam ofendería gravemente al sultán.

Alí Bey se levantó y se dirigió hacia las dos muchachas que permanecían con la mirada baja.

—¿Cómo te llamas? —preguntó a la de piel oscura.

—Tigmu, mi señor.

Se acercó hasta casi rozar su cuello con la nariz y la olió. Después se volvió hacia la otra muchacha. Era de piel blanca y tenía el cabello castaño claro. La tomó por la barbilla y le levantó el rostro.

—¿Y tú?

—Mohanna, mi señor —respondió ella y alzó la mirada hasta clavar sus pupilas en las del príncipe.

Alí Bey levantó el velo que cubría la nariz, la boca y la barbilla de la muchacha y sonrió.

—Mohanna —repitió el nombre. Entonces se volvió hacia Hasim—. Que Shara les muestre sus aposentos y las ayude con la ropa que traen.

Hasim le dedicó una reverencia, se las llevó, las acompañó hasta donde estaba Shara y las dejó a su cargo.

Shara las condujo hasta las habitaciones y las dos muchachas empezaron a ordenar la ropa. La muchacha se ofreció a ayudarlas, pero Mohanna la rechazó diciéndole que no necesitaba ayuda. Shara captó en la voz de aquella muchacha de piel blanca y rostro equilibrado, alta y delgada, un deje de superioridad. Sin embargo, no replicó, sino que se dirigió hacia Tigmu, que la aceptó.

Cuando las dos mujeres hubieron acabado de ordenar su ropa, Mohanna se dirigió a Shara y empezó a hacerle preguntas sobre la casa y sobre Alí Bey. Tigmu guardaba silencio.

—Es un hombre muy especial —explicó Shara—. Sus costumbres difieren mucho de las nuestras y siempre anda débil y enfermo. A veces, por la noche, sube a la terraza y hace cosas extrañas con unos instrumentos. Observa las estrellas y toma notas.

—¿Cómo es en la cama? —preguntó Mohanna.

Shara se puso tensa.

—Fuiste su esclava. Bien has de saberlo —dijo Mohanna.

—Pues, no —respondió Shara.

—¿No te ha tocado nunca? —se extrañó Mohanna.

—Sólo una vez —bajó la mirada avergonzada—. La primera noche. Después ya no ha vuelto a tocarme hasta que me repudió.

—¿Por qué?

—No me lo ha dicho.

La esclava blanca sonrió enigmáticamente y se apartó de ellas para sentarse junto a la ventana, tras la celosía que le permitía contemplar la calle sin ser vista.

Tigmu seguía callada y con los ojos fijos en el suelo.

—¿Qué te preocupa? —preguntó Shara.

—Que yo seguiré la misma suerte que tú —respondió la muchacha.

—¿Por qué lo dices?

Tigmu miró a Mohanna. No necesitaba dar más explicaciones.

Mohanna escogió dormir junto a la ventana, mientras que Tigmu tuvo que conformarse con la cama que había en un rincón de la estancia.

Dos noches más tarde la puerta de las habitaciones de las mujeres se abrió. Mohanna, ya acostada, aún permanecía despierta y levantó la cabeza para ver quién era. Recortada bajo el dintel de la puerta aparecía la figura de Alí Bey. Ella se volvió hacia él y se quedó quieta esperando hasta que el príncipe se acercó a su cama. En mitad de la penumbra que se filtraba por la celosía lo miró desafiante, tal como había hecho el día en que Omar la trajo y él le preguntó el nombre. Sus ojos resplandecían.

Alí Bey también la miraba a los ojos, pero después bajó la mirada y buscó la boca de la mujer. Mohanna observó el movimiento de los ojos del hombre y sacó la punta de la lengua para humedecerse los labios, que dejó entreabiertos. El príncipe siguió bajando la mirada hasta detenerse en los pechos de la muchacha y ella respiró hondo y los hinchó, mientras apretaba los codos contra el cuerpo y tensaba la tela del camisón. La mirada de él prosiguió su camino hasta alcanzar la pelvis de la muchacha, momento que ella aprovechó para frotarse los muslos uno contra otro. Entonces, Alí Bey adelantó la mano y agarró el camisón de Mohanna justo bajo el pecho. Ella reaccionó de inmediato y, sin dejar de mirarlo a los ojos, atrapó la manga de él y tiró con fuerza hasta obligarlo a caer sobre ella, mientras suspiraba y le mordía el lóbulo de la oreja con pasión. De pronto, Alí Bey le levantó el camisón con tanta violencia que lo rasgó; ella clavó sus uñas en la espalda del hombre y le lamió el cuello; él se levantó y se liberó de los pantalones; ella acabó de romper el camisón para dejar los pechos al aire; él empezó a respirar como un animal en celo; ella abrió las piernas y él se echó sobre su cuerpo; ella lo abrazó por las nalgas, lo obligó a penetrarla e inició un movimiento frenético con las caderas hasta que el cuerpo del hombre se arqueó con violencia para poder penetrarla hasta el fondo y soltar muy dentro el fruto de su brutal excitación.

De pronto, Alí Bey se relajó y cayó extenuado sobre Mohanna, que también se relajó y amasó las carnes de las nalgas del hombre, mientras respiraba junto a su oído y, de vez en cuando, le lamía el lóbulo.

En el otro lado de la habitación, Tigmu permanecía quieta y callada, sin atreverse siquiera a respirar muy alto. Había seguido todos los acontecimientos y conocía el significado de lo que acababa de suceder.

Al día siguiente la vida en la casa de Sidi Benhamed Duqueli, residencia de Alí Bey, sufrió un cambio considerable. Mohanna exigió una habitación para ella sola para que su señor pudiese visitarla cuando deseara. Y a partir de aquel día se estableció una gran distinción entre la esclava blanca y la de color. Mohanna se paseaba altiva y daba órdenes a todos los criados que enseguida tuvieron muy claro que incluso Tigmu estaría a su servicio y que ella había dejado de ser una esclava para convertirse en señora.

*** ***

Aquel pintor había llegado a media mañana y, sin pedir permiso a nadie, había ordenado descargar un cuadro y subirlo. Eusebio, nada más enterarse, había corrido hasta la puerta.

—Anunciad a Su Excelencia que estaré en la sala azul —le había dicho el pintor.

—¿Cuál es vuestro nombre? —había preguntado el mayordomo con burla. No le había gustado, en absoluto, aquella manera de proceder.

—¿Qué?

¡Ay!, había suspirado Eusebio y le había dado la espalda. De sobra sabía su nombre: don Francisco de Goya y Lucientes. Y aún estaba más al corriente de la sordera que lo afectaba y que obligaba a todos a levantar la voz cuando querían hablarle. No valía la pena hacer más ironías.

Godoy, nada más oír que había llegado el pintor, había abandonado su despacho y había subido a la sala azul.

Eusebio sabía que no le gustaba que lo molestasen cuando venía Goya, pero acababa de presentarse el coronel Ventura. De manera que se dirigió a la sala azul y llamó a la puerta.

—¿Quién es? —oyó la voz del Príncipe de la Paz.

—Eusebio, Excelencia —respondió él y se quedó esperando

la respuesta.

Un rato después se abrió la puerta y apareció el rostro de Godoy.

—El coronel Ventura pregunta por vos. Dice que es muy urgente —anunció.

—¡Bien! Hacedle pasar a mi despacho. Yo bajaré enseguida —respondió Godoy.

Eusebio se dirigió a la sala de visitas que había junto al salón de la entrada principal y rogó a Ventura que lo acompañase. Lo condujo hasta el despacho del Príncipe de la Paz y se quedó hasta que apareció Godoy. Entonces, salió.

El mayordomo caminaba hacia la parte de atrás cuando vio que el pintor subía al coche y desaparecía. Se detuvo un instante y se quedó pensativo. De pronto, se dirigió a la escalera, subió y enfiló el pasillo que conducía a la sala azul. Llegó, abrió la puerta y entró.

En medio de la sala había un caballete con un cuadro cubierto por una tela. Cogió la punta inferior izquierda y la levantó ligeramente para echar un vistazo. ¡Ah! Unos pies desnudos. Levantó un poco más. Unas piernas desnudas. Siguió levantando y la mano empezó a temblarle al alcanzar el pubis, donde se detuvo un instante. Después siguió adelante y la destapó enteramente hasta que apareció la imagen de una mujer completamente desnuda, recostada en un sofá, con los brazos sobre la cabeza, dejando bien visibles todas las partes de su cuerpo y mirándolo directamente a los ojos sin mostrar el menor pudor.

Eusebio se sofocó. Goya practicaba una pintura muy realista y sólo necesitaba una mirada a aquella cara para saber de quién se trataba.

Cubrió de nuevo el cuadro, procurando que no se notase que alguien había levantado la tela y salió cerrando la puerta. Las manos aún le temblaban.

¡Dios mío!, exclamó. A partir de aquel instante, cada vez que se la encontrase, aunque fuera vestida de pies a cabeza y sin escote, él la vería tal como estaba en el cuadro. El único problema era que, seguramente, enrojecería como un tomate.

En el otro extremo del palacio, Godoy hacía verdaderos esfuerzos para concentrarse en las palabras de Ventura. A él aquel cuadro también lo había turbado. Por fin tendría su imagen siempre presente, ante sí, desnuda o vestida, cuando quisiera y como quisiera, esperándolo y sin protestar. Su amigo Paco Goya había hecho un buen trabajo.

—Rodríguez Sánchez dice que el prestigio del viajero ha alcanzado su punto máximo —informaba Ventura—. El propio sultán, le ha regalado el palacio de Semelalia y le ha enviado dos mujeres. Además, ha sido nombrado alfaquí...

—¿Qué es eso de alfaquí? —preguntó Godoy.

—Es como llaman a los doctores de la ley.

—¡Bien!

—No podemos esperar más. Nuestro hombre ya nos ha advertido de que la situación es insostenible. Si no actuamos, perderá el apoyo de los rebeldes y del hermano del sultán.

—El rey ha accedido a apoyar el proyecto —respondió Godoy—. Esta misma mañana he escrito al marqués de Solana. Le ordeno de nuevo que prepare con carácter de urgencia todas las armas, los hombres y cien mil reales que estarán dispuestos para zarpar en dirección a Ceuta. Sólo necesito que él me comunique que lo tiene todo a punto y podremos iniciar el ataque.

El coronel Ventura se levantó de la silla, hizo una reverencia y abandonó el despacho. ¡Bien! Respiró hondo, satisfecho. ¡Por fin!

10 - SALIDA DE MARRAKECH

Entraba el mes de marzo de 1805 y la primavera se presentaba esplendorosa, tras un invierno que había sido generoso en nieves que cubrían las montañas del Atlas y llenaban los ríos con el agua del deshielo. Suleimán, una vez establecido de nuevo en Marrakech, se afanaba en recuperarse de su larga enfermedad sin conseguirlo plenamente. Tan largo viaje lo había dejado exhausto y los médicos no cesaban de repetir que el cuerpo le pasaba factura por no haber hecho caso de sus advertencias. Esa insistencia lo sacaba de quicio hasta el extremo de que ya empezaba a dudar de los conocimientos y de las habilidades de los que velaban por su salud. Más aún cuando se enteró de que Alí Bey había conseguido rehacer sus fuerzas físicas sin ayuda de ningún médico. Alguien le había dicho que el secreto estaba en Mohanna, que se había hecho cargo del gobierno de la casa y había conseguido que su señor sólo tuviera ojos para ella.

Una vez restablecido, Alí Bey volvía a frecuentar las casas de nobles y dignatarios, entre los que había hecho algunas amistades y no pocas enemistades por causa de su carácter impertinente. Entre las enemistades se encontraba Sidi Omar Buseta, que ostentaba el título de pachá de la capital y que, a pesar de que se comportaba con exquisita cortesía cuando estaba con él, no perdía ocasión de criticarlo en privado.

Sidi Omar, un hombre de aspecto imponente y recio, había sido ofendido en varias ocasiones por Alí Bey, que lo trataba como a un inferior y que se reía de su cultura, que calificaba de escasa, sin ser consciente de que las ofensas a un musulmán tarde o temprano se pagan. El pachá, gran amigo del primer ministro, ya se había quejado en más de una ocasión de la falta de educación del visitante, pero Sidi Mohamed Salaui, de forma inexplicable, siempre le restaba importancia al hecho y decía que el pobre no conocía las costumbres de Marruecos. No es que con eso apaciguase la quemazón del pachá, pero Sidi Omar sentía gran respeto por el primer ministro y aceptaba y callaba.

No obstante, Sidi Mohamed, que durante la larga ausencia del sultán había viajado en dos ocasiones a Larache y había estado fuera por espacio de más de cinco meses, había dejado en Marrakech unos ojos que vigilaban los pasos del príncipe sirio. Las ofensas a diversos nobles, entre ellos Sidi Omar, enardecían su afán de venganza por el asunto de los relojes de Fez. Por más tiempo que pasara, Sidi Mohamed no podía tragarse que Suleimán lo hubiera obligado a pedir excusas por un hecho del que no se sentía en absoluto responsable. Y menos aún podía aceptar que Alí Bey, el día que le presentó excusas, lo tratara con aquella superioridad e hiciese correr la voz de que Sidi Mohamed había querido menospreciarlo, pero que él había vencido. Por esta razón se puso muy contento cuando recibió la visita de un criado de Abd-as-Salam que lo mantenía informado de los movimientos que tenían lugar en los dominios del hermano del sultán.

—Alí Bey ha regresado a casa de mi señor —dijo el hombre nada más llegar a presencia del primer ministro, y añadió—: Y ha gozado de las mieles de sus esclavas.

—¿Cómo ha sido eso? —preguntó Sidi Mohamed.

—Abd-as-Salam dice que nunca había encontrado un amigo y un compañero de placeres como Alí Bey y que no está dispuesto a perderlo porque su hermano se muestre celoso. De manera que le mandó un mensaje para que lo visitara y una vez lo tuvo allí... —sonrió el criado—. Ya lo conoces.

—Una flor no hace primavera —dijo Sidi Mohamed.

—Abd-as-Salam le ha hecho ver que un musulmán nunca puede permitir que una mujer gobierne su vida y que sería un gran desprestigio que todos dijesen que Mohanna decide por Alí Bey —sonrió el criado.

—Muy hábil —meditó Sidi Mohamed—. ¿Cuándo volverá a casa de Abd-as-Salam?

—Mañana.

El primer ministro despidió al criado y empezó a meditar la mejor forma de hacerle llegar la noticia a Suleimán. Tras darle vueltas y más vueltas decidió que Sidi Omar podía resultar un gran aliado. Conocía muy bien el carácter primitivo del pachá y sabía que con sólo atizar un poco el fuego saltaría como un león. Y no era imprescindible que supiera que él lo estaba utilizando. De manera que escogió para verlo el día que el pachá tenía que entrevistarse con Suleimán y al final de la conversación dejó escapar un ligero comentario sobre Alí Bey. Inmediatamente, Sidi Omar recordó todas las ofensas y en esta ocasión el primer ministro no disculpó al príncipe sirio, sino que incluso puso mayor énfasis en el detalle de que demasiado a menudo despreciaba la cultura y la educación de los habitantes de Marruecos. Lo hizo sutilmente y no se detuvo hasta que consideró que Sidi Omar estaba más que caliente para entrevistarse con el sultán.

Acabada la conversación, el pachá salió con paso firme y se dirigió a palacio con los labios fruncidos, mientras Sidi Mohamed lo contemplaba satisfecho. No hay peor enemigo que aquel que parece amigo pero que te odia en silencio, reza la sabiduría popular. Y también dice que el segundo golpe tiene más probabilidades de romper la piedra que el primero. Por lo tanto, Sidi Omar descargaría el primer golpe y él, si la piedra aún no se había partido, sería el segundo.

Aquel día Suleimán recibió al pachá echado sobre cojines. Su rostro todavía reflejaba el cansancio que se hacía patente en las numerosas arrugas que habían aparecido y en su color pálido, así como en las bolsas que colgaban bajo sus ojos.

Estuvieron repasando diversos temas concernientes al gobierno de la ciudad que fatigaron al sultán. Cuando Sidi Omar ya se despedía, dudó.

—¿Hay algo más? —preguntó el sultán.

—Siento tener que comunicarte una habladuría tan alejada de los temas de gobierno, pero creo que has de saberlo. Alí Bey ha visitado a tu hermano —dijo Sidi Omar, y el sultán lo miró con gesto interrogador—. Quiero decir que ha sido una visita como las de antes —añadió—. Tengo testigos.

Suleimán hizo un gesto con la mano para indicarle que estaba cansado y que no quería seguir escuchando nada más.

Al abandonar el palacio, Sidi Omar se encontró con el primer ministro y le explicó su conversación con el sultán.

—¿Y no ha dicho nada? —preguntó Sidi Mohamed.

—No. Se ha quedado en silencio y con los ojos entornados.

El primer ministro prosiguió su camino y, cuando Sidi Omar ya no podía verlo, sonrió. Conocía el significado del silencio del sultán.

Aquella misma tarde Suleimán recibió a Sidi Mohamed.

—¿Qué sabes de las visitas de Alí Bey a casa de mi hermano? —preguntó el monarca.

El primer ministro simuló indecisión.

—Me lo ha dicho Sidi Omar —exclamó Suleimán.

—Entonces, no puedo negarlo —aceptó Sidi Mohamed bajando la cabeza y abriendo las manos con las palmas hacia arriba.

—Lo castigaré —dijo el sultán, y padeció un ataque de tos.

—No ha violado ninguna ley. De hecho se trata de habladurías y tal como estás no deberías tenerlas en cuenta porque no te benefician en absoluto —replicó el primer ministro —. Quizás si lo recibes y escuchas sus explicaciones... Ya sabes que él siempre tiene una excusa para todo.

—Sí. Excusas no le faltan. Ya lo sé. Como también sé que ha despreciado mi regalo. No quiero verle —dijo Suleimán. Se quedó callado, meditando, y de pronto exclamó—: Puedo echarlo de Marrakech.

—¿Cómo quedarías ante tus súbditos después de haberle ofrecido Semelalia y dos esclavas? —replicó Sidi Mohamed—. Él también te ha ofrecido muchos regalos y tú siempre lo has disculpado recordando que no conoce nuestras costumbres. La gente no lo entendería.

—¿Qué debo hacer? ¿Dejar que me ofenda sin responder? ¿Quién creerá entonces en mi autoridad?

Sidi Mohamed fingió meditar. Respiró hondo y, como en una inspiración divina, miró al sultán y sonrió.

—Todos sabemos que el sultán es un hombre inteligente, prudente, juicioso y generoso. Hay maneras y maneras de conseguir que un hombre se marche sin necesidad de echarlo. Y más todavía si se trata de alguien que no conoce nuestras costumbres —dijo.

—¿Ah, sí? —se interesó el sultán

—Ahora que Alí Bey ha recuperado sus fuerzas... —dijo Sidi Mohamed, calló un instante, y prosiguió—: ¿No dice que quiere peregrinar a la Meca? Pues prepárale una fiesta y deséale un buen viaje —sugirió—. Todos alabaremos tu inteligencia.

—No está nada mal —afirmó el sultán con lentos movimientos de cabeza—. No lo echo, no le digo que se vaya, pero lo despido y le deseo un buen viaje. De hecho, me comporto como un buen hermano musulmán que ayuda a un peregrino.

El primer ministro también asintió lentamente con un solo movimiento de cabeza. Todo, en esta vida, tiene su final. Siempre que se tenga suficiente paciencia.

*** ***

Hasim comprobó que el pan y los manjares estuvieran a punto para ser servidos en las bandejas, así como la disposición de los cojines, los vestidos de los criados... Tres veces lo inspeccionó todo. Y aún hubiera querido hacerlo una cuarta. Su señor le había dicho que no toleraría el menor error. La visita era demasiado importante.

—Ya vienen por la calle —anunció un criado.

Hasim miró por la ventana y vio la señal que hacía el criado que había ordenado apostar en la esquina. Ya llegaba a la comitiva. Subió las escaleras de un brinco y llamó a la puerta de la habitación de Alí Bey.

—El sultán está a punto de llegar —dijo nada más abrir.

—¿Cómo está todo? —preguntó Alí Bey con calma.

—Perfecto, noble príncipe. Todo a punto.

—¿Y el agua del té?

—La mantienen caliente. Así que alces una ceja lo serviremos.

—¡Muy bien! —exclamó Alí Bey.

Hasim se acercó y le retocó la chaqueta.

—Es un gran honor recibir al sultán —dijo, nervioso—. Todos estamos muy contentos. Es la primera vez que te visita.

—Y espero que no sea la última —sonrió Alí Bey, mientras repasaba su aspecto reflejado en el espejo.

—Hemos de darnos prisa —dijo Hasim.

—Vamos allá —acabó de retocar Alí Bey su turbante.

Bajaron. El príncipe se situó en medio del patio y Hasim ordenó a todos los criados que se alineasen ante la puerta de la casa, mientras él controlaba que todo estuviese perfecto.

Instantes después aparecieron por la puerta los soldados que abrían paso al sultán, entraron en el patio y se detuvieron.

Desde detrás de la celosía, Mohanna observaba la escena con inmensa satisfacción.

El sultán llegaba a caballo seguido de Abdelmelek. Descabalgaron ante la puerta y entraron. Alí Bey los saludó con una profunda reverencia y Suleimán se adelantó y lo abrazó. En aquel momento aparecieron Sidi Mohamed y Sidi Omar Buseta, que también lo saludaron con un abrazo. Finalmente, una litera descargó a Abd-as-Salam, que se unió a los que ya estaban dentro y que también abrazó a Alí Bey.

Mohanna cerró los ojos y respiró hondo. Nunca se había visto en Marrakech un despliegue tan grande en casa de ningún noble. A partir de aquel día podría pasear por los mercados y por las plazas y todos la tratarían como a una princesa.

—¡Tigmu! —gritó.

La puerta se abrió y apareció la esclava de color.

—Prepárame para esta noche un baño de rosas —ordenó Mohanna.

El sultán y sus acompañantes estuvieron hasta bien entrada la tarde. Una vez se hubieron ido, Alí Bey ordenó que lo recogieran todo y que no lo molestasen por ningún motivo. Entonces se dirigió a la habitación de Mohanna. Entró. Las cortinas estaban echadas y la estancia permanecía en penumbra. Ella lo esperaba junto a la cama y cuando él se acercaba se arrodilló. Él llegó hasta ella, la tomó por los hombros y la levantó.

—Mi señor —dijo Mohanna con voz dulce—. El más grande de todos los príncipes del Islam.

—No tienes que arrodillarte ante mí —dijo Alí Bey y la besó en los labios.

—Llevo tu fruto dentro de mí —bajó Mohanna la mirada, casi avergonzada.

Durante unos instantes Alí Bey guardó silencio. Aún le costaba entender según qué giros del árabe.

—¿Esperas un hijo? —preguntó, de pronto.

Mohanna levantó la mirada y asintió.

—¡Dios mío! —exclamó Alí Bey y la abrazó con ternura—. Hoy es el día más grande de mi vida —la abrazó con más fuerza —. Te amo como nunca he amado a nadie y todo lo que es mío, es tuyo. Tú serás la única.

Ella sonrió satisfecha y se cobijó entre los brazos de él. Sería la única, había dicho el príncipe. Y rogó para que aquello que llevaba dentro fuese un varón.

Hasim comprobó que todo había sido ordenado y que la casa quedaba limpia. Suspiró y se dirigió a su habitación. Abrió la puerta y entró. Se sentó a los pies de la cama, acabó por caer de espaldas y cerró los ojos. ¡Menudo día!

Poco después apareció Shara. También estaba cansada. Poner en orden la casa después de tanto trajín había resultado una tarea muy ardua. Se acercó a la cama y se echó junto a Hasim, bocabajo. Miró a su marido y vio que fruncía el entrecejo.

—Ha sido una fiesta magnífica y al príncipe se le veía feliz como nunca —dijo ella, pero él no reaccionó—. ¿Qué te preocupa? —preguntó.

—Durante la fiesta el sultán ha mencionado la Meca en varias ocasiones.

—¿Y qué? —preguntó Shara.

210

—Que Abbas, que sirvió durante un tiempo en palacio y conoce las costumbres, acaba de decirme que cree que era una fiesta de despedida.

—No digas tonterías.

—Quizás no lo son —dijo Hasim—. Los nobles son muy extraños y poseen un lenguaje muy particular. Si fuese una despedida, tendría que irse y yo no puedo dejar que se marche solo. Ha sido tan bueno con nosotros...

—Si tú lo ordenas, lo acompañaremos —aceptó Shara.

—En tu estado no te conviene un viaje tan largo. Buscaré una casa aquí, en Marrakech, que es lo que ya queríamos hacer de buen comienzo, y tú te quedarás y me esperarás.

—¿Regresarás antes de que nazca nuestro hijo?

—No lo sé. La Meca está muy lejos —sonrió Hasim con tristeza.

Al día siguiente se presentaron unos criados de palacio que traían dos maravillosos tapices que depositaron a los pies de Alí Bey.

—Dad las gracias al sultán y decidle que siempre estará en mi corazón —dijo Alí Bey.

Hasim ordenó recoger los tapices y aprovechó para hablar con Abbas.

—La fiesta de ayer no era una despedida —sonrió Hasim —. ¿Haría el sultán un regalo como éste a alguien que no ama y que no desea retener?

—Esperemos unos días y tendremos la respuesta —le devolvió la sonrisa Abbas.

Cinco días más tarde los soldados del sultán se presentaron de nuevo. Traían unas cartas de recomendación para

Alí Bey y una hermosa tienda de tela roja con franjas de seda. Los acompañaban dos alfaquíes. Los soldados montaron la tienda ante Alí Bey y los alfaquíes entraron en ella y rezaron pidiendo la protección de Dios para tan largo viaje.

—El sultán se siente ofendido. Muy ofendido —dijo Abbas —. Ahora ya no hay duda sobre sus intenciones. No lo echa porque es descendiente del tío del Profeta, pero no lo recibirá nunca más.

Hasim fue a ver a Alí Bey y lo puso al corriente de la situación.

—Tenemos que hacer el equipaje —concluyó.

—Es otro ataque de alguien que me quiere mal —replicó Alí Bey—. Escribiré una carta al sultán y solicitaré audiencia.

Dos días después, por la tarde, Mohanna estaba sentada sobre cojines, mientras Tigmu le arreglaba las uñas de los pies. La puerta se abrió y apareció Alí Bey. Nada más verlo, Mohanna hizo un gesto con la mano para ordenar a Tigmu que dejase sus pies y que abandonase la habitación.

—El sultán no contesta a mi carta —explicó el príncipe—. He hablado con Sidi Mohamed y no hace más que repetir que Suleimán me desea muy buen viaje.

—¿Qué haremos ahora?

—Tenemos que abandonar Marrakech.

—¿Y adónde iremos, mi señor? —preguntó ella.

—Lejos de estas tierras.

—Podríamos dirigirnos a otra ciudad y aguardar hasta que el sultán reflexione —apuntó Mohanna.

—Aún no sé qué debo hacer, pero es evidente que tengo que tomar alguna decisión si no quiero perderlo todo —dijo él con rabia.

Mohanna lo abrazó. Ahora lo veía como a un niño

desvalido y apretó la cabeza de aquel hombre menudo contra su pecho. Seguro que alguien, envidioso por la gran cualidad de su marido, le había puesto una trampa y había hecho creer al sultán que Alí Bey lo había ofendido, pensó. Sin embargo, para ella también era más que seguro que la verdad y la justicia acabarían por imponerse y que su príncipe recuperaría todo su prestigio.

*** ***

El muchacho cruzó la plaza y al llegar a la calle descubrió que las puertas de la casa estaban abiertas. Se extrañó, se acercó y miró.

Cinco criados limpiaban el patio bajo las órdenes de un hombre que permanecía sentado en un rincón. Las ventanas también estaban abiertas y se adivinaba movimiento en el interior de la casa.

—¿Qué buscas? —preguntó el hombre que estaba sentado al verlo entrar.

—Yo... —dudó el muchacho.

—No necesito curiosos, sino gente que limpie para cuando llegue el nuevo señor —dijo aquel hombre.

—¿El nuevo señor? —preguntó el muchacho—. ¿No está ya el príncipe Alí Bey?

—Esta mañana, bien temprano, su caravana se ha puesto en marcha.

—¿Adónde ha ido?

—¡Y yo qué sé! —exclamó aquel hombre.

—¿Se han ido todos? —insistió el muchacho.

—¿Acaso no lo ves?

—¿Y no regresará?

—¿No te he dicho que la estamos limpiando?

—Pero...

—No molestes más, estamos muy atareados —se levantó

el hombre y lo empujó hacia la puerta del jardín.

El muchacho se encogió de hombros, contempló la carta que traía en las manos, la dejó sobre una piedra y se fue. Él ya había cumplido con el encargo.

*** ***

—Ha ordenado construir una litera de las que se cargan sobre los animales como la que se emplea para transportar una novia. Allí viaja Mohanna, mientras que Tigmu camina a su lado, sin más protección que su haik —informó Abbas.

Sidi Mohamed tomó las dos monedas y se las lanzó.

—Puedes retirarte —ordenó.

Abbas le dedicó una profunda reverencia y salió, mientras Sidi Omar tomaba su taza de té y bebía.

—He de felicitarte —dijo el pachá.

—Hemos de felicitarnos —respondió Sidi Mohamed—. Alí Bey ya resultaba demasiado peligroso. El sultán empezaba a sentir simpatía por él.

*** ***

El coronel Ventura ordenó que le preparasen el coche, recogió todos los documentos y salió de su despacho. Las noticias eran importantes y Godoy tenía que saber que el viajero ya había empezado a moverse.

Mientras cruzaba Madrid para dirigirse al palacio de Godoy, volvió a leer la carta, sobre todo los párrafos que hacían referencia directa a los acontecimientos. Estaba fechada el día 12 de abril de 1805 y procedía de Fez.

Llegó al palacio donde le comunicaron que Godoy se hallaba reunido, la misma respuesta desde hacía semanas, y que no podía recibirlo, aunque él insistió. Las noticias que traía eran de la máxima urgencia. Sin embargo, el Príncipe de la Paz había dejado muy claro que nadie debía interrumpirlo. Ventura insistió una y otra vez hasta que el secretario le contestó que intentaría hacerle llegar una nota.

—Esperaré —dijo el coronel Ventura, y se sentó en una silla con la espalda bien tiesa.

El secretario hizo un gesto con la cabeza, ladeándola. Si quería esperar, que esperase. Sentado, pensó con sorna. La situación en Europa, con Napoleón que exigía que España designase a un hombre para unirse a Villeneuve en el mar, centraba toda la atención del Príncipe de la Paz, que ya hacía algunas semanas que buscaba a ese hombre que pudiera dirigir la escuadra junto al francés. Finalmente lo había encontrado. Federico Carlo Gravina, marino siciliano, gozaba de notable experiencia tras haber participado en el asedio de Gibraltar el año 1779, en el de Menorca el año 1781, en la defensa de los puertos de Portvendres, Cotlliure y Roses durante la guerra con los franceses entre los años 1793 y 1795 y haber dirigido la escuadra del Atlántico desde el año 1796 hasta 1802. Tenía suficiente talla como para navegar junto al francés y enfrentarse a la flota inglesa que, según habían podido saber, no estaría al mando de Nelson porque el almirante estaba demasiado ocupado en el Mediterráneo.

Dos horas más tarde, el coronel Ventura seguía sentado en la silla y el secretario ni se había movido.

—¿Cuándo pensáis hacerle llegar la nota? —preguntó el coronel.

—No puedo interrumpir la reunión —sonrió el secretario —. He de esperar a que acaben o a que se tomen un descanso.

Casi a mediodía oyó ruido de puertas y de pasos. Entonces, el secretario se levantó y desapareció por la puerta que daba al despacho de Godoy. Poco después regresaba y se quedaba plantado indicando al coronel Ventura que ya podía entrar.

El Príncipe de la Paz permanecía sentado con los codos sobre la mesa y la cara escondida entre las manos.

—Ventura, esto es de locos —dijo, apartando ligeramente las manos y mirando al hombre que acababa de aparecer por la puerta—. Napoleón ha decidido invadir las Islas Británicas y acabar con su imperio. Dice que, ahora que los ingleses han perdido las colonias americanas, ya no son nadie y que ya es hora de que el león deje de rugir. Ya basta de bramidos, ha dicho el emperador. Y, no contento con eso, mantiene diferencias con Francisco II de Alemania y con el zar Alejandro de Rusia, que se han aliado con William Pitt contra Francia.

—Todo explota al mismo tiempo —dijo Ventura, y le entregó la carta que acababa de recibir—. Parece que alguien va detrás de nuestro viajero y ha tenido que abandonar Marrakech.

—¿Dónde está ahora? —se puso en pie Godoy.

—En Fez, según explica en su carta —abrió la cartera y sacó otro documento—. «Sidi Alarbi sigue vivo y se ha levantado contra el sultán... Si el hermano de Alarbi me trae a Fez un ultimátum satisfactorio, este mismo mes estaré con él en las montañas e iniciaré las operaciones militares» —leyó.

—Eso significa que la rebelión en Marruecos ya es una realidad.

—Aún no del todo, pero apunta en esa dirección.

—¡Bien! —exclamó Godoy—. Por lo menos una buena noticia. Tenemos que prepararlo todo —dijo con entusiasmo.

El coronel Ventura se levantó de su asiento, le dedicó una ligera reverencia y salió. Godoy respiró hondo. Marruecos quería decir cereales; cereales quería decir dinero: dinero quería decir armas y barcos: armas y barcos querían decir América: y América quería decir recuperar el prestigio del imperio español en Europa.

¡Por fin había llegado el gran momento!

11 - LA SOMBRA DEL VIAJERO

En junio de 1805 el verano se adivinaba muy caluroso. Aquella mañana, como cada semana, después de llamar a la puerta y escuchar la voz de Sidi Omar Buseta que le concedió su permiso, el funcionario entró en la sala que el gobernador empleaba como despacho, se dirigió a la mesa y depositó los últimos informes sobre las recolecciones. Nada más poner un pie en la estancia, descubrió que el gobernador bebía té en compañía de un oficial de la guardia de Suleimán. Agachó la cabeza, se dirigió a la mesa y dejó el informe, pero no salió de inmediato, sino que se hizo el distraído para poder seguir la conversación. Era curioso por naturaleza.

—No ha resultado nada fácil, pero el sultán finalmente ha decidido echarlo del país y no permitir que permanezca en Fez. Sin embargo, ese hombre no parece capaz de entender el lenguaje de los gestos —decía el oficial, y el funcionario captó en seguida que hablaban de Alí Bey—. A pesar de que el pachá de aquella ciudad le había dispuesto una escolta y le había dicho que en ocho días lo tendría todo a punto para que pudiese proseguir su viaje, no había manera de echarlo.

—¿Y ahora qué? —preguntó Sidi Omar.

—Suleimán le escribió una carta para comunicarle que incluso su vida peligraba a causa de su boca, que no cesa de hablar y hablar sin tener en cuenta nuestras costumbres, pero ese hombre es increíble —explicó el oficial—. Aún quería regresar. Finalmente, desesperado, Suleimán le ha enviado a Muley Abdelmelek para que le entregue nuevas cartas de recomendación para el bey de Túnez, para el pachá de Trípoli y para el de Tarables y con la orden de entregarle una suya, personal, para el de Argel, con quien Suleimán no mantiene buenas relaciones, pero sí Abdelmelek. El sultán supone que, con semejantes deferencias, finalmente Alí Bey entenderá el mensaje —siguió explicando el oficial, a pesar de que no parecía muy convencido.

—Ese hombre es muy estúpido —exclamó Sidi Omar—. Se le ha concedido permiso para llevarse consigo todo lo que le pertenece, incluso las mujeres y los criados. ¿Qué sucederá si sigue sin querer entender?

—Pues que Abdelmelek tendrá que acompañarlo hasta la frontera con Argelia y obligarle a cruzarla.

—¡Bien! Esperemos que se largue de una vez.

El funcionario acabó de ordenar los documentos de la mesa y salió. Todo Marrakech había seguido con interés los últimos pasos del príncipe sirio, al que bastante le había costado ponerse en camino, y él había seguido aquella historia de manera muy especial. Estaba al corriente del odio que el gobernador sentía por Alí Bey, a quien tildaba de fachenda y con una falta considerable de educación y sin el menor respeto por nadie. Tanto era así que el sultán no había tenido bastante con echarlo de Marrakech, sino que había seguido pinchando para expulsarlo de Marruecos. Y, por fin, parecía que lo había logrado.

¡MALDITO MUSULMÁM!

*** ***

El día 27 de julio de 1805 y en Madrid, tras una primavera harto lluviosa, el verano estaba resultando seco de veras. Tan seco y caluroso que costaba caminar bajo aquel sol abrasador.

El coronel Ventura, sentado en su despacho, leía atentamente la nota que Godoy le había enviado. Había que cambiarlo todo.

Dejó el documento sobre la mesa y se frotó la cara. Había que cambiarlo todo, decía Godoy. ¡Otra vez!, exclamó Ventura.

Amorós había escrito para explicar que el criado que había salido de viaje el mes de mayo para transportar diez mil duros al viajero había desaparecido y no tenían noticias de él. Ni del criado ni del dinero. ¡Sólo faltaba aquello!

Por otro lado, la flota franco-española se había enfrentado a la armada británica en Finisterre y el resultado era que el almirante Calder había vencido a Villeneuve y a Gravina. En consecuencia la invasión de Inglaterra, programada por Napoleón, había tenido que posponerse y por el momento William Pitt había ganado la partida. Pero lo más grave era que, a pesar de que los barcos franceses y españoles habían salido malparados, el emperador seguía empeñado en una guerra absurda y había ordenado rehacer la flota y prepararla para un nuevo ataque. En vista de las circunstancias y del giro que tomaban los acontecimientos, Godoy ordenaba agilizar al máximo la campaña de Marruecos y preguntaba insistentemente dónde se encontraba el viajero y cuál era la situación.

El Príncipe de la Paz había escrito al general Castaños, comandante del Campo de Gibraltar, para que lo tuviese todo a punto para embarcar. Había que cambiarlo todo para enviar el armamento al viajero, había exclamado Godoy. Y su afán por cambiar había alcanzado incluso al responsable de la operación en Andalucía, porque tras casi un año el Príncipe de la Paz había llegado a la conclusión, evidente para Ventura, de que el marqués de Solana no era de fiar y lo había apartado del asunto sustituyéndolo por el general Castaños, con quien también había tenido un enfrentamiento en el pasado que costó al militar el destierro a Badajoz hasta que Godoy consideró que, tal vez, el general había aprendido la lección.

¡Dios mío!, exclamó Ventura. Mirase por donde mirase, el jefe del gobierno español tenía deudas pendientes, ofensas por pagar y enemigos que le sonreían, pero que no hacían más que meter palos en las ruedas.

Había que cambiarlo todo, no cesaba de repetir aquel hombre. ¿Cambiar qué?, se preguntaba el coronel Ventura. El general Castaños se había hecho cargo de recoger todo el material y almacenarlo en el Campo de Gibraltar y, por fin, habían llegado las armas, pero la sorpresa era que no había municiones. Un ligero descuido. Sí, seguro. ¿De qué sirven, entonces, las armas?

—¡Pandilla de inútiles! ¡Que las busquen bajo las piedras! —había gritado como un loco Godoy.

—Castaños ha ordenado que las fabriquen en Cádiz —había informado Ventura.

—¡Bien! Supongo que es la solución más rápida —había aceptado Godoy.

Para Ventura no había duda de que el general Castaños también se tomaba su venganza, porque seguramente formaba parte del ejército de enemigos del Príncipe de la Paz que no dejaban de decir y de repetir que aquella aventura de Marruecos era un sueño de locos.

El coronel se levantó y miró por la ventana. Estaba previsto que a finales de mayo diera comienzo la revuelta en Fez, pero a principios de julio habían recibido la noticia de que el día 30 de mayo el viajero había abandonado la ciudad y se dirigía a Oujda, donde había llegado tras cruzar el desierto de Angad, después de padecer unas tempestades horribles. Eso lo sabía gracias a las cartas del cónsul en Tánger, González Salmón, a quien finalmente no habían tenido más remedio que poner al corriente de todo el plan, después de más de dos años de mantenerlo en la inopia. Y la verdad era que no le hacía mucha gracia. ¡En fin! Otra ofensa que costaría borrar y otro posible enemigo que sonreiría a Godoy mientras lo apuñalaba por la espalda.

Nada más recibir la noticia, Ventura había buscado Oujda en el mapa. ¡Santos del cielo! Se hallaba al este, en el otro extremo del país, en la frontera con Argelia, cerca de Melilla. Entonces se produjo otro cambio. El material no partiría camino de Tánger, como había pensado en un primer momento, ni se dirigiría a Rabat, que fue la segunda opción tras haber descartado Mogador, sino que ahora embarcaría rumbo a Melilla.

—¡Mucho mejor! —había exclamado Godoy—. Melilla es territorio español. Gozaremos de mayor libertad de movimientos.

—Pero, si la revuelta tiene lugar en Rabat, no acabo de entender que se dirija a Oujda —había dicho Ventura, perplejo.

Y no había para menos. Las últimas noticias del viajero hablaban del levantamiento de Sidi Alarbi en Rabat y esa ciudad estaba en la costa atlántica. Fez se encuentra en pleno Marruecos, en el interior y hacia el este. Pero Oujda está en dirección contraria a Rabat. El coronel Ventura no entendía nada de nada.

—Lo dice muy claro en su carta: quiere armar a las tribus de las montañas y regresar a Marrakech —había explicado Godoy.

Quizás sí, pero Ventura seguía sin comprender los extraños movimientos del viajero, que cada vez se asemejaba más a una sombra que se escurre en mitad de la oscuridad y, para ser precisos, costaba creer que, si pretendía conquistar Marrakech, empezara por la frontera este con Argelia, justo al otro extremo del reino.

El coronel contempló el cielo, que aparecía claro y sereno. Sólo unas pequeñas nubes se atrevían a manchar aquella inmensidad azul. Respiró hondo y sopló con energía. Seguramente la gente de Marruecos estaría viendo el mismo cielo. Apartó los ojos del firmamento, se dio la vuelta y se dirigió de nuevo hacia la mesa. ¿Dónde estaba aquella carta? La que había llegado de Fez y que estaba fechada el día 20 de mayo. Removió papeles hasta que la encontró.

«Ya han pasado diez días del término fijado y el hermano de Alarbi no aparece con su gente. No sé si habrá muerto porque su tribu tuvo un encuentro con las tropas de Muley Suleimán y dicen que ha habido cuatrocientas bajas... Yo habría partido hacia la montaña, pero la cubren ocho mil hombres de Mequinez... Si todo se frustra intentaré pasar de Argelia a las montañas... Creo que esta será la última carta hasta que llegue a las montañas o a Argelia».

Europa andaba loca, los caminos por mar no eran seguros y las noticias que llegaban eran confusas. El propio cónsul de Marrakech escribía que no tenía noticia alguna de la muerte de los cuatrocientos rebeldes en Rabat. Entonces había escrito al cónsul de Rabat, pero no había obtenido respuesta. Quizás porque la revolución se lo impedía.

¡Santa Madre de Dios! ¿Cuánto dinero había costado ya aquella operación? ¡Uf! Le daba miedo sumar todas las remesas de fondos que le había enviado al viajero. Casi podría haber equipado todo un ejército.

Quizás el marqués de Solana, el general Castaños, el infante Fernando, el marqués de Las Amarillas... y tantos y tantos otros tenían razón y aquello era una locura, porque todo era ya incontrolable, reflexionó Ventura. Sí, tal vez tendría que hablar con el Príncipe de la Paz y hacerle ver que todo aquel asunto había adquirido unas dimensiones y había tomado unos derroteros que...

*** ***

Sidi Omar Buseta tomó la carta que le acababa de entregar el soldado y empezó a jugar con ella. Hacía ya muchos días que la habían encontrado en la casa que ocupaba Alí Bey en Marrakech, pero inexplicablemente había pasado de mano en mano y de despacho en despacho hasta que alguien tuvo la feliz idea de llevársela al pachá.

Según las últimas noticias, Alí Bey estaba a punto de abandonar Marruecos. ¿Qué tenía que hacer con aquella carta? ¿Enviársela?

Dejó de jugar y contempló aquel sobre. Sentía curiosidad por su contenido. ¿Y por qué no podía conocerlo? Alí Bey ya estaba prácticamente fuera de Marruecos y no necesitaría aquella carta para nada.

Rompió el sello, abrió el sobre y sacó la carta. Estaba escrita en castellano.

—Buscad un intérprete de español —ordenó.

*** ***

El viaje desde Fez hasta Oujda había durado diez días. Un desplazamiento largo y penoso, porque la región fronteriza con Argelia andaba manga por hombro y el peligro acechaba en cada curva del camino. Aquellas tierras, lejos del poder del sultán, escondían hombres que atacaban a las caravanas, por lo que los guías se veían obligados a escoger sendas difíciles, hasta el extremo de que sólo respiraron aliviados cuando las puertas de la ciudad se cerraron a sus espaldas. El país era tan inseguro que incluso durante el día los soldados que montaban guardia tenían que repeler los ataques de los jinetes que de vez en cuando se acercaban a las murallas en actitud hostil y disparaban sus escopetas.

Tigmu se sentó junto a la celosía de la ventana que daba al jardín. Ya hacía dos meses que estaban en Oujda, donde Alí Bey había alquilado una casa grande, teniendo en cuenta lo que significa el calificativo grande en una pequeña población de poco más de mil habitantes que, eso sí, contaba con hermosos jardines gracias a la abundante fuente de Sidi Yahya situada a un cuarto de jornada hacia el este y de la que brotaba un agua de excelente calidad.

La tarde en que llegaron la caravana se había adentrado por las calles estrechas y Tigmu había contemplado las casas, todas ellas bajas y de una construcción que enseguida se adivinaba de mala calidad.

Alí Bey había escogido una casa con un amplio jardín y situada cerca del pequeño mercado. Allí se detuvieron y Alí Bey ordenó descargar el equipaje. Mohanna viajaba en la litera y en ningún momento, durante todos aquellos días, le había permitido que subiese y que descansara ni un instante, por lo que Tigmu tenía los pies llagados y doloridos.

—En mi estado no puedo hacer ningún esfuerzo. Mi señor no le perdonaría a nadie que perdiera a su hijo —no dejaba de repetir aquella mala bruja.

A pesar de que durante los dos últimos días Tigmu tuvo que curarse los pies llenos de llagas, Mohanna siguió con sus exigencias.

Alí Bey, al día siguiente de su llegada, había ordenado a Hasim que comprase algún mueble porque los que había en la casa le parecían poca cosa.

Tigmu, sentada en el alféizar de la ventana, tras la celosía, recordaba todos aquellos detalles y lo mucho que le habría gustado quedarse en Marrakech, tal como había hecho Shara. Hasim era un hombre joven y agradable que el segundo día de travesía del desierto había hablado con Alí Bey para pedirle que la dejase viajar en la litera.

—La litera es de Mohanna —había respondido el príncipe—. Hablaré con ella, pero no soy yo quien decide.

Y la decisión había sido que una esclava tiene que andar y servir a su señora. Así de simple.

Menos mal que Hasim, siempre atento, le había proporcionado durante todo el viaje agua y sal para los pies. Cuando menos había conseguido algún alivio.

Durante aquellos dos meses que ya llevaban en Oujda, el único momento en que podía estar sola y en paz era cuando el príncipe visitaba a Mohanna, cosa que ocurría a diario. ¿No decía la mala puta que tenía que guardar reposo? Pues, cuando estaba con su señor, no paraba quieta ni un instante. Tigmu lo sabía muy bien. La había visto actuar en alguna ocasión. Mohanna no se cohibía delante de ella. Al contrario: casi hubiera jurado que disfrutaba mirándola desde lo alto de su pedestal, aunque estuviese echada y con un hombre encima. Y Alí Bey parecía muy acostumbrado a otras presencias cuando gozaba de una mujer.

Suspiró. Allí, detrás de la celosía, se estaba bien. El aire que entraba era fresco, a pesar de que el sol brillaba con fuerza.

—No te quedes ahí perdiendo el tiempo —oyó la voz de Mohanna—. Levántate, tenemos que hacer el equipaje.

—¿Nos vamos? —preguntó Tigmu volviendo la cabeza.

Mohanna había entrado sin hacer el menor ruido y Tigmu no se había dado cuenta hasta tenerla casi encima.

—Pareces idiota —la menospreció Mohanna, y la empujó—. ¿Por qué, si no, tendríamos que hacer el equipaje?

—¿Y cómo es eso?

—Si yo obedezco a mi señor sin rechistar, con mayor razón una esclava como tú debe cerrar la boca y trabajar.

Tigmu bajó la mirada, se levantó y empezó a recoger la ropa. De pronto toda la casa se había puesto en movimiento y los criados andaban arriba y abajo, los baúles se llenaban y nadie paraba quieto.

Poco a poco el patio acogió todo lo que habían traído a la casa y que ya cargaban sobre los animales siguiendo las instrucciones de Hasim, que no dejaba de pensar en lo que había sucedido.

El día anterior a primera hora de la mañana un europeo había preguntado por Alí Bey y había dicho que tenía que hablar con él con urgencia. Hasim había deducido que tenía que ser español porque, a pesar de que se había expresado en árabe, el acento le resultaba familiar. Aquel hombre y su señor estuvieron reunidos por espacio de más de dos horas. Después, aquel hombre se fue. Hasim sólo había podido captar algunas frases cuando entró con el criado que les servía el té.

«El cargamento se retrasará», había dicho aquel hombre, mientras Alí Bey replicaba que aquello era un desastre. ¿De qué hablaban?, se preguntaba Hasim. Otra frase que le había sorprendido mucho, también la había pronunciado el visitante. «No sabemos cómo ha podido llegarles la noticia, pero mucho me temo que ya sospechan que quien dice que es, no es lo que es», había afirmado aquel hombre. «¿Cómo podéis estar seguro?», había preguntado Alí Bey. «La gente habla y sabemos que quien está por debajo del más grande ha ordenado enviar un grupo que se dirige hacia aquí». De hecho todo el rato empleaban un lenguaje extraño, repleto de medias palabras que escondían otras palabras que sólo parecían entender ellos.

¿Quién dice que es? ¿Por qué dice que es, pero que no es? ¿Y quién es el que está por debajo del más grande?, se preguntó Hasim cuando se marchó aquel hombre. ¡Uf! Alí Bey, cuando se liaba con pensamientos filosóficos, soltaba unas frases demasiado complicadas para un pobre hombre como él, había concluido Hasim, recordando las interminables discusiones con los doctores de la ley de Fez, la primera vez que estuvieron allí. Porque esta segunda visita había resultado muy distinta y sorprendente, por no decir misteriosa. Durante su estancia no ocuparon la misma casa que en la primera ocasión, sino que Alí Bey pagó generosamente por otra que era menor y sin tantas aberturas. Allí estuvieron casi dos meses, encerrados, sin apenas salir, como no fuese para comprar en el mercado. Cada día recibían la vista de un funcionario de Baquil, el pachá de Fez, que venía para preguntar cuándo se irían. Incluso le ofreció cinco caballos más para que pudiera hacer el viaje con mayor seguridad. De vez en cuando, Alí Bey abandonaba la casa para dirigirse al consulado español. Esperaba una nueva remesa de dinero, explicaba. Por eso iba tan a menudo. Quizás sí, pero no era necesario que permaneciera en el consulado tanto rato, pensaba Hasim cuando lo acompañaba y recibía la orden de esperar en el patio, mientras su señor se entrevistaba con un hombre de allí dentro, que siempre era el mismo.

Pero lo más curioso de todo era que Alí Bey dormía con armas en su habitación. Nunca lo había hecho antes. Ni siquiera durante el viaje a Mogador ni en Semelalia. ¿De qué tenía miedo?

Finalmente, Alí Bey había recibido una carta del sultán, que pidió a Hasim que le tradujese.

«La paz sea contigo» —decía la carta—. "Has de saber que no he ordenado a Baquil que te haga marchar ni que te proporcione cinco caballos más. Él ha tomado esta decisión empujado por las historias que ha escuchado y que hablan de ti y de astrología, arte que en nuestra tierra se tiene por una herejía o por una infidelidad que merece la muerte. Cierra tu boca y vigila la puerta de tu casa, porque no conoces la gente de aquí y no sabes la sangre que puede resultar de tus palabras.»

Después continuaba con unos consejos sobre el mejor camino para abandonar Marruecos.

—Nos quedamos —había dicho Alí Bey.

—Pero, noble príncipe... —había intentado protestar el intérprete. Las palabras del sultán no podían ser más claras.

—No he acabado lo que he venido a hacer —lo había cortado Alí Bey.

Y ya no habían hablado más hasta que llegó Muley Abdelmelek.

En aquella ocasión Hasim asistió a toda la conversación, pero no porque Alí Bey se lo pidiese, sino porque Abdelmelek quería estar seguro de que el príncipe entendía perfectamente sus palabras.

—Lo mejor es que te dirijas a Argelia, si no quieres embarcar en Tánger. He dado orden para que te dejen pasar y que procuren por tu seguridad para que ningún enemigo te alcance. Cuando llegues a Túnez, embarca y dirígete a Egipto —había dicho Abdelmelek.

—Me siento triste por tener que abandonaros. El sultán ha sido tan generoso conmigo que quisiera servirlo por siempre jamás —había respondido Alí Bey.

—Ya lo sé, pero las fuerzas no están de tu lado.

Al día siguiente el general de la guardia del sultán se fue y Alí Bey, triste y compungido, dio la orden de prepararlo todo para partir.

Hasim no entendía nada. ¿Quiénes eran los enemigos de su señor? ¿Por qué tanto misterio en las palabras de Abdelmelek? ¿Qué fuerzas eran las que estaban a un lado y a otro?

¡Bien! Tenían que hacer de nuevo el equipaje. Y también tendrían que buscar un guía. Ésa sería la parte más difícil. La región no era segura y los guías no querían ni oír hablar de viajar más hacia el este.

*** ***

Godoy entró en la sala grande, donde ya lo esperaba su estado mayor, y se sentó a la larga mesa. Napoleón había decidido enfrentarse de nuevo a la flota inglesa y esta vez no toleraría ningún error, había gritado.

—¿Con qué fuerzas contaremos? —preguntó.

El comandante en jefe de la flota, el mariscal Gravina, se puso en pie y sacó un documento que traía en su cartera.

—Nuestros aliados franceses armarán dieciocho barcos y seis fragatas. Nosotros sumaremos quince barcos. Eso hace un total de treinta y tres barcos y seis fragatas —informó.

—¿Y los británicos? —arqueó las cejas Godoy.

—No creemos que puedan contar con más de veinticinco barcos y alguna fragata —sonrió Gravina—. En todo caso sus fuerzas serán notablemente inferiores a las nuestras.

—¿Cómo se planteará la batalla?

—Disponemos de más barcos que ellos. Lo más lógico es atacar en formación de semicírculo para rodearlos y ahogarlos.

—¿Ya sabemos quién mandará la flota enemiga?

—Todo apunta a que será Nelson —siguió informando Gravina.

—El vencedor de Abukir.

—Que ahora será derrotado —respondió Gravina.

—Lo mismo dijisteis en Finisterre. ¿Qué os da pie a suponer que ahora será diferente? —lo miró Godoy a los ojos.

Gravina se puso tenso.

—Esta vez obligaremos a los ingleses a que vengan a nuestro terreno y que traigan también sus barcos del Mediterráneo. Hemos previsto bloquear el paso del estrecho de Gibraltar hasta que se vean en la necesidad de presentar batalla —explicó—. En esta ocasión acabaremos de un plumazo con toda la escuadra británica —exclamó con un rictus de rabia en sus labios.

—Espero que no os equivoquéis, porque en caso contrario no nos quedará ni un solo barco para controlar las colonias del otro lado del Atlántico y ya podéis imaginaros lo que podría suceder en tales circunstancias —replicó Godoy, se levantó y abandonó la sala sin ni siquiera despedirse.

Atravesó el vestíbulo, subió las escaleras y se dirigió a la sala azul. Entró y cerró la puerta. Entonces se sirvió una copa de vino y se dejó caer sobre el sofá. Demasiada tensión, demasiadas decisiones, demasiados problemas, demasiados enemigos, demasiado... ¡Demasiado de todo y nada bueno! Estrelló la copa contra el suelo.

Un poco más calmado, se levantó y se sirvió otra copa de vino. Ante sí tenía el cuadro que había pintado su protegido Goya. Lo descubrió y lo contempló a placer.

No había en todo el mundo mejor pincel que el de Paco Goya. Bien podía afirmarlo después de haber visto el último retrato de toda la familia real, pintado con una precisión absoluta, sin idealizar nada. La reina María Luisa con cara de pastel y aquella sonrisa de labios finos que no servían para nada más que para subrayar una nariz de patata y unos ojos pequeños y caídos. Aún no podía comprender cómo la reina había permitido que la representara de aquella manera.

Sonrió, alzó la copa en un brindis y la apuró de un sólo trago. ¡Sí, señor! Con idéntica maestría no había olvidado un sólo detalle del cuerpo que Godoy contemplaba en aquel instante. Los pechos generosos y bien separados, los muslos de carnes prietas, el pubis rasurado y aquella media sonrisa que lo convidaba a... Pero, sobre todo, lo que más lo atraía era aquella mirada ladeada y profunda como la noche.

¡Qué daría él por poder contemplar aquel cuadro en su despacho!, había exclamado. Y Goya, su amigo Paco, le había proporcionado la solución. Pintaría la misma figura, en la misma posición, con idéntica sonrisa y la misma mirada, entre lasciva y prometedora, pero vestida, y dispondría ambos cuadros de tal suerte que uno estuviese detrás del otro y que, con un sencillo mecanismo, pudiese subir el vestido y aparecer el desnudo, casi como si él mismo agarrase la falda y buscase la entrepierna húmeda que ya conocía.

Godoy cerró los ojos, echó la cabeza hacia atrás y se imaginó a sí mismo tirando de un cordón atado al cuadro de la mujer vestida y haciéndolo subir hasta que lentamente aparecían los pies, las piernas, los muslos y...

De pronto se liberó de los botones de los pantalones, se los bajó y contempló el resultado de sus pensamientos. Alargó la mano, lentamente, y se cogió el miembro con fuerza. Después, sus ojos se clavaron en la entrepierna de la mujer del cuadro e imaginó que su lengua lamía aquellos labios. Su mano inició un movimiento lento, que cada vez se volvió más frenético. No podía apartar su mirada de aquel cuerpo y poco le importaban los ojos o la cara. Únicamente veía aquel pliegue entre las piernas y su mano seguía moviéndose con frenesí. De pronto se detuvo, abrió desmesuradamente la boca soltando gemidos, arqueó el cuerpo y la mano se le empapó del fluido blanco y pegajoso. Finalmente acabó doblado sobre el sofá, con las piernas encogidas y los ojos fijos en aquellos pechos.

¡Santo Dios! ¡Cuánta tensión genera el gobierno de una nación! Exhaló todo el aire de sus pulmones.

Había sido obligado a casarse con una mujer a la que no amaba y que, incluso, le daba asco tocar. Y todo porque la reina quería estar bien segura de que lo tendría a su disposición cuando su real voluntad creyese oportuno.

Miró de nuevo el cuadro. Menos mal que aquello lo relajaba, pensó, y buscó el pañuelo para poner remedio al desastre que acababa de provocar en su mano y en sus pantalones. Ahora tendría que mudarse de ropa.

—¡Eusebio! —gritó.

Por lo menos, el envarado mayordomo era extremadamente discreto. Eso le disculpaba otros defectos.

*** ***

Incluso les propinó algunos latigazos a los criados para que se apresurasen. Era la primera vez que Hasim veía a su señor tan violento. Entonces ordenó que se dirigieran hacia la puerta de Oujda.

Al llegar, los soldados se negaron a abrirla argumentando que salir en aquellos momentos resultaba peligroso. Alí Bey ordenó que lo dejasen pasar, pero los soldados se negaron de nuevo y uno de ellos corrió a avisar al jeque Solimán, que se presentó enseguida.

Discutieron. Alí Bey gritaba como un loco, Hasim traducía y el jeque hacía verdaderos esfuerzos para explicar con las mejores palabras que había recibido instrucciones precisas de Sidi Mohamed Salaui para que procurase por la seguridad del viajero y que no podía permitir que partiese de allí camino de Argelia y sin un guía.

Finalmente Alí Bey se dirigió a su caballo, lo montó y sacó de debajo de la silla un par de pistolas.

—Ordena a tus hombres que abran la puerta y me dejen marchar o tú serás el primero en caer —gritó y apuntó al jeque con las armas.

Todos se quedaron en silencio. Los soldados de la puerta no sabían cómo reaccionar y el jeque exhibía en su rostro un gesto entre asustado y sorprendido.

—Lo hago por tu bien —se excusó.

—Nadie puede decirme a mí, a un príncipe, cuál es mi bien o mi mal —replicó Alí Bey—. Ordena que abran las puertas.

El jeque Solimán quería seguir discutiendo, pero la mirada de Alí Bey dejaba muy claro que el tiempo de las palabras se había agotado.

—Abrid y dejadlos pasar —ordenó, tras meditarlo unos instantes. No demasiados, porque aquel par de cañones apuntaban directamente a su estómago y los ojos del príncipe no daban pie a demasiadas alegrías.

Cuando la caravana hubo salido, el jeque ordenó cerrar las puertas.

—¡Pobres desgraciados! No llevan ni guía ni protección y, por lo que he podido ver, tampoco van sobrados de agua —dijo uno de los soldados.

—Ya se las apañarán —replicó el jeque.

Sin embargo, cuando Solimán llegó a su casa andaba muy compungido. Si al príncipe le sucedía algo, el primer ministro le arrancaría la piel a tiras. El mensaje había sido: «No permitas que abandone la ciudad hasta que lleguen mis hombres. Dile que es por su seguridad». De manera que decidió enviar un mensaje urgente al oeste, lugar por donde tenían que llegar los soldados de Sidi Mohamed. Él ya habría cumplido.

12 - EL GRAN DESASTRE

—¿Habéis dicho Larache? —exclamó Godoy con unos ojos como platos.

—Larache —repitió el coronel Ventura.

—¿Y sólo hay un Larache? —preguntó el Príncipe de la Paz.

El coronel Ventura señaló el punto en el mapa.

—No lo entiendo —meneó Godoy la cabeza a uno y otro lado—. Larache está situada al nordeste de Marruecos y él, teóricamente, debería estar a las puertas de Argelia.

—Por lo visto no pudo llegar —dijo Ventura—. El cónsul Salmón ha sabido que el viajero abandonó Oujda el día 4 de agosto, pero que se perdió en el desierto y a punto estuvo de morir por falta de agua, desgracia que le habría alcanzado si no llega a ser por la caravana de... —calló un instante y buscó el nombre en la carta—: Sayyidi Mohamed al-Arabi. ¡Mira que son complicados estos nombres árabes! —exclamó—. ¡Bien! El hecho es que los encontraron, a él y a sus acompañantes. Habían agotado las reservas de agua, andaban perdidos, habían abandonado el equipaje y empezaron a caer desmayados un tras otro en medio del desierto. Si no llegan a encontrarlos, ahora serían cadáveres.

—¿Y cómo han ido a parar a Larache? Esa ciudad, según señaláis en el mapa, se encuentra junto al océano Atlántico, a más de una semana de camino de Oujda —quiso saber Godoy, preocupado por la suerte que habría podido correr el viajero.

—No sabemos nada —respondió Ventura. Se quedó callado un instante. Dudaba. Finalmente, dijo—: Me temo que ha sido descubierto.

—¡Dios mío! —se asustó Godoy—. ¿Y ahora qué?

—Si ha sido desenmascarado, es hombre muerto —respondió Ventura encogiéndose de hombros y torciendo el gesto.

Godoy respiró hondo y se tapó la cara con las manos para acabar frotándose los ojos.

—¡No puede ser, hombre! —negó—. ¿Cómo está el tema de las municiones? —preguntó de pronto.

—Aún no han acabado de fabricarlas —respondió Ventura.

Aquello era de locos. Un desastre. Napoleón se enfrentaba a toda Europa, excepto a España, que lo apoyaba. Es decir: España estaba enfrentada a toda Europa. Y ahora aquella noticia. Las armas almacenadas en Cádiz seguían sin disponer de municiones. ¡Fantástico!

¿Y qué?, sonrió nervioso. Si habían desenmascarado a Domingo Badía podía suceder cualquier cosa.

*** ***

—¿Seguro? —preguntó Suleimán.

Sidi Omar Buseta asintió con la cabeza ladeada, sin acabar de asegurar la certeza de lo que acababa de comunicarle.

—Se trata de una acusación muy grave —dijo Abdelmelek, que también estaba presente.

—Es lo que se desprende de la carta del cónsul español —

236

replicó Sidi Omar.

—No menciona nombre alguno —hizo notar Suleimán.

—Cierto, señor —aceptó Sidi Omar, pero siguió—: Sin embargo, es evidente que se trata de un lenguaje con doble sentido. ¿Quién es el tío de Sanlúcar? ¿Quién es el viajero? ¿Qué significa que no tienen más limones? La carta está llena de frases absurdas y sin sentido. ¿No es ése el lenguaje de los espías?

—¿Y no será que tu afán de venganza te induce a imaginar y ver lo que no hay? —preguntó Suleimán.

—Sidi Mohamed piensa lo mismo. ¿También dudarás de él? —insistió Sidi Omar.

Si su primer ministro pensaba igual que Sidi Omar, ya era harina de otro costal. El sultán suspiró y se apoyó con el codo en los cojines. Volvía a sentirse cansado. Estaba pagando muy cara la decisión de hacer caso omiso de las indicaciones de los médicos.

—¿Dónde está ahora? —preguntó Abdelmelek.

—Sidi Mohamed ha ordenado a sus hombres que lo conduzcan a Larache. Cree que es el mejor lugar hasta que no se haya aclarado todo. Nadie conoce a Alí Bey. No ha estado nunca allí.

—Quiero saberlo con certeza —dijo Suleimán—. Mientras, que lo traten como un príncipe se merece. Que se mueva con entera libertad, pero que no abandone la ciudad.

Sidi Omar le dedicó una reverencia con la cabeza, se levantó y salió para cursar las instrucciones oportunas.

—¿Te das cuenta de lo que significaría si fuese verdad? —dijo Suleimán, cuando se quedó a solas con Abdelmelek, y no le permitió responder—: Mi descrédito.

—Si lo que dice Sidi Omar es cierto, todo quedará solucionado con un castigo ejemplar —respondió Abdelmelek.

Suleimán se quedó en silencio, meditando.

*** ***

Larache era una fortificación construida por Mohamed es-Said esh-Sheij, sultán de Fez durante el siglo XV, después de que los portugueses establecidos en Tánger expulsaran a sus habitantes. La plaza fuerte, a la entrada del río Lukus, protegía un puerto que todos ambicionaban y que ya había sufrido numerosos asedios, de los que sólo uno, en el año 1610, a cargo de los españoles, consiguió su propósito de hacerse con la joya del Atlántico. Años después, en 1689, Muley en-Naser recuperó la ciudad, el puerto y la fortaleza, y ya no había cambiado de manos, a pesar de que todavía había sufrido numerosos ataques con la excusa de que se había convertido en madriguera de corsarios. La riqueza de la ciudad se veía reflejada en las construcciones llenas de puertas con arcos, las numerosas fuentes, las calles bien trazadas y bien empedradas, la gran mezquita y el castillo de la Cigüeña, construido por prisioneros portugueses.

Comenzaba la segunda quincena de septiembre de 1805 y ya hacía un par de días que Hasim había notado que su señor volvía a sentirse con el ánimo bien dispuesto, tras el largo viaje desde Oujda y después de la aventura en el desierto que había resultado un prodigio increíble.

Claro que, dadas las circunstancias, tampoco podía haber sucedido de otra manera. Alí Bey les había metido tanta prisa que en medio de la precipitación nadie se había acordado de hacer acopio de agua suficiente y aún tenía metida en su cerebro aquella extraña sensación en la lengua, como si fuera más grande de lo habitual, tras todo un día sin poder beber una gota de líquido. Ahora lo recordaba como una pesadilla: los animales doblaban las patas y caían al suelo, mientras ellos los obligaban a levantarse y a seguir marchando bajo un sol abrasador. Fue horrible. Pasado el mediodía ya no le quedaban fuerzas para nada. Mohanna, que era la única que permanecía protegida en la litera y bajo el toldo, tuvo que descabalgar. Las dos mulas eran incapaces de dar un solo paso. A partir de aquel momento todos había perdido el rumbo y andaban con la mente en blanco, sin esperanza. Todo el equipaje se perdió y cuando miraban atrás sólo veían una larga hilera de maletas, fardos, baúles y cajas que marcaban el camino por donde habían pasado. Aquello, más que un viaje, era una huída en toda regla. Tigmu cayó y Hasim la levantó, pero la muchacha había perdido el conocimiento. Entonces se la cargó a la espalda y siguió andando con los ojos fijos en el suelo, sin pensar ni desear nada. Finalmente, el cuerpo de Tigmu había resbalado por su hombro hasta caer al suelo, mientras él se quedaba quieto, con los brazos a lo largo del cuerpo, incapaz de abrir la boca ni para gritar. Recordaba haber intentado respirar y que la luz del sol lo cegaba hasta el extremo de que ya no podía distinguir el cielo de la tierra. Entonces, le habían fallado las rodillas, se había doblado y había caído como un fardo. Y ya no recordaba nada más, excepto una voz que lo conminaba a abrir la boca y tragar. Notó el líquido que le resbalaba por la barbilla, descendía por su cuello y alcanzaba su pecho. Había abierto ligeramente los párpados y había visto el agua que brotaba del odre. Instintivamente se había agarrado a él, pero una mano poderosa lo había apartado. «Despacio», decía aquella voz. Media hora más tarde fue consciente de que se habían salvado.

Aquella noche, después del infierno del desierto, en la tienda, en mitad de la caravana de Sayyidi Mohamed al-Arabi, Hasim había dado gracias a Dios. Nadie había muerto, a pesar de que Alí Bey se encontraba muy débil y Mohanna y Tigmu, cuidaban de él. Los demás descansaban.

Al día siguiente, Tigmu se escabulló de la tienda de Alí Bey y se acercó al joven intérprete para agradecerle cuanto había hecho por ella.

—Me gustaría ser como Shara —había dicho la muchacha.

—¿Qué quieres decir? —había preguntado él.

—El príncipe nunca me ha tocado —explicó Tigmu—. Continúo siendo doncella y, si de él depende, nunca perderé mi virginidad.

—No digas eso —dijo Hasim.

—¿Sabes por qué sólo tocó una vez a Shara y a mí ni me mira? —preguntó Tigmu.

—¿Por qué? —se interesó Hasim.

—Por el olor de la piel oscura —respondió la muchacha, y él la miró sin comprender—. Me lo ha dicho Mohanna. Al príncipe le asquea el olor de las negras. Dice que no lo soporta —guardó silencio y luego añadió—. Piénsalo. Podrías hablar con él y seguro que me obtienes. Yo podría servirte tan bien como Shara y darte hijos. Entre las dos cuidaríamos de ti.

El olor, pensó Hasim. ¡Claro! Ahora entendía lo que Shara le había relatado de su primera noche. Alí Bey, mientras la penetraba, había apartado el rostro y después le había dado la espalda durante toda la noche.

Aquella tarde Hasim fue a la tienda de Alí Bey y le hizo una oferta.

—Si dependiese de mí te la vendería. Incluso te la regalaría —sonrió el príncipe al oír la petición del intérprete—. Pero, no soy yo quien puede decidir. Tigmu pertenece a Mohanna y ella tiene la última palabra.

La respuesta fue simplemente que no. Mohanna no quería desprenderse de Tigmu. Si tenían que viajar, la necesitaba junto a ella. Y aquella noche, en la tienda, la esposa blanca de Alí Bey le arreó dos sonoras bofetadas a la esclava de color.

—Así no se te ocurrirá otra brillante idea —la amenazó—. Y puedes darte por satisfecha, porque la próxima vez dejaré que los soldados de la caravana se encarguen de ti.

Tigmu escondió la mirada y guardó silencio, a pesar de que internamente juró que algún día Mohanna pagaría por aquello.

Al día siguiente, bien de mañana, divisaron a un grupo de soldados que se acercaba a la caravana. Los enviaba Sidi Mohamed Salaui, dijeron al llegar. Traían órdenes de escoltar al príncipe hasta Tánger, donde podría embarcar sin daño alguno, porque la frontera con Argelia resultaba demasiado peligrosa.

Aquel mismo día se separaron de la caravana.

Alí Bey continuaba muy débil y tuvieron que aminorar la marcha. Durante siete días se dirigieron hacia el oeste. El octavo día el príncipe se sintió mejor y tomó algunas medidas con los instrumentos que los hombres de Al-Arabi habían podido rescatar del desierto.

—¿Por qué seguimos hacia el oeste? —preguntó al comprobar que no iban en dirección a Tánger—. ¿No tendríamos que dirigirnos al norte?

—No vamos a Tánger, sino a Larache —respondió el oficial.

—¿Por qué? —insistió Alí Bey.

—Órdenes de Sidi Mohamed Salaui.

Alí Bey se había puesto muy tenso, pero por primera vez y en contra de lo que le era habitual no había protestado. ¿Por qué?, se había sorprendido Hasim. Quizás era que su señor estaba demasiado débil, había concluido. Sin embargo, ¿por qué el primer ministro había dado aquella orden? ¿Y cuándo había podido hacerlo, si no se habían cruzado con nadie ni habían tocado ciudad alguna, excepto Taza? Eso sólo significaba que el oficial ya lo sabía desde el primer día. Pero... entonces... ¿por qué había mentido haciéndoles creer que se dirigían a Tánger?

Al día siguiente de llegar a Larache se había despertado con el cuerpo dolorido, el ánimo decaído y el estómago vacío. Había resultado un largo viaje, muy cansado. Se había levantado y había comido un poco. No había dormido bien porque su cabeza estaba llena de preguntas sin respuesta.

De eso ya hacía unos cuantos días y, aunque nadie los

molestaba ni les impedía hacer lo que querían dentro de la ciudad, Hasim tenía la sensación de que su señor era más un prisionero que un invitado. Durante todo aquel tiempo el primer ministro y pachá de Larache había abandonado la ciudad en dos ocasiones y había regresado. Alí Bey había intentado visitarle, pero Sidi Mohamed estaba demasiado ocupado para recibirle. Aquello no era una buena señal.

Hasim abandonó la casa y se dirigió al puerto. Sentarse en la playa le recordaba otros tiempos y otros lugares y la contemplación de la línea del horizonte le permitía pensar en Shara. ¿Qué estaría haciendo en aquelmomento?, se preguntaba.

*** ***

Aschasch escuchó con atención. Aquella información era más que valiosa y seguro que el sultán... No. Mejor el primer ministro. Sonrió. Todos sabían que Sidi Mohamed Salaui era quien había conseguido echar a Alí Bey de Marrakech. Por lo tanto, quizás sería el más interesado en conocer lo que acababa de explicarle el criado que trabajaba en el consulado español en Tánger.

Sonrió divertido. No hay mejor aliado que un hombre que ve peligrar sus intereses económicos. Y más todavía si son tan importantes.

Nadie podría jurar, ni en sueños, que González Salmón se escondiera tras aquella indiscreción, porque el criado había oído por casualidad la conversación entre Gerardo Pasiego y el cónsul.

—¡Abderrahim! —gritó.

La puerta se abrió y apareció un soldado.

—Partirás ahora mismo camino de Larache. Quiero que le lleves un mensaje a Sidi Mohamed Salaui.

*** ***

242

Estaban reunidos en el palacio de Marrakech. Sidi Mohamed había llegado aquella misma tarde y había solicitado audiencia urgente con el sultán que, una vez al corriente del motivo, había llamado a Sidi Omar Buseta y a Abdelmelek.

—Ya no hay duda. Es un cristiano disfrazado de musulmán —dijo el primer ministro mostrando el mensaje que había recibido de Tánger.

Suleimán permanecía mudo y con los ojos fijos en el documento. En su mirada se reflejaba el dolor, el desencanto, la rabia e incluso el odio.

—También es un espía que nos ha engañado a todos —intervino Sidi Omar Buseta—. Merece la muerte. Una muerte lenta, que lo haga sufrir como nadie nunca ha padecido y que acabe implorando el fin de sus días, hasta que sus gritos se escuchen desde el otro lado del estrecho, desde las costas españolas —dijo con vehemencia.

—Permíteme que te recuerde que España está concentrando muchas naves de guerra junto a las costas de Cádiz —dijo Sidi Mohamed—. Nuestros barcos de pesca nos han informado de que ya han visto más de veinte barcos fondeados frente a la punta de Trafalgar, y no sabemos qué pretenden, pero podrían cerrar el estrecho y establecer un puente entre los dos continentes.

—¿Y qué tiene que ver una cosa con otra? —preguntó el sultán.

—Quizás esperan una excusa para atacar y si su espía muriese ajusticiado sería el pretexto perfecto —apuntó Abdelmelek siguiendo el razonamiento del primer ministro.

—¿Insinúas que lo dejemos escapar? —preguntó Sidi Omar.

—Sólo digo que busquemos una solución a un problema —respondió Abdelmelek—. No nos conviene un enfrentamiento armado con España. Nosotros tenemos que mantenernos neutrales y alejados de las disputas de los infieles.

Suleimán alzó la mano y todos guardaron silencio. El sultán meditaba. ¿Cuál sería la mejor salida? Para él el problema resultaba más complejo. No únicamente tenía que evitar el conflicto con España, sino que el pueblo debía tener muy claro que nadie lo había engañado. ¡Y menos, durante más de dos años!

*** ***

Los tres palos de la corbeta se movían lentamente con las pequeñas olas que rompían contra el casco de la embarcación.

No era la mejor del mundo, evidentemente. Pero era la única que tenían disponible. Habían encontrado además un capitán dispuesto a zarpar hacia levante. De manera que Alí Bey había descendido hasta el puerto y examinaba la cabina. No era demasiado espaciosa y tendrían que hacer algunas reformas para dejarla en condiciones.

Hasim, por su lado, dirigía su atención al casco. Ya estaban en octubre y se acercaban los vientos del oeste. Aquello quería decir tempestades.

—¿Crees que es seguro? —preguntó el intérprete.

—Tiene que serlo —respondió Alí Bey—. No disponemos de nada más.

Durante los dos días siguientes compraron provisiones y las depositaron en la pequeña bodega de la corbeta, mientras los criados se afanaban en tener a punto todo el equipaje.

Aquella noche del día 12 de octubre de 1805, sábado, Alí Bey visitó la habitación de Mohanna. En esta ocasión no hicieron el amor con violencia, sino que el hombre se mostró muy tierno y acabaron abrazados bajo la luz de una luna creciente que se filtraba por la celosía de la ventana.

—¿Seguro que tenemos que partir? —preguntó ella,

apoyada en su pecho.

—Conoces muy bien la respuesta —contestó él.

—¿Dónde nacerá nuestro hijo? —alzó Mohanna la cabeza.

—Nazca donde nazca el hijo de Alí Bey, seguirá siendo el hijo del príncipe Alí Bey —sonrió él. La besó en los labios con ternura y acarició su cabello—. He dado instrucciones para que, si algo me sucede, Hasim vele por ti, por nuestro hijo y por Tigmu.

Mohanna se incorporó.

—¿Qué puede sucederte? —preguntó asustada.

—Nada —dijo Alí Bey.

Tomó la cabeza de la muchacha y la obligó a reposar sobre su pecho.

—¿Entonces, por qué...?

—Porque un hombre que está a punto de tener un hijo tiene que ser responsable y preverlo todo —sonrió él—. Y ahora duerme, que mañana nos espera un día muy atareado.

Mohanna apoyó de nuevo su cabeza sobre el pecho de él y entornó los párpados. No estaba nerviosa. Al contrario: una extraña paz la embargaba. La paz siempre llega al final. Sonrió. Cuando el sol apareciese de nuevo por el horizonte se iría lejos de allí en compañía del hombre que amaba. Y con ese pensamiento se durmió.

Al día siguiente, domingo 13 de octubre, se presentó a primera hora de la mañana un mensajero del pachá con una nota para Alí Bey, en la que le rogaba que fuese a despedirse de él.

El príncipe abandonó la casa acompañado por Hasim. No ponía muy buena cara, pensaba el intérprete, que hacía días que no entendía nada de lo que estaba sucediendo.

Al llegar a palacio, los soldados los condujeron a presencia de Sidi Mohamed Salaui, que vino a recibirlos con una ancha sonrisa en los labios y abrazó con entusiasmo a Alí Bey.

—Sentiré mucho perderte —dijo el pachá y primer ministro.

Hasim tradujo la conversación.

—Yo también siento sobremanera tener que partir, pero mi viaje ya no puede esperar más —respondió Alí Bey.

—¿Nos llevarás siempre en tu corazón? —preguntó Sidi Mohamed.

—Siempre —afirmó Alí Bey.

—¿Seguro?

—No olvides que Mohanna espera un hijo mío y eso es lo mejor que jamás me ha sucedido. Ya hace más de dos años que llegué a Tánger herido y enfermo. Esta tierra me ha acogido con los brazos abiertos y sólo puedo sentir agradecimiento y amor en mi corazón.

—Sí —suspiró Sidi Mohamed—. Un hombre no es nada si no posee nada. ¿Y qué hay de más valor que una familia? Es la más preciada de nuestras posesiones.

—Transmite mis mejores sentimientos al sultán. Dile que su regalo me hizo el hombre más feliz del mundo. Nunca podré pagarle ni agradecerle bastante que me diese a Mohanna.

—¿Tanto significa?

—Si la perdiese, habría perdido el alma —afirmó Alí Bey.

—Me siento inmensamente satisfecho al oír tus palabras. Nunca habría pensado que esa mujer representase tanto para ti —dijo Sidi Mohamed. Entonces, se quedó pensativo—. ¿Y Tigmu? —preguntó.

—Es una buena esclava y ayuda mucho a Mohanna.

Aún hablaron un rato y, cuando ya se despedían, Sidi Mohamed lo tomó por el brazo.

—Si partieras a primera hora de la tarde, a las tres, yo vendría a despedirte —dijo.

Los ojos de Alí Bey se humedecieron. Era evidente que no

esperaba semejante detalle. Hasim también se emocionó. Aquel gesto no formaba parte de la estricta cortesía musulmana.

Cuando abandonaban el palacio del pachá, Hasim vio que el humor de su señor había cambiado. Aquello era un buen augurio respecto al viaje que tenían que emprender.

A primera hora de la tarde Alí Bey y su séquito abandonaron la casa y enfilaron la calle que descendía hasta el puerto, donde los criados depositaron en el suelo todo el equipaje y los muebles, y los ordenaron para embarcarlos. El príncipe contempló cómo se acercaban las tres barcas que los conducirían a bordo de la corbeta.

—Primero los instrumentos y esas dos maletas —ordenó Alí Bey.

Los criados obedecieron de inmediato y situaron los paquetes delante de todo. La primera barca llegó y se dispusieron a cargarla.

De pronto aparecieron dos destacamentos de soldados, uno por cada lado del puerto, mientras un tercer destacamento llegaba por el callejón que desembocaba en el punto en que ellos se encontraban.

El rostro de Alí Bey se iluminó. ¡Menuda despedida!, pensó Hasim cuando los soldados se acercaban ya. Pero, sin la menor explicación, el oficial dio orden de apartar a toda la gente y dejar solo a Alí Bey, que se quedó junto a las barcas.

—¿Qué significa esto? —preguntó el príncipe.

—Órdenes del sultán —respondió el oficial.

Tres soldados lo prendieron sin hacer caso de las protestas de Hasim y de Mohanna, y lo condujeron hasta la barca que llevaba los instrumentos, donde también subieron ellos y se les añadieron dos más. El oficial se acercó y empujó con el pie para apartar la barca, mientras sus hombres tomaban los remos.

Mohanna intentó correr, pero un soldado la asió por el brazo y la obligó a permanecer allí.

—¡Mi señor! —gritó la muchacha con los brazos extendidos.

—¡Mohanna! —se oyó el grito de Alí Bey, que también intentaba alargar los brazos, pero dos soldados se lo impedían.

La muchacha cayó de rodillas, desesperada, entre lágrimas y lamentos. Tigmu se acercó para consolarla, pero Mohanna la apartó con violencia.

—¡Quita de ahí! ¡Marchaos todos, malditos! —gritó mirando a la gente que la rodeaba.

La barca llegó a la corbeta y los soldados sacaron a empujones a Alí Bey y lo obligaron a subir a bordo. Después, echaron el equipaje a cubierta y regresaron.

Antes de que la barca llegara a tierra, la corbeta ya había hinchado las velas y se ponía en movimiento.

—¡Prendedla! —ordenó el oficial.

Dos soldados apresaron a Mohanna, que no cesaba de gimotear mientras se arañaba la cara.

—¿Qué vais a hacer con ella? —se interpuso Hasim.

El oficial lo miró.

—No lo sé. Yo sólo cumplo órdenes —dijo.

Entonces se volvió hacia sus hombres, levantó la mano y la bajó con energía para indicar la dirección que tenían que tomar.

Los criados se miraron unos a otros. ¿Qué tenían que hacer ellos? Su señor ya no estaba y los muebles y el equipaje...

Hasim no tuvo ni tiempo para reaccionar. En un suspiro la mayor parte de los baúles fueron reventados y vaciados y todos desaparecieron arrastrando los muebles y cargando a la espalda tapices y alfombras. Allí únicamente quedaron Tigmu y Hasim.

—¿Y ahora qué? —exclamó el intérprete con desesperación.

—Tendremos que irnos —dijo Tigmu.

—¿Hacia dónde? —preguntó Hasim—. Guardaba mi dinero en mi equipaje, que habían cargado junto con los instrumentos del príncipe. Ahora lo he perdido todo. ¿Qué será de mi hijo cuando nazca?

Tigmu le alargó la bolsa que había cogido cuando los soldados se llevaban a Mohanna. Era lo único que se había salvado del pillaje.

—Ayer vi que el príncipe le daba esto a Mohanna y le decía que hay que repartir el riesgo —dijo con una sonrisa.

Hasim tomó la bolsa. ¡Cómo pesaba la condenada! La abrió y apartó la ropa para buscar lo que se escondía en el fondo.

De pronto el corazón le dio un vuelco.

—¿Cuánto dinero hay? —preguntó con unos ojos como platos, mientras casi se mareaba. Nunca había visto tantas monedas juntas.

—No sé contar —respondió Tigmu.

Hasim removió las piezas de oro y de plata. Había un montón. Levantó la mirada y contempló el horizonte. Las velas del barco aparecían muy pequeñas.

¡Hombre! Él no había roto ningún juramento porque dijo que le serviría hasta que le fuese imposible continuar. Dadas las circunstancias, era absolutamente imposible continuar sirviéndolo. Por otro lado, tampoco podía cuidar de Mohanna porque el sultán se la había llevado. Y por lo que se refería a Tigmu, que no sufriese, que ya... La miró y sonrió. El sultán siempre había tenido muy buen gusto con las mujeres.

Entonces volvió a mirar la corbeta que se alejaba. Le debía mucho a Alí Bey, pero la verdad era que no le apetecía demasiado aquel viaje. Shara esperaba un hijo. Y no es que fuera desagradecido, porque estaba dispuesto a sacrificarse. Lo había acompañado hasta allí. De veras. Y Alá lo sabía, porque acababa de bendecirle con una segunda esposa y una buena bolsa de dinero. ¡Claro que sí! De hecho, el responsable de aquel desenlace había sido Alí Bey con su actitud, que había ofendido gravemente al sultán. Así lo contaría a sus descendientes cuando fuese muy mayor y le preguntasen cómo se había hecho rico.

Sonrió feliz, alzó la mano y la agitó para despedir al príncipe.

—¡Buen viaje! —gritó. Después se volvió hacia Tigmu—. Vamos. Nos espera un largo camino hasta Marrakech.

Desde la terraza de palacio, Sidi Mohamed también contemplaba la corbeta que se alejaba. El sultán había estado muy acertado. Habría resultado peligroso matar a aquel cristiano y ofrecer a los españoles la excusa perfecta para atacar. Mientras que si lo echaban con deshonor y desprecio, pero le respetaban la vida, quedaría claro para todo el mundo que nadie puede ofender al sultán sin pagar las consecuencias y que Alí Bey abandonaba Marruecos tal como había llegado, sólo con sus instrumentos. Sin embargo el pueblo nunca sabría que aquel malnacido los había engañado durante más de dos años, porque ni Hasim ni Mohanna ni el propio hermano del sultán ni nadie, excepto Suleimán, Abdelmelek, Sidi Omar, Aschasch y él, estaban al corriente de nada. Ni nunca se enterarían. Y la venganza sería total cuando naciese el hijo que Mohanna llevaba en sus entrañas. Si era niño sería educado bajo la religión musulmana y serviría al sultán, y si era niña pasaría a engrosar el harén de Suleimán. ¿Quién sabe? Quizás sería desflorada por el propio sultán.

—¡Vete al infierno, maldito cristiano! —exclamó cuando ya casi no podía distinguir las velas de la corbeta.

Y estalló en una sonora carcajada.

*** ***

En Madrid, el día 25 de octubre de 1805 la temperatura se

mantenía agradable. Sin embargo, el rostro de Godoy no estaba en consonancia con el tiempo. Sonaron unos golpes en la puerta. Se apartó de la ventana y concedió su permiso para entrar.

—Ha llegado el coronel Ventura —anunció su secretario.

Godoy asintió y se dirigió a su mesa de trabajo. El secretario se hizo a un lado para dejar pasar al visitante.

—Hemos recibido carta de Tánger —informó Ventura.

—¿Son buenas noticias?

—El viajero sigue vivo, pero ha sido expulsado de Larache. Ahora se dirige hacia el este.

—¡Bien! —asintió Godoy varias veces.

—El general Castaños nos informa de que las municiones ya han llegado.

—¡Bien! —repitió Godoy, y volvió a asentir.

—¿Qué hemos de hacer ahora? —preguntó Ventura.

Godoy lo miró y, de pronto, estalló en una sonora carcajada, mientras el coronel se quedaba boquiabierto.

—Nada —dijo el Príncipe de la Paz, enjugándose las lágrimas— La aventura de Marruecos ha concluido por culpa de las indecisiones de Su Majestad.

—¿Y Badía?

—Si se dirige hacia el este significa que todavía podemos sacar algún provecho de sus servicios para descubrir una ruta que nos conduzca al mar Rojo o para cruzar África. A partir de ahora, y para todos, esta expedición siempre ha sido, es y será científica. De algo tiene que servir toda esta inversión.

—Así se hará, excelencia.

En aquel preciso instante se abrió la puerta y apareció de nuevo el secretario. Ni siquiera había llamado y exhibía un extraño gesto.

—¿Qué sucede? —preguntó Godoy.

El secretario se apartó y entró un oficial joven que le entregó una carta.

Godoy la cogió, rompió el sello, tenso y preocupado, abrió el documento, leyó y sus ojos se agrandaron cada vez más hasta casi salírsele de las órbitas.

—¡Dios mío! —gritó—. ¿Cómo ha podido suceder?

—Los ingleses han atacado de frente, han roto nuestra flota en dos partes, después en cuatro, finalmente en ocho y nos han vencido.

—¿Qué pérdidas tenemos?

El oficial dudó. No sabía ni por dónde empezar.

—Sabemos que Nelson ha muerto.

—No he preguntado cuáles son las pérdidas del enemigo, sino las nuestras —gritó Godoy fuera de sí.

—La Bucentaure ha caído en manos del enemigo, que ha hecho prisionero al almirante Villeneuve. El almirante Gravina ha conseguido regresar a Cádiz con nueve barcos —respondió el oficial.

—¿Y fragatas? —preguntó Godoy.

—Me temo que ninguna, excelencia.

—¿Nueve naves de un total de cuarenta? —se asustó Godoy.

El oficial asintió tímidamente.

El Príncipe de la Paz se dirigió a la ventana y apoyó las manos en el alféizar. No podía creérselo. ¡Aquello era imposible! La operación de Marruecos ya no existía y España acababa de perder la flota. Todo en un solo día. Ahora Inglaterra dominaba por entero el Mediterráneo.

Entonces hizo un gesto con la mano para que lo dejasen solo. ¿Cómo podría defender y conservar las colonias? ¡Santa Madre de Dios! Aquello también podía significar el fin del imperio de ultramar.

¡Menudo desastre!

EPÍLOGO

A finales de julio de 1814 Ambrose Thomson aceptó la invitación de su primo Frederic Greene, que trabajaba en el ministerio de Asuntos Exteriores, donde ocupaba un cargo de importancia en lo que se denominaba servicios de información y, tal como habían convenido, fue a buscarlo a su despacho.

—Si hubieras venido un par de meses atrás, cuando Napoleón aún coleaba, habrías sacado la conclusión de que estábamos locos y que esto era una olla de garbanzos en plena ebullición —explicó Frederic mientras firmaba un par de cartas.

No podía olvidar lo que habían significado los últimos años, desde que él entró en aquel despacho, justo después de que el emperador francés obligase a Carlos IV de España y a su hijo Fernando VII a abdicar en Bayona para convertir a su hermano José Bonaparte en José I de España. Seis años de una guerra que arrancaba de muy lejos y que no había concluido hasta el día 6 de abril de aquel año de 1814, cuando Napoleón abdicó después de que las tropas aliadas entrasen en la capital de su imperio.

—Pues ahora parece que no tengáis trabajo —sonrió

Ambrose—. He subido la escalera y no me he cruzado con nadie.

—Es hora de comer y hay que aprovechar los tiempos de paz. ¿Y tú qué te traes entre manos? —se interesó Greene mientras ordenaba los documentos de la mesa para poder marcharse a comer.

La puerta situada a la derecha de su mesa se abrió y apareció el rostro, ya bastante arrugado, de Benson, el hombre que hacía un montón de años que se arrastraba por aquellos pasillos, que ya había servido a sir Alfred Gordon y que parecía que nunca se retiraría.

—¡Oh, excusadme! Creía que ya os habíais ido —dijo.

—No os preocupéis. Estábamos a punto de irnos —sonrió Greene. Entonces se volvió hacia Ambrose—: ¿Dónde estábamos?

—Me preguntabas por lo que llevo entre manos. Estoy acabando de leer una obra muy interesante que acaba de aparecer en París y que posiblemente tendré que traducir. Puedo asegurarte que es magnífica. Es autobiográfica y el título francés es *Voyages de Ali Bey en Afrique et en Asie pendant les années 1803, 1804, 1805, 1806 et 1807.*

—¿Y quién es ese Alí Bey? —preguntó Greene.

—Un europeo que se disfrazó de musulmán, que estuvo a punto de derribar al rey de Marruecos y hasta consiguió entrar en la Meca, la ciudad sagrada de los musulmanes, y salió con vida.

—¿Y se llama Alí Bey?

—No es su verdadero nombre —respondió Ambrose—. Quiere permanecer en el anonimato y no conozco su nombre real.

—Domingo Badía y Leiblich, catalán, nacido en Barcelona —se oyó la voz de Benson.

Ambos hombres volvieron la cabeza hacia el viejo secretario.

—Sir Blum lo llamaba *maldito catalán.* Hay una carpeta

con su nombre —señaló Benson la puerta que comunicaba con su despacho—. Es un viejo conocido de los servicios de información. Sir Alfred Gordon, en sus tiempos, ya llevaba este caso.

Sir Alfred Gordon, pensó Greene. Una leyenda entre aquellos muros. Y, si sir Alfred había llevado aquel caso, significaba que el personaje tenía que ser muy importante.

—Me gustaría echar una ojeada —dijo—. ¿Me localizaréis esa carpeta?

—Como vos mandéis, señor —agachó la cabeza Benson y salió.

Aquella misma tarde, después de despedirse de Ambrose, encontró la carpeta sobre su mesa. Era muy voluminosa. La abrió y se dedicó a leer el contenido.

Al día siguiente llamó a Benson.

—¿Cómo es que la información se acaba justo al iniciarse el viaje de Alí Bey a Marruecos? —preguntó.

—A causa de un montón de coincidencias absurdas. Días antes de que lord Grenville presentase su dimisión del cargo de ministro, por causa del asunto con los católicos, sir Alfred sufrió un ataque de apoplejía y tuvo que retirarse por segunda vez en su vida. El sucesor de lord Grenville confirmó a sir Arthur Blum en el cargo. Cuando tomó posesión de aquel expediente, me ordenó que lo archivara y que me olvidase de todo porque era una solemne tontería —explicó Benson.

Greene le dio las gracias. Benson abandonó aquel despacho y su superior se quedó pensativo. Quizás sería interesante solicitar alguna información adicional a sus hombres de París.

Dos meses más tarde, Frederic Greene convocó una reunión de sus más directos colaboradores. Y, evidentemente, Benson también asistió.

—¡Bien, caballeros! —dijo Greene—. Acabamos de recibir noticias de París. Parece que nuestro hombre le ha dedicado su libro al rey Luis XVIII ded Francia. Como habéis podido leer en el informe adjunto, se trata de un hombre muy especial. Se disfrazó de musulmán y estuvo a punto de convertirse en el soberano de Marruecos. Ahora quiere presentar una memoria al duque de Richelieu para poder regresar.

—Yo me he tomado la molestia de leer la obra en francés y me parece que se trata de un visionario —dijo uno de los asistentes, un joven que respondía al nombre de Piech—. Su relato está cuajado de incongruencias y de hechos sin explicar.

—¿Queréis contestar vos, Benson?

El viejo secretario se puso en pie, lentamente, apoyándose en los brazos de la butaca.

—Sir Alfred Gordon os diría que, si consideramos un visionario a un hombre que estuvo a punto de hacer volar un globo y convertirlo en una máquina bélica, cosa que nuestros servicios evitaron en el último minuto, que además redactó un plan para que España invadiese Portugal y que ha sido capaz de entrar en la Meca y salir con vida, bien podemos afirmar que Domingo Badía es el campeón de los dementes.

—¿Ha quedado claro el punto que hace referencia a la salud mental de Domingo Badía? —preguntó Greene.

—Sí, señor.

—¡Bien! Pues nuestro objetivo es saber qué nueva aventura prepara y con qué hemos de enfrentarnos.

—De todas formas, a pesar de que no sea ningún loco, he leído que fue expulsado de Marruecos sin que quede clara la razón —siguió diciendo Piech—. Tal como lo explica, no creo que le permitan regresar.

—En la memoria que presentará a Richelieu, según hemos podido saber, Domingo Badía dice que aún mantiene correspondencia con un tal Abd-as-Salam, hermano del sultán.

También cuenta que allí tiene un hijo al que han puesto por nombre Othman Bey, que dispone de propiedades y de un administrador, y que el sultán Suleimán lo ha perdonado y lo invita a volver.

—¿Puedo preguntar qué papel jugamos nosotros en toda esta historia? —levantó la mano Piech.

—Hace algún tiempo, concretamente entre los años 1803 y 1805, tuvimos la inmensa fortuna de que España contara con el rey Carlos IV, un monarca sin carácter que no tuvo la valentía suficiente como para dar las órdenes oportunas. De manera que Godoy no pudo invadir Marruecos. Si lo hubiese hecho, ahora no estaríamos aquí hablando, sino que posiblemente tendríamos que defender nuestras costas. Sin embargo, Richelieu no es el Príncipe de la Paz, Luis XVIII no es Carlos IV, Francia no es España y los tiempos también han cambiado. Por lo tanto, Domingo Badía, al contrario de lo que sucedía cuando sir Blum dirigía este departamento, se convierte en objetivo prioritario. ¿Me he explicado con claridad? —dijo Greene.

—Sí, señor —respondió Piech.

—Pues, a trabajar.

Todos se levantaron y abandonaron la sala de reuniones. Benson fue el último en salir.

Justo cuando alcanzaba la puerta, tuvo un pensamiento divertido. ¿Cómo habría reaccionado sir Blum en un momento como aquél? Quizás habría exclamado: ¡Maldito musulmán!

Y soltó una carcajada.

¡Maldito musulmán! Aún se reía cuando enfilaba el pasillo.

OTRAS OBRAS DE ALBERT SALVADÓ

Si habéis disfrutado con la lectura, quizás os interese conocer otras obras de Albert Salvadó, todas disponibles en formato de libro electrónico.

¡MALDITO CRISTIANO!
(Tercera parte de la trilogía LA SOMBRA DE ALÍ BEY)

Con ¡MALDITO CRISTIANO!, Albert Salvadó nos conduce hasta el desenlace de su trilogía LA SOMBRA DE ALÍ BEY, un personaje que marcó toda una época y que, aún hoy en día, sigue despertando un interés inusitado. Una obra que conforme se avanza en su lectura, cada vez apasiona más, hasta que las sorpresas se suceden y explican quién fue de veras Alí Bey.

Europa cambia, Napoleón ha sido derrotado y enviado al exilio.

En este contexto, Domingo Badía (Alí Bey) tiene que huir a Francia y se establece en París con su familia. Allí publica el relato de sus viajes por el Norte de África y los dedica al rey Luís XVIII.

Sin embargo, la vida no es fácil en un país que no es el tuyo y Badía descubre que tiene que integrarse, si quiere alcanzar sus objetivos, pero no cuenta con que el Duque de Richelieu no es Godoy y no cree en sus proyectos.

A partir de aquí Domingo Badía tendrá que ser capaz de encontrar el camino que le permita convencer al gobierno francés para que le financie una nueva expedición, única manera de enderezar su maltrecha economía familiar. Todo ello bajo la atenta mirada de los servicios secretos británicos que observan sus movimientos con creciente preocupación. Máxime cuando Domingo Badía consigue su objetivo y parte para una nueva expedición.

Pero la gran aventura de Domingo Badía, Alí Bey o Othman Bey, el hombre de las mil caras, aún no ha llegado. Él es capaz de crear una trama portentosa con la que se burlará de ingleses y franceses. Es ahí donde verdaderamente nace la leyenda del más grande de todos los viajeros del siglo XIX.

EL INFORME PHAETON

Ésta no es una novela normal. Si la empieza, tiene que acabarla. No porque se lo diga el autor, sino porque, quizás, no podrá dejarla hasta cerrar la última página.

A través de un relato lleno de misterio, un escritor halla una explicación alternativa a todo lo que nos han contado, que mueve su interior y le abre las puertas de un mundo fascinante, hasta conducirle a un descubrimiento demoledor que lo cambia todo: el Diluvio Universal lo provocamos nosotros mismos: el ser humano. No hubo ninguna intervención divina. Y lo demuestra.

Dice la leyenda de los indios Hopi: «La explosión demográfica, la multiplicación de las mega-polis y de los transportes aéreos hicieron que el Hombre no se conformase únicamente con la creación... siempre deseaba más y más. No dejaba de producir incluso lo que no necesitaba y cuanto más tenía, más reclamaba.»

¿De qué «mega-polis» y de qué «transportes aéreos» hablaban? Porque la leyenda Hopi tiene siglos y siglos de antigüedad.

Por otro lado, hay un mínimo de 83 relatos y leyendas que hablan de un gran cataclismo y de montañas de agua que se nos vinieron encima. Y todos esos relatos hablan de un hombre previsor, que en nuestro caso fue Noé. Pero cada región tiene su salvador particular: Nata, Ouassou, Montezuma, Manu, Bergelmir, Yima, Nan-Choung y otro muchos Noés repartidos por toda la geografía mundial.

La pirámide de Keops... ¿Sólo es una tumba para un faraón?

Y, por si fuese poco, existe un libro silenciado y apartado de la Biblia, llamado el Libro de Enoc (uno de los patriarcas bíblicos) que habla sin tapujos de experimentos genéticos, naves, estaciones orbitales...

Ante semejante despliegue de información silenciada, el protagonista de esta misteriosa historia se pregunta: ¿Lo que nos han contado es la verdad? Y lo que es más interesante: ¿Las leyendas son sólo leyendas o son gritos de un pasado que nos implora que no lo olvidemos?

LA GRAN CONCUBINA DE EGIPTO

Obra ganadora del IX Premio Néstor Luján de Novela Histórica (2005)

En el año 1100 antes de Jesucristo gobierna el faraón Ramsés XI, los caminos no son seguros, los comerciantes están asustados, las naciones vecinas no respetan a Egipto, la nación se rompe... Herihor, general del ejército del faraón, viaja a Tebas para salvar el imperio de las garras de Penehasy, usurpador nubio. Tras la gran victoria, recibe una revelación de los dioses y ocupa el puesto de Sumo Sacerdote. Él será el primer miembro de una nueva dinastía: la dinastía de los sacerdotes. Y pacta con el otro gran general, Smendes, que Ramsés XI continuará siendo el faraón, pero ahora habrá dos reyes: Smendes reinará en el norte y Herihor reinará en el sur. Ellos pactan la división de poderes y toman todas las decisiones. Sin embargo, la muerte de Herihor se convierte en un misterio que amenaza con desencadenar la peor de todas las crisis. Su cuerpo ha desaparecido y si no pueden enterrarlo su sucesor no puede acceder al trono, con lo que Ramsés puede reclamar de nuevo el reino de Tebas. ¿Dónde está el cuerpo de Herihor?, se preguntan todos y el misterio crece,mientras su esposa Nodyme, la Gran Concubina de Egipto, mueve los hilos con una sutileza digna del mejor de los gobernantes y decide por encima de todos.

EL MAESTRO DE KEOPS

Obra ganadora del PREMIO NÉSTOR LUJÁN DE NOVELA HISTÓRICA.

Esta es la historia de la época del faraón Snefrú y la reina Heteferes, padres de Keops, el constructor de la mayor y más impresionante de las pirámides. También es la historia de Sedum, un esclavo que llegó a ser el maestro de Keops, del sumo sacerdote Ramosi y del nacimiento de la primera pirámide.

Sebekhotep, el gran sabio de aquellos tiempos, decía: «Todo está escrito en las estrellas. La mayor parte de nosotros vivimos sin ser conscientes de ello; algunos son capaces de leer en ellas y ver el destino; pero muy pocos aprenden a escribir sobre ellas y pueden cambiar el destino».

Ramosi y Sedum aprendieron a escribir e intentaron cambiar sus destinos, pero su suerte fue muy desigual. He aquí el relato del enfrentamiento de dos inteligencias: una luchaba por el poder y la otra por la libertad.

EL RELATO DE GÜNTER PSARRIS

Los que la han leído dicen que se trata de un relato duro, pero que es, a la vez, el más tierno y humano que ha escrito Albert Salvadó.

En una cabaña en mitad de los Pirineos, tres hombres encuentran el cadáver de un pastor, la fotografía de un oficial nazi y un manuscrito.

Ésta es la apasionante historia de Günter Psarris, a quien el mundo convirtió en asesino, aunque él nunca dejó de ser una gran persona. Vivió durante la Segunda Guerra mundial en la Alemania de la locura, fue encerrado en el campo de Mauthausen y sobrevivió. Sin embargo, el precio que pagó por ello fue muy elevado.

Ésta es también la historia de alguien que amó con locura, que fue deportado y que el mundo, lejos de su casa, le trató con dureza y le robó cuanto tenía. Incluso el amor. Y ésta es una historia llena de esperanza y de lecciones, de un episodio reciente de la humanidad que ha quedado marcado por la violencia, la brutalidad, el salvajismo y el desprecio absoluto por todo aquello que es sagrado: la vida humana. Sin embargo, Günter Psarris sabe que la vida continua y que el amor es eterno. Y eso nadie se lo puede robar.

UNA VIDA EN JUEGO

Durante la Semana de la Novela Negra de Barcelona 2009, "Una vida en juego" fue calificada como una novela negra llena de colores. La razón es que en ella se dan cita elementos que permiten clasificarla como novela negra, de misterio, costumbrista, histórica y romántica.

El protagonista es Víctor Pons, que trabaja como jefe de seguridad del casino de la Rabassada, que se inauguró en Barcelona con toda la pompa el 15 de julio de 1911 y que tenía la pretensión de convertirse en el emblema de la ciudad. Esto es un hecho histórico. Y sólo duró un año. Esto es otro hecho histórico.

Como responsable de seguridad del casino se verá enfrentado en toda su crudeza a la codicia y la locura que generan las mesas de juego, pero también será allí donde encuentre el amor de Carla Torres, una joven burguesa.

La muerte en extrañas circunstancias de un cliente de origen italiano, provocará que Víctor tenga que hacer uso de todos sus recursos para evitar un escándalo, por lo que hace desaparecer el cuerpo. Sin embargo, lo que en principio parecía un suicidio resultará ser un asesinato y Pons se verá inmiscuido en una trama policial salpicada por la amenaza mafiosa, que le obligará a desentrañar la madeja de lo sucedido, sin darse cuenta de que hay una vida en juego: la suya.

EL RAPTO, EL MUERTO Y EL MARSELLÉS

Obra ganadora del "Primer Premio Serie Negra 2000" de Planeta.

¿Puede un bebé desaparecer de una clínica en menos de dos minutos? Posiblemente. Pero, delante de los ojos de todo el mundo...? ¿Sin que lo hayan perdido de vista ni un instante...? Eso ya es mucho más difícil.

¿Puede un hombre morir ahogado en su bañera con el estómago lleno de somníferos? Posiblemente. ¿Pero, sin que nadie le haya visto llegar ni haya oído nada, a pesar de que había gente en la casa…? ¿Y cómo entró? ¡Ah!

¿Qué tiene que ver un hecho con el otro? ¡Menudo lío!

Éstas y muchas otras preguntas son las que tiene que responder Álex Samsó en una aventura que empieza de una forma casual y, poco a poco, se convierte en un misterio constante. Pero la mayor sorpresa no es el misterio, sino otro personaje más que curioso: el Marsellés.

Las explicaciones siempre existen, pero para encontrarlas se necesita una mente capaz de hacer que dos y dos sean cuatro, a pesar de que a veces parece que las matemáticas fallan y todos acabamos creyendo que dos y dos son cinco o tres.

Albert Salvadó, con la habilidad que le caracteriza, nos ofrece un nuevo misterio que nos mantiene sujetos y nos hace bailar la cabeza hasta que aparece la solución.

UN VOTO POR LA ESPERANZA

Según las profecías de San Malaquías, Benedicto XVI, el Papa actual, es el penúltimo. El próximo será el último.

«Un voto por la esperanza» comienza justo cuando acaba de fallecer el Pontífice, el cónclave se ha reunido para escoger al sucesor y, de pronto, en la plaza de San Pedro se alzan voces que gritan «¡Fumata blanca, fumata blanca!». Entre la multitud, Mario Darino, periodista que cree dominar los entresijos del Vaticano, se queda petrificado al conocer el nombre que ha escogido el nuevo Papa: Pedro II. En veinte siglos, ningún otro Papa se había atrevido a adoptarlo.

A partir de este instante Mario Darino vive una experiencia increíble. Su vida da un giro de ciento ochenta grados y se ve inmerso en una peligrosa trama de intereses políticos y económicos a la que no son ajenas las intrigas que se alimentan tras los mismos muros del Vaticano, donde a menudo el afán de poder se esconde bajo un manto de religiosidad.

La historia está plagada de ejemplos, y todo se precipitará cuando empiece a tomar cuerpo la profecía de san Malaquías, que vaticina que el último Papa tendrá por divisa Petrus Romanus, llevará por nombre Pedro II y durante su pontificado tendrá lugar el juicio final.

LOS OJOS DE ANÍBAL

Obra ganadora del "PREMIO CARLEMANY 2002",

En la Roma de los primeros tiempos la mujer no tenía el menor derecho: era considerada una propiedad y el matrimonio solo era un contrato para tener hijos. Aún así, en privado, la mujer se convirtió en el soporte del hombre y en el centro de un poder silencioso y secreto que influyó en las grandes decisiones.

Ésta es la historia de Ariadna, una mujer de ojos oscuros y misteriosos como la noche, y de Sinesio, el filósofo que era capaz de leer en los ojos de los demás y desnudar las almas y que descubrió que Ariadna guardaba en su interior todo un universo, oculto tras el misterio de su mirada.

Una historia en que el amor con mayúsculas se une a las cuatro derrotas consecutivas, también con mayúsculas, de Roma a manos del gran Aníbal. Y todo por causa de unos ojos.

También es la historia de Publio Cornelio Escipión, que se convertiría en el más grande de los generales romanos, que aprendió que los ojos son la puerta que nos permite asomarnos al alma y alcanzar los sentimientos de cualquiera.

El nombre de Aníbal ha pasado a la historia de la mano de los elefantes, pero una vez leída esta obra, es posible que sustituyamos los paquidermos por algo mucho más pequeño e infinitamente más poderoso.